Manuel Vázquez Montalbán
Die Meere des Südens

Zu diesem Buch

Er lebt allein, hat ein dauerhaftes Verhältnis mit einem Callgirl und wird seine Erinnerungen an Kindheit und Jugend in Barcelona, seinem Wohnort, nicht los: Privatdetektiv Pepe Carvalho, Feinschmecker, Philosoph und einst aktiver Kämpfer gegen das Franco-Regime. Mit dem Mord an dem reichen Unternehmer Stuart Pedrell kann er sich endlich wieder einmal um einen komplizierten Fall kümmern. In dessen Tasche fand sich nur ein Zettel mit der Gedichtzeile: »Mich bringt keiner mehr in den Süden«. Was hat der reiche Pedrell ein Jahr lang gemacht, als alle glaubten, er sei in die Südsee ausgewandert? Meisterdetektiv Pepe Carvalho ermittelt auf seine Art: charmant und elegant.

Manuel Vázquez Montalbán wurde 1939 in Barcelona geboren. Nach dem Studium der Geisteswissenschaften und Journalistik war er bei verschiedenen Zeitschriften als Redakteur tätig. Er gilt als einer der profiliertesten spanischen Autoren der Gegenwart, und er hat mit der Figur des Meisterdetektivs Pepe Carvalho einen Klassiker geschaffen. Zuletzt erschien auf deutsch sein Roman »Quintett in Buenos Aires« (2001).

Manuel Vázquez Montalbán
Die Meere des Südens

Ein Pepe-Carvalho-Roman

Aus dem Spanischen von
Bernhard Straub

Durchgesehen von
Anne Halfmann

Piper München Zürich

Von Manuel Vázquez Montalbán liegen in der Serie Piper außerdem vor:
Wenn Tote baden (3146)
Die Küche der läßlichen Sünden (3147)
Die Einsamkeit des Managers (3148)

Überarbeitete Taschenbuchausgabe
1. Auflage Februar 2001
2. Auflage Juni 2001
© 1979 Manuel Vázquez Montalbán
Titel der spanischen Originalausgabe:
»Los mares del Sur«, Editorial Planeta, Barcelona 1979
© der deutschsprachigen Ausgabe:
2001 Piper Verlag GmbH, München
Deutsche Erstausgabe im Rowohlt Verlag,
Reinbek bei Hamburg 1985
unter dem Titel: »Tahiti liegt bei Barcelona«
© der Übersetzung von Bernhard Straub:
Rowohlt Verlag, Reinbek bei Hamburg
Umschlag: Büro Hamburg
Stefanie Oberbeck, Katrin Hoffmann
Foto Umschlagvorderseite: Jane Hinds Bidaut/GraphiStock
Foto Umschlagrückseite: Isolde Ohlbaum
Gesamtherstellung: Clausen & Bosse, Leck
Printed in Germany   ISBN 3-492-23149-7

Die Hauptpersonen

José »Pepe« Carvalho	muß einen Fall lösen, der mit einem literarischen Indiz beginnt, sich aber als ziemlich kompliziert herausstellt – diese Tatsache hält ihn aber nicht davon ab, weiterhin seinen kulinarischen Gelüsten nachzugehen, deshalb soll
Biscuter	Carvalhos Mädchen für alles – die chinesische Kochkunst erlernen, weil sie so gesund ist ...
Charo	hat ganz andere Sorgen, sie fühlt sich von Carvalho vernachlässigt – in jeder Beziehung.
Carlos Stuart Pedrell	wollte sich seinen Traum wahr machen und in der Südsee leben – wie Gauguin, aber er wird erstochen aufgefunden, in Barcelona.
Jaime Viladecans Riutorts	ist ein Anwalt im klassischen Sinne, der über alles Bescheid weiß und dafür sorgt, daß die Westen seiner Auftraggeber weiß bleiben.
Jésica Pedrell	trauert auch unter Drogeneinfluß um ihren Vater und entwickelt intensive Gefühle für Carvalho.
Planas Marqués de Munt	sind beide Geschäftspartner von Stuart Pedrell, aber von vollkommen unterschiedlicher Persönlichkeit.
Ana Briongos	hatte als letzte eine Beziehung mit Pedrell.
Bleda	die neue, junge und hübsche Freundin Carvalhos ist eine Hündin, mit der sich Charo nicht so recht anfreunden kann.

»Los, gehen wir!«

»Ich könnt noch ewig weitertanzen.«

»Wir bewegen uns gleich auf 'ne ganz andre Art, Schätzchen!«

Loli zog ihre Pausbacken hoch, um zu grinsen und pustete sich ihr Pony aus der Stirn wie Olivia Newton-John.

»Du bist wohl scharf!«

»Heut geht's ab, Schätzchen!«

Bocanegra, das »Schwarze Maul«, erhob sich auf seine krummen Beine. Das galaktisch anmutende Gewölbe der Diskothek umschimmerte fluoreszierend seinen Kopf. Er zog sich die Hose hoch und stakste durch die Dunkelheit auf die Theke zu. Die Kellner schafften es wunderbarerweise zu bedienen, ohne etwas zu sehen. Die Laokoongruppe, deren Umrisse sich auf der Theke abzeichneten, nahm die Gestalt von zwei Paaren an, die aus einem Knäuel von Armen und Zungen auftauchten. Bocanegra versetzte einem der Umrisse einen leichten Boxhieb.

»Ternero, auf geht's! Deine Schwester und ich wollen los!«

»Arschloch! Du hast mich voll drausgebracht!«

Peca, die »Sommersprosse«, hatte die abgewetzte Zunge schon eingezogen und benutzte sie jetzt, um gegen den Störenfried zu protestieren.

»Okay. Selber schuld, wenn ihr keine Lust habt auf 'ne Runde Auto fahren!«

»Auto fahren? Bocanegra, beschwatz mich nicht schon wieder! Ich will heute nacht keinen Ärger!«

»Ich hab da einen blauen CX im Auge, einfach super!«

»Ein Citröen CX! Das ist was anderes! Den hab ich noch nicht ausprobiert.«

»Ein CX!« schwärmte Peca mit Augen, die auf weite Horizonte gerichtet sind.

»Ich glaub, er hat sogar Telefon. Ist eher 'ne Hotelsuite als ein Auto. Wir können darin zu viert rumvögeln, ohne daß er wackelt!«

»Das ist nach meinem Geschmack!« lachte Ternero, das »Kalb«. »Ich ruf meine Alten an und sag: »Hör mal, wir bumsen gerade in einem CX!«

»Geht mit Loli raus und wartet an der Ecke bei der Kartonfabrik!«

Bocanegra überquerte die Tanzfläche unter den Blitzen der Lichtorgel. Seine Schenkel empfingen etwas wie Stromstöße von der weißen Fläche, Stromstöße, die sein schwarzes Kraushaar knistern ließen.

»Du tust auch nichts anderes als rumstehen, Alter, wie ein Briefkasten«, sagte er im Vorbeigehen zum Türsteher.

»Kannst mich ja ablösen, dann geh ich rein und mach einen drauf! Penner!«

»Quatsch mich bloß nicht voll, Mann!«

Bocanegra verschmolz mit der schützenden Dunkelheit, je mehr er sich von der blinkenden Leuchtreklame des Tanzlokals entfernte. Seine Hand in der rechten Hosentasche spielte mit dem Dietrich, der gegen einen Hoden drückte. Nachdem er diesen durch den Stoff durch liebevoll befingert hatte, nahm er die Hand heraus und umschloß damit das ganze Paket zwischen seinen Beinen, als wollte er es zurechtrücken oder seine feste Verankerung prüfen. Locker schlendernd erreichte er den CX, steckte den Dietrich ins Schloß, und die Tür sprang auf, majestätisch wie das Tor zu einem Tresorraum.

Die Karre riecht wie die Fotze von 'ner reichen Tussi! dachte

Bocanegra. Wahnsinn! Havannas! Und auch noch eine Flasche Whisky! Er öffnete die Motorhaube, bog zärtlich, als wären es Haare, die Drähte zusammen, klappte die Haube zu und setzte sich mit der vermuteten Würde und Eleganz des Eigentümers ans Steuer. Dann machte er sich über den Whisky her, steckte sich eine Zigarre an und fuhr sachte los, um dann beim Abbiegen an der nächsten Kreuzung das Steuer so abrupt und scharf einzuschlagen, daß die Reifen quietschten. Durch einen Tunnel aus alten Ziegelmauern und parkenden Autos gelangte er zu der Ecke, wo ihn Loli, Peca und Ternero erwarteten. Loli ließ sich vom Beifahrersitz verschlingen, und schon fielen die drei Türen mit dem serienmäßig eingebauten satten Geräusch ins Schloß.

»Beim nächstenmal sagst du mir vorher Bescheid! So 'ne Karre bringt bloß Ärger. Die paßt nicht zu uns!«

»Vielleicht nicht zu dir. Ich seh darin aus wie ein Gentleman.«

»Ach nee, Bocanegra!« kicherte Peca aus dem Hintergrund.

»Und ich kann dann wieder anschaffen gehen, wenn er sitzt.«

»Wenn du anschaffen gehst, dann bloß, weil's dir Spaß macht.«

»'Nen Scheißdreck macht mir das! Mann, ist das ein geiler Schlitten! Wo fahren wir hin?«

»Wir fahren zum Vögeln rauf nach Vallvidrera.«

»Ich treib's aber lieber im Bett.«

»Mit Pinienduft ist es doch am schönsten!« entgegnete Bocanegra, nahm eine Hand vom Steuer und schob sie in Lolis Ausschnitt, um eine ihrer großen, festen Brüste zu drücken.

»Fahr bloß nicht ins Zentrum von San Andrés, dort wimmelt's von Bullen!«

»Mach dir nicht ins Hemd! Diese Typen riechen, ob man gute Nerven hat. Ihr müßt so cool sein, als wärt ihr in dem Wagen hier geboren.«

»Was rauchst du da eigentlich, Bocanegra? Du wirst mir

noch ins Bett machen! Für solche Havannas bist du noch zu jung.«

Bocanegra nahm eine von Lolis Händen und drückte sie dorthin, wo sein Penis die Hose ausbeulte.

»Und für solche Havannas bin ich alt genug?«

»Schwein!« Loli lächelte, aber ihre Hand zuckte zurück, als hätte sie ein stromführendes Kabel berührt. Ternero beugte sich vor, um nachzusehen, welche Strecke Bocanegra nahm.

»Du sollst nicht ins Zentrum fahren, verdammt! Dort wimmelt's nur so von Kontrollen.«

»Mann, hast du vielleicht Schiß.«

»Das hat mit Schiß überhaupt nichts zu tun.«

»Ternero hat recht«, bemerkte Peca. Aber Bocanegra fuhr auf die Rambla von San Andrés und erreichte den zentralen Platz am Rathaus, die Plaza del Ayuntamiento.

»Scheiße, verdammte ...« Terneros ohnmächtiger Aufschrei ließ Bocanegra grinsen.

»He he, ganz ruhig, Junge! Ich hab alles im Griff.«

»Schau doch! Da hinten stehen sie schon!«

Loli hatte den Streifenwagen an der Rathausecke entdeckt.

»Nur keine Panik ...«

Bocanegra zog die Augenbrauen hoch, um besonders sorglos auszusehen, und fuhr an der Streife vorbei. Die schiefe Dienstmütze bewegte sich, und ein Profil erschien gelb im Licht der Straßenlaterne, die mit einem aufgespannten Wahlplakat hin- und herschaukelte: *Ziehen Sie mit uns ins Rathaus ein!* In dem gelben Gesicht gingen die Brauen ebenfalls hoch. Die dunklen Augen darunter schienen sich zu verengen.

»Wie der dich angeguckt hat!«

»Die gucken immer so. Sie verzeihen einem gerade noch, daß man lebt. Setz ihnen eine Mütze auf und schon glauben sie, die Welt gehört ihnen.«

»Jetzt kommen sie hinter uns her!« schrie Peca, den Blick nach hinten gewandt.

Bocanegras linkes Auge bohrte sich in den Rückspiegel, wo

die gelben Scheinwerfer und das Blaulicht des Streifenwagens auftauchten.

»Ich hab's dir gleich gesagt, du Schwuchtel, du blöder Wichser!«

»Ternero, halt die Fresse oder ich schlag sie dir ein! Die müssen mich erst mal kriegen.«

Loli kreischte auf und umklammerte Bocanegras Arm. Mit dem Ellbogen schleuderte er sie in die Ecke, wo sie unter dem Fenster zusammengekauert zu weinen begann.

»O Gott, jetzt gibt er auch noch Gas, der Hurensohn! Halt an, verdammt noch mal, halt sofort an! Wir müssen zu Fuß abhauen – die schießen sonst!«

Der Streifenwagen schaltete zum Blaulicht noch die Sirene dazu und versuchte, mit Salven von Licht und Heultönen den CX zu stoppen.

»Ich muß ihn abhängen!«

Bocanegra gab Gas, die Welt kam bedrohlich auf die Kühlerhaube zu, als würde sie wachsen und dem Wagen entgegenfliegen. Er bog in eine Seitenstraße ein und hatte plötzlich auf allen Seiten zu wenig Platz – rechts parkten Autos und von links ragte das Heck eines Kleinwagens in die Einmündung. Der CX knallte dagegen, und Loli schlug mit dem Gesicht gegen das Handschuhfach. Bocanegra setzte zurück und krachte mit dem Heck gegen etwas, das mit fürchterlichem, metallischem Kreischen antwortete. Er hörte es kaum, so taub waren seine Ohren vom Geheul der nahen Sirene. Als er wieder auf der Hauptstraße fuhr, flatterten seine Arme so sehr, daß der Wagen ins Schleudern geriet und links und rechts gegen die parkenden Fahrzeuge knallte, bis Bocanegra das Steuer wieder unter Kontrolle bekam. Die Hecktüren flogen auf, und Ternero und Peca sprangen ab.

»Halt! Stehenbleiben, oder wir machen euch kalt!«

Bocanegra hörte näherkommende Schritte. Loli weinte hysterisch, Nase und Mund blutverschmiert, ohne sich von ihrem Sitz zu rühren. Als Bocanegra mit erhobenen Händen ausstieg, traf ihn ein heftiger Schlag mit dem Knüppel.

»Diesen Ausflug wirst du nicht so schnell vergessen! Hände aufs Wagendach!«

Er wurde abgetastet. Das gab ihm Zeit, aus seiner Betäubung zu erwachen und wahrzunehmen, daß ein paar Meter weiter Ternero der gleichen Prozedur unterzogen wurde und Peca vor einem anderen Polizisten die Tasche öffnete.

»Das Mädchen ist verletzt!«

Bocanegra zeigte auf Loli, die, den Hintern an den Streifenwagen gelehnt, immer noch Blut und Wasser heulte. Der Polizist blickte einen Moment in Lolis Richtung, und Bocanegra stieß ihn beiseite. In der dunklen Nacht öffnete sich ein Korridor vor ihm, er warf sich hinein und rannte los, daß seine Absätze beinahe am Hintern anschlugen und die Arme wie Kolben auf und abfuhren. Trillerpfeifen. Trillerpfeifen. Abgerissene Verwünschungen hinter ihm. Mehrmals bog er ab, ohne den Lärm der Verfolger abschütteln zu können. Feuchte, abgestandene Luft füllte stoßweise und brennend seine Lungen. Gasse auf Gasse und keine einzige Hoftür. Hohe Ziegelmauern, nackt oder verputzt mit sandigem, nachtdunklem Zement. Plötzlich erreichte er wieder die Hauptstraße von San Andrés, und es schien, als wären alle Scheinwerfer dieser Welt auf ihn gerichtet, als er mit einem Bein das Gleichgewicht hielt, während das andere seinen Schwung abbremste und stoppte. Einige Meter entfernt blickte ein Posten verwundert aus dem Wachhäuschen der Kaserne. Bocanegra sprang auf die Fahrbahn und spurtete über die hellerleuchtete Straße, hinüber zu dem freien Gelände, das in Richtung La Trinidad verschwommen zu erkennen war. Er mußte kurz verweilen, weil er fast keine Luft mehr bekam, ließ einen fahren und war nahe daran, sich zu übergeben, so sehr brannte und stach es in seinen Lungen.

Eine alte Holztür, in Sonne und Wind geborsten, sperrte eine Baustelle ab. Bocanegra konnte an den Rissen und Kanten Halt finden, bekam den oberen Rand zu fassen und versuchte sich hochzuziehen. Das Gewicht seines Körpers war zu schwer für die gestreckten Arme, und er fiel unsanft auf den Hintern.

Darauf trat er einige Schritte zurück, nahm Anlauf und schnellte hoch. Im Kampf zwischen dem schwankenden Holz und dem Körper, der es überwinden wollte, spürte er endlich die Oberkante der Tür in der Leistengegend, schwang sich in einer letzten, verzweifelten Anstrengung hinüber und polterte immer wieder gegen unsichtbare Steine stoßend, einen lehmigen Abhang hinab. Er fand sich auf Knien am Boden einer Baugrube zwischen den Grundmauern eines angefangenen Hauses wieder. Die Holztür ragte über dem Abhang in den Himmel und blickte auf ihn herab wie auf einen Eindringling. Seine Augen tasteten sich durch die brüchige Dunkelheit und entdeckten, daß die Baustelle schon seit langem verlassen war. Alle Glieder, die er sich bei seinem jähen Sturz angeschlagen hatte, begannen zu schmerzen, er konnte keinen Muskel mehr bewegen, und der kalte Schweiß der Verzweiflung brach aus seinen Poren. Er suchte nach einem Winkel, wo er sich verstecken konnte, wenn sie kamen. In diesem Augenblick entdeckte er ihn. Er lag da, den Kopf auf einen Haufen Ziegelsteine gebettet, die offenen Augen auf ihn gerichtet und die Hände wie marmorne Schnecken nach oben gedreht, dem Himmel zu.

»Gott verdamm mich!« entfuhr es Bocanegra mit einem Schluchzen. Er näherte sich dem Mann und hielt einen Schritt vor ihm inne. Er war eindeutig tot, und sein Blick war nicht auf ihn gerichtet; er schien vielmehr wie gebannt auf die alte Tür dort oben zu starren, als sei sie seine letzte Hoffnung gewesen, bevor er starb. Von der anderen Seite der Tür ertönten nun wieder Trillerpfeifen, Bremsenquietschen, Verfolgerstimmen. Der Tote und Bocanegra schienen gemeinsam ihre Hoffnung auf die Tür zu setzen. Plötzlich begann jemand dagegen zu treten. Bocanegra begann zu weinen, ein hysterisches Kreischen drang aus seinen Eingeweiden. Er ging zu einem Steinhaufen, um sich zu setzen und das Unausweichliche zu erwarten. Dabei sah er den Toten an und beschimpfte ihn:

»Verdammter Mistkerl! Da hast du mich in die Scheiße geritten, du Wichser. So einer wie du hat mir heut abend gerade noch gefehlt!«

»Wir Privatdetektive sind Barometer der öffentlichen Moral, Biscuter. Und ich sage dir, diese Gesellschaft ist verfault. Sie glaubt an nichts.«
»Ja, Chef.«
Biscuter gab Carvalho recht, nicht nur weil er erriet, daß dieser betrunken war, sondern auch, weil er immer bereit war, katastrophale Zustände festzustellen.
»Drei Monate, ohne eine Peseta verdient zu haben. Kein Ehemann auf der Suche nach seiner Angetrauten. Kein Vater auf der Suche nach seiner Tochter. Kein alter Bock, der Beweise für die Treulosigkeit seiner Frau haben will. Etwa, weil die Frauen nicht mehr von zu Hause davonlaufen? Oder die Töchter? Nein, Biscuter. Sie tun es mehr denn je. Aber heute kümmert es die Väter und Ehemänner einen Dreck, ob sie davonlaufen. Die Grundwerte sind verlorengegangen. Habt ihr nicht auch für die Demokratie gestimmt?«
»War mir egal, Chef.«
Aber Carvalho meinte gar nicht Biscuter. Er befragte die grünen Wände seines Büros, oder jemand, der auf der anderen Seite des Schreibtischs saß. Es war ein Schreibtisch aus den vierziger Jahren, dessen Firnis die letzten dreißig Jahre nachgedunkelt war, als hätte er sich vollgesogen mit dem Halbdunkel dieses Büros an den Ramblas. Er leerte noch ein Glas eisgekühlten Testerschnaps, und ein Schauer lief ihm den Rücken hinunter. Kaum hatte er sein Glas auf den Tisch gestellt, wollte Biscuter nachschenken.
»Es reicht, Biscuter. Ich gehe ein wenig an die frische Luft.«
Er trat hinaus auf den Treppenabsatz, wo ihm der Lärm und die Gerüche des großen Mietshauses entgegenschlugen. Das Geklapper der Absätze und der Kastagnetten aus der Tanzschule, das pedantische Klick-klick des alten Bildhauers, der

Dunst der Abfälle, der sich in dreißig Jahren abgelagert hatte, vermischt mit dem abgeblätterten Lack und dem klebrigen Staub auf den Rahmen der Dachluken, deren rhombische, trübe Augen in den Treppenschacht spähten. Er lief in Sprüngen die Treppe hinab, gestärkt oder angetrieben von der Energie des Alkohols, und begrüßte dankbar den Ansturm der frischen Luft auf den Ramblas. Der Frühling spielte verrückt. Es war kalt und neblig an diesem Märznachmittag. Nach ein paar Schritten und tiefen Atemzügen erholten sich sein umnebeltes Gehirn und seine vergiftete Leber.

Er hatte 1 200 000 Pesetas auf der Bank, fest angelegt mit fünf Prozent Zinsen. Wenn es so weiterging, würde er nie genug verdienen, um sich mit fünfzig oder fünfundfünfzig Jahren vom Geschäft zurückzuziehen und von den Zinsen leben zu können. Die Krise der Grundwerte, sagte sich Carvalho, immer noch mit dröhnendem Schädel. Er hatte in der Zeitung gelesen, daß die Anwälte am Arbeitsgericht ebenfalls in der Krise steckten, weil sich die Arbeiter von Gewerkschaftsanwälten vertreten ließen. Die einen wie die andern – Opfer der Demokratie. Auch Ärzte und Notare waren Opfer der Demokratie. Sie mußten Steuern zahlen und dachten allmählich, am besten sei es doch gewesen, als Freiberufler unter dem Faschismus zu leben und dabei einen gewissen liberalen Widerstand zu leisten.

»Wir Privatdetektive sind so nützlich wie die Lumpensammler. Wir holen aus dem Abfall das Verwertbare heraus, oder das, was bei näherer Betrachtung vielleicht gar kein Abfall ist.«

Keiner lauschte seinem Vortrag. Die Regentropfen trieben ihn im Laufschritt in die Calle Fernando, zu den überdachten Schaufenstern von *Beristain*. Dort standen schon drei Straßenmädchen, die über die Vorteile von Fertigsuppen debattierten. Aus dem Laden trat ein kleiner Junge mit einem enormen Hokkeyschläger. Sein Vater begleitete ihn und fragte ein übers andere Mal:

»Meinst du wirklich, er hat die richtige Größe für dich?«

»Ja, Mensch, ja doch«, antwortete der Junge, erbost über die väterlichen Zweifel. Carvalho verließ den Schutz der Markise und rannte die Straße hinauf in Richtung des Feinkostladens, wo er immer Käse und Wurstwaren kaufte. Noch einmal hielt er an, angelockt von dem Gebell der kleinen Hunde, die im Schaufenster einer Zoohandlung im Stroh übereinander purzelten. Er deutete mit dem Finger auf die Schnauze eines frechen Schäferhundwelpen, dessen Hinterpfoten von zwei kleinen Foxterriern attackiert wurden. Dann legte er die geöffnete Hand auf die Scheibe, wie um dem Tier Wärme zu geben oder Kontakt aufzunehmen. Von der anderen Seite des durchsichtigen Vorhangs leckte das Hündchen das Glas, um Carvalhos Hand zu erreichen. Unvermittelt wandte sich Pepe Carvalho ab und legte den Rest des Weges zu seinem Feinkostgeschäft zurück.

»Das gleiche wie immer!«

»Heute gibt es auch eingelegte Lende und gepökelte *butifarra*.«

»Geben Sie mir zwei von jedem.«

Der Angestellte verpackte die Sachen mit routinierter Sorgfalt.

»Der Schinken aus Salamanca ist auch nicht mehr das, was er einmal war.«

»Da haben Sie recht. Alles nennt sich Salamanca-Schinken; alles, was nicht aus Jabugo oder Trevélez stammt, ist automatisch aus Salamanca. Zum Totärgern! Man weiß nicht mehr, ob man Schinken aus Salamanca oder aus Totana vor sich hat.«

»Man schmeckt es.«

»Ja, Sie verstehen was davon. Aber ich hab's auch schon erlebt, daß Schinken aus Granollers als Jabugo-Schinken verkauft wurde! Da haben Sie's!«

Carvalho verließ das Geschäft mit einem Paket, das verschiedene Käsesorten, *chorizos* aus Jabugo und Salamanca-Schinken für den normalen Verzehr enthielt, dazu eine kleine Portion des besonders guten Jabugo-Schinkens »gegen die Depressionen«. Seine Stimmung hatte sich gebessert, als er die Zoohandlung erreichte. Der Besitzer war gerade dabei abzuschließen.

»Und der Hund?«

»Welcher?«

»Der im Schaufenster!«

»Das war voll von Hunden.«

»Der kleine Wolf.«

»Das war eine Hündin. Ich hab sie alle drinnen, nachts sperre ich sie weg in Käfige, sonst schlägt man mir noch das Schaufenster ein, nicht um die Hunde zu klauen, sondern um damit irgendeine Schweinerei anzustellen. Die Menschen sind grausam.«

»Ich kaufe die Hündin.«

»Aber dann gleich.«

»Jetzt gleich?«

»Achttausend Pesetas«, sagte der Besitzer, ohne die Tür wieder aufzuschließen.

»Für dieses Geld können Sie mir doch keinen guten Schäferhund verkaufen!«

»Er hat keinen Stammbaum. Ist aber ein einwandfreies Tier. Sie werden es schon sehen, wenn Sie ihn mitnehmen. Sehr mutig. Ich kenne den Vater, und die Mutter gehört einem Schwager von mir.«

»Der Stammbaum interessiert mich nicht die Bohne.«

»Sie müssen's ja wissen.«

Auf einem Arm trug er den Hund, am anderen baumelte eine Tüte voll Käse, Wurst, Hundefutter in Dosen, Knochen, Läusepulver, eine Bürste, alles, was Herr und Hund zu ihrem Glück brauchen. Biscuter war verblüfft vom prächtigen Aussehen der Hündin, die selbstsicher auf den Hinterbeinen stand, ihre ellenlange Zunge heraushängen ließ und ihre überdimensionalen Ohren abstellte, so daß sie an die verstellbaren Tragflächen eines Jagdbombers im Sturzflug erinnerten.

»Sieht aus wie ein Kaninchen, Chef. Soll ich sie hier bei mir behalten?«

»Ich nehme sie mit nach Vallvidrera. Sie würde dir hier alles vollmachen.«

»Übrigens, da war ein Anruf für Sie. Ich habe den Namen notiert.«

Jaime Viladecans Riutorts, Rechtsanwalt. Während er die Telefonnummer notierte, gab er Biscuter den Auftrag, ihm etwas zum Abendessen warm zu machen. Er hörte ihn in der kleinen Kochnische hantieren, die er auf dem Flur vor der Toilette improvisiert hatte. Biscuter summte höchstzufrieden vor sich hin, während das Hündchen versuchte, das Telefonkabel durchzubeißen. Sein Telefonpartner hatte zwei Vorzimmerdamen, um Distanz zu schaffen und die Bedeutung seiner Position zu unterstreichen. Endlich meldete er sich mit der Stimme eines englischen Lords und dem Akzent eines Snobs von der Avenida Diagonal.

»Die Angelegenheit ist sehr delikat. Wir sollten uns persönlich darüber unterhalten.«

Sie vereinbarten einen Termin, er legte auf und ließ sich mit einer gewissen körperlichen Zufriedenheit in seinen Drehsessel fallen. Biscuter breitete eine Serviette vor ihm aus und brachte ihm sein dampfendes Abendessen. Das Hündchen wollte mitessen. Carvalho setzte es vorsichtig auf den Boden und legte ihm ein Stückchen Fleisch auf ein weißes Blatt Papier.

»Es stimmt schon. Manchmal bringen Kinder Segen ins Haus.«

Viladecans trug eine goldene Krawattennadel und Manschettenknöpfe aus Platin. Sein Äußeres war untadelig, selbst die kahle Stelle auf seinem Kopf – ein ausgetrocknetes und poliertes Flußbett zwischen Uferböschungen von grauem Haar, das er anscheinend beim besten Friseur der Stadt oder wahrscheinlich des ganzen Kontinents schneiden ließ. Dies hätte jedenfalls die Sorgfalt erklärt, mit der die Hand des Rechtsanwalts ein ums andere Mal über das verbliebene Gestrüpp strich, während seine Zungenspitze genießerisch zwischen den fast geschlossenen Lippen hin und her glitt.

»Ist Ihnen der Name Stuart Pedrell bekannt?«

»Er kommt mir bekannt vor.«

»Er dürfte Ihnen aus vielen Gründen bekannt sein. Die Pedrells sind eine angesehene Familie. Die Mutter war eine hervorragende Pianistin, obgleich sie nach ihrer Eheschließung nur noch auf Wohltätigkeitsveranstaltungen auftrat. Der Vater war ein Großindustrieller schottischer Herkunft, sehr bekannt vor dem Krieg. Jedes der Kinder ist eine Persönlichkeit für sich. Sie werden von dem Verleger gehört haben, dem Biochemiker, der Pädagogin oder dem Schiffsingenieur.«

»Wahrscheinlich.«

»Ich will mich mit Ihnen über den Bauunternehmer unterhalten.«

Er zeigte Carvalho eine Reihe sauber auf Karteikarten aufgeklebte Zeitungsausschnitte: »Leiche eines Unbekannten auf einem Bauplatz in La Trinidad gefunden«, »Toter als Carlos Stuart Pedrell identifiziert«, »Wegen angeblicher Polynesienreise vor einem Jahr Abschied von der Familie«.

»Angeblich? Hatte er das nötig?«

»Sie wissen doch, wie Journalisten mit der Sprache umgehen. Die Nachlässigkeit in Person.«

Vergeblich versuchte Carvalho, sich die Nachlässigkeit in Person vorzustellen, aber Viladecans war bereits dabei, ihm die Sachlage zu schildern, wobei er seine Fingerspitzen aneinander legte, Hände, die die beste Maniküre der kapitalistischen Welt erhalten hatten.

»Also, es geht um folgendes: Mein enger Freund, wir kannten uns von unserer gemeinsamen Schulzeit bei den Jesuiten, hatte eine innere Krise. Einige Männer, vor allem Männer von der Sensibilität meines Freundes Stuart, leiden sehr darunter, wenn sie die Vierzig erreicht haben, fünfundvierzig geworden sind und – ach! – schon auf die Fünfzig zugehen. Nur so erklärt es sich, daß er Wochen und Monate von der Idee besessen war, alles hinter sich zu lassen und nach Polynesien auf irgendeine Insel zu fahren. Der Plan nahm plötzlich Gestalt an. Er brachte seine Geschäfte in Ordnung und verschwand. Wir alle waren der Meinung, er sei nach Bali, Tahiti oder Hawaii gefahren, was weiß ich, und selbstverständlich nahmen wir an, die Krise sei nur vorübergehend. Monate vergingen, und wir standen vor einer ausweglosen Situation. Deshalb führt Señora Stuart Pedrell heute die Geschäfte. Und nun kam im Januar diese Nachricht: Die Leiche Stuart Pedrells tauchte auf einem Bauplatz in La Trinidad auf, erstochen, und wir wissen heute mit Sicherheit, daß er Polynesien nie gesehen hat. Keiner weiß, wo er war und was er während dieser Zeit gemacht hat, aber genau das müssen wir unbedingt herausfinden.«

»Ich erinnere mich an den Fall. Der Mörder wurde nicht gefunden. Wollen Sie auch den Mörder?«

»Na ja. Wenn Sie auch noch den Mörder finden, um so besser. Aber was uns wirklich interessiert, ist die Frage: Was tat er in dieser Zeit? Verstehen Sie, es sind zahlreiche Interessen im Spiel.«

Durch die Sprechanlage wurde die Ankunft von Señora Pedrell gemeldet. Fast im gleichen Moment ging die Tür auf, und eine Frau von fünfundvierzig Jahren, deren Anblick Carvalho einen Stich in die Brust versetzte, erschien im Büro. Sie trat ein, ohne ihn eines Blickes zu würdigen, und präsentierte die reife Schlankheit ihrer Figur, als wäre sie die einzige Person im Raum, die Beachtung verdiente. Viladecans stellte sie einander vor, doch dies diente der dunkelhaarigen Frau, deren großflächige Züge die ersten Spuren des Alters verrieten, nur dazu, die Distanz zu Carvalho zu betonen. Ein flüchtiges »Sehr erfreut«, mehr verdiente der Detektiv nicht, und Carvalhos Antwort darauf war, ihr wie gebannt auf die Brüste zu starren, bis sie nervös an ihrer Bluse zu nesteln begann und nach einem aufgegangenen Knopf suchte.

»Ich habe Señor Carvalho über alles unterrichtet.«

»Sehr gut. Viladecans wird Ihnen gesagt haben, daß mir Diskretion überaus wichtig ist.«

»Dieselbe Diskretion, mit der der Fall veröffentlicht wurde. Wie ich aus diesen Ausschnitten ersehe, ist nie ein Foto Ihres Gatten erschienen.«

»Kein einziges.«

»Warum?«

»Mein Mann verschwand mitten in einer Lebenskrise. Er war nicht Herr seiner selbst. Wenn er gute Laune hatte, was einem Wunder gleichkam, schnappte er sich den ersten besten und erzählte ihm die Geschichte von Gauguin. Er wollte selbst wie Gauguin werden. Alles hinter sich lassen und in die Südsee fahren. Alles, das heißt mich, seine Kinder, seine Geschäfte, seine gesellschaftliche Welt, alles. Ein Mann in diesem Zustand ist eine leichte Beute für jeden Dahergelaufenen, und wäre der Fall breitgetreten worden, hätten Tausende versuchen können, die Situation auszunutzen.«

»Haben Sie das mit der Polizei abgesprochen?«

»Sie haben getan, was sie konnten. Ebenso das Außenministerium.«

»Das Außenministerium?«

»Es bestand schließlich die Möglichkeit, daß er wirklich in die Südsee gefahren war.«

»Er ist nicht gefahren.«

»Nein. Er ist nicht gefahren«, erwiderte sie mit einer gewissen Befriedigung.

»Das scheint Sie zu erfreuen.«

»Ein wenig. Ich hatte diese Geschichte satt. ›Dann geh doch endlich!‹ sagte ich mehr als einmal zu ihm. Der Reichtum erdrückte ihn.«

»Mima ...« Viladecans versuchte, sie zu unterbrechen.

»Die ganze Welt fühlt sich vom Reichtum erdrückt – außer mir. Als er weg war, lebte ich auf. Ich habe gearbeitet. Ich habe seine Arbeit getan, mindestens genauso gut, nein, besser als er selbst, denn ich hatte keine Gewissensbisse.«

»Mima, vergiß nicht, es geht hier um andere Dinge.«

Aber Carvalho und die Witwe fixierten einander, als wollten sie taxieren, wie aggressiv der andere werden könnte.

»Sie empfanden, sozusagen, eine gewisse Zärtlichkeit für ihn.«

»Machen Sie sich ruhig lustig, wenn Sie wollen! Eine gewisse Zärtlichkeit, ja. Aber sehr wenig. Diese Geschichte hat mir eins klargemacht: Niemand ist unersetzlich. Und noch etwas Schlimmeres: Eine Position, die man einmal erreicht hat, will man nicht mehr aufgeben.«

Carvalho war verwirrt von der dunklen Leidenschaft, die aus diesen schwarzen Augen sprach, aus diesen beiden elliptischen Falten, die einen reifen und wissenden Mund umgaben.

»Was genau wollen Sie wissen?«

»Was mein Mann das ganze Jahr getrieben hat, als wir ihn in der Südsee glaubten, während er sich Gott weiß wo herumtrieb und Gott weiß was für Dummheiten anstellte. Ich habe einen erwachsenen Sohn, der nach dem Vater geraten ist, mit dem erschwerenden Umstand, daß er einmal mehr Geld erben wird als sein Vater. Zwei andere Söhne, die gerade dabei sind, auf irgendeinem Berg mit dem Geländemotorrad herumzuknattern. Eine Tochter, die seit der Entdeckung der Leiche ihres Vaters nervenkrank ist. Einen kleinen Jungen, den die Jesuiten von der Schule verweisen wollen ... Ich muß über alles die Kontrolle behalten, absolute Kontrolle.«

»Was wissen Sie bis jetzt?«

Viladecans und die Witwe blickten einander an. Der Anwalt ergriff das Wort:

»Dasselbe wie Sie.«

»Hatte der Tote nicht irgend etwas bei sich, was die Nachforschungen erleichtern könnte?«

»Seine Taschen waren leer.«

»Nur dies wurde gefunden.«

Die Witwe hatte ein zerknittertes Blatt Papier aus der Handtasche genommen, das schon durch viele Hände gegangen war. Jemand hatte mit Kugelschreiber den italienischen Satz darauf geschrieben:

»*Più nessuno mi porterà nel sud.*«

»Ich kenne Sie überhaupt nicht.«

Er hatte kurze Haare, trug einen dunklen Anzug ohne Krawatte und eine Sonnenbrille mit sehr dunklen Gläsern, die den glänzenden, weißen Teint seines jugendlichen Gesichts noch mehr hervorhoben. Trotz seiner Schlankheit wirkte er ölig, als hätte er Schmierfett in den Gelenken seines geräuschlosen Körpers.

»Wenn es bekannt wird, daß ich Ihnen diese Information gebe, bin ich als Polizist erledigt.«

»Señor Viladecans ist sehr einflußreich.«

»Sein ganzer Einfluß kann mich nicht retten. Man hat sowieso schon ein Auge auf mich, wegen politischer Aktivitäten. Der Laden wimmelt von Heuchlern. Wenn man sie hört, sind sie alle stinksauer über die Lage, aber sobald es darum geht, etwas zu tun, läuft gar nichts. Die haben nur ihre Gehaltsklasse im Kopf, und daß ihre Nebenjobs nicht auffliegen.«

»Sind Sie ein Roter?«

»Nein, davon will ich nichts wissen. Ich bin Patriot.«

»Ich verstehe. Sie waren doch an der Untersuchung des Falles Stuart Pedrell beteiligt? Sagen Sie mir alles, was Sie wissen!«

»Das ist ziemlich wenig. Zuerst hielten wir es für ein Verbrechen von Schwulen. Es kommt sehr selten vor, daß ein reicher Typ verschwindet und ein Jahr später erstochen wieder auftaucht. Es sah eindeutig aus wie ein Fall von Arschfickerei. Aber erstens ergab die Obduktion, daß sein Arsch noch Jungfrau war, und von den Schwuchteln kannte ihn keiner. Zweitens war da seine Kleidung. Man hatte ihm fremde Klamotten aus zweiter oder dritter Hand angezogen, völlig abgetragen, mit der klaren Absicht, Spuren zu verwischen.«

»Wozu ließen sie ihm dann den Zettel?«

»Um uns zu nerven, nehme ich an. Verstehen Sie den Text?«

»Mich bringt keiner mehr in den Süden.«

»Ja, das haben wir auch herausgefunden. Aber was bedeutet das?«

»Der Tote hatte vor, in die Südsee zu fahren.«

»Aber lesen Sie die Notiz einmal genau. Mich ... mich ... bringt ... keiner ... mehr ... in ... den ... Süden. Er spielt auf jemanden an, der ihn nicht hinbringt, obwohl er die Möglichkeit hätte. Das ist der Punkt, an dem wir nicht weiterkommen. Warum eigentlich auf italienisch?«

»War es seine eigene Handschrift?«

»Ja, es war seine.«

»Ergo ...«

»Er muß irgendwie das Gedächtnis verloren haben, ließ sich mit der Unterwelt ein und bekam einen Messerstich verpaßt. Wenn ihn nicht die eigene Familie klammheimlich entführen ließ. Sie wollten das leicht verdiente Geld nicht mehr hergeben und schnitten ihm die Kehle durch. Es könnte auch geschäftliche Hintergründe geben, aber das ist sehr unwahrscheinlich. Die heißeste Sache, in die er sich eingelassen hatte, war das Baugeschäft, und er hatte immer noch die Finger drin, aber er hat mit Strohmännern gearbeitet. Tja, *amigo*. Ich will mich über diese Sache nicht weiter auslassen. Hier haben Sie die Liste mit allen Leuten, die wir belästigt haben: Geschäftspartner, Freunde, Gönner und Neider. Ich hab schon zu Señor Viladecans gesagt, daß ich nicht noch weiter gehen werde.«

»Bleibt die Polizei an dem Fall dran?«

»Nein. Die Familie hat alle Hebel in Bewegung gesetzt, um das zu verhindern. Sie ließen eine angemessene Frist verstreichen und veranlaßten dann die Einstellung der Nachforschungen. Der gute Ruf der Familie und die ganze Sülze.«

Der junge Polizist ließ mit einem seltsamen Geräusch die Zunge von innen gegen die Wange schnalzen, und Carvalho faßte dies als Verabschiedung auf, denn er erhob sich daraufhin und ging zur Tür. Unterwegs wurde er von der kleinen Hündin attackiert, die versuchte, ihn in die Fersen zu beißen.

»Was ist denn das für ein Köter!«

»Es ist eine Hündin.«

»Pech. Lassen Sie sie kastrieren?«

Carvalho runzelte die Stirn, und der Polizist verschwand endlich. Niedergeschlagen von so viel Verachtung neigte die Hündin den Kopf erst auf die eine, dann auf die andere Seite, als wollte sie die guten und schlechten Seiten des Lebens betrachten.

»Du bist ganz schön zart besaitet.«

»Ein Schlappschwanz«, verkündete Biscuter und trat hinter dem Vorhang hervor.

»Das ist es. Wir nennen dich Bleda, Schlappschwanz, weil du so schnell den Kopf hängen läßt.«

»Und sie kackt überall hin, wie sie gerade Lust hat«, schimpfte Biscuter grimmig. Der Unterschied zwischen ihm und der Hündin bestand darin, daß Bleda – mehr oder weniger – von guter Rasse war und Biscuter nicht. An Carvalhos altem Knastkameraden hatte die Natur das Wunder einer unschuldigen Häßlichkeit vollbracht: ein blondes, nervöses Riesenbaby, das zur Kahlköpfigkeit verdammt war.

Er hörte Charos Schritte auf der Treppe, die Flurtür öffnete sich. Überdruß und Wut hielten sich auf ihrem Gesicht die Waage.

»Also, du lebst doch noch! Sag jetzt bloß nicht, du seist gerade dabei gewesen, mich anzurufen!«

»Nein. Nein, ich sag's nicht.«

Carvalho nahm eine Flasche Weißwein aus einem Zinkkübel, trocknete sie ab und füllte die drei Gläser, die Biscuter auf den Tisch gestellt hatte.

»Probier mal, Charo! Die Katalanen lernen allmählich, wie man guten Wein macht. Es ist ein Blanc de Blancs. Hervorragend. Vor allem um diese Zeit!«

»Was meinst du damit?«

»Diese Zeit eben. Zwischen dem letzten Gang des Mittagessens und dem ersten Gang des Abendessens.«

Charo ließ sich von ihm einwickeln. Sie setzte sich breitbeinig von den Knien abwärts an den Tisch und trank den Wein, wobei sie Carvalhos genießerische Pausen nachahmte. Biscuter versuchte es ebenfalls, schnalzte aber zu laut mit der Zunge.

»Uff! Was ist denn das?« Charo war vor Schreck aufgesprungen, als Bleda an ihrer Hand schnüffelte.
»Ein Hund, vielmehr eine Hündin.«
»Ist das deine neue Freundin?«
»Meine allerneueste. Ich habe sie gestern gekauft.«
»Ist ja keine umwerfende Schönheit. Wie heißt sie?«
»Bleda.«
»Mangold?«
»Im Katalanischen bedeutet *bleda* nicht nur ›Mangold‹, sondern auch ›Schlappschwanz‹, *fava tova*, taube ›Bohne‹.«
Der Hund sprang auf ihren Schoß und begann ihr Gesicht abzulecken. Währenddessen ließ Charo eine lange Schimpftirade auf Carvalho niedergehen. Der Detektiv schwieg geistesabwesend, und sie tranken ihren Wein, durstig und frustriert. Der grüne, saure Geschmack des Weins verursachte ihm ein Jucken hinter den Ohren, und als Gegenmaßnahme zog sich seine ganze Mundhöhle zusammen. Er fühlte sich belohnt, als habe er einen heimatlichen Winkel in sich selbst wiederentdeckt.
»Tut mir leid, Charo, aber ich war müde. Ich bin müde. Wie läuft das Geschäft?«
»Schlecht. Die Konkurrenz ist erdrückend. Bei dieser Wirtschaftskrise fangen sogar die Nonnen an rumzuvögeln.«
»Werd nicht so ordinär, Charo! Deine Kundschaft war doch immer erlesen.«
»Laß uns doch von etwas anderem reden, mein Süßer!«
Carvalho hatte vergessen, daß sie mit ihm nur äußerst ungern über ihre Arbeit sprach. Oder hatte er es doch nicht vergessen? Eigentlich wollte er sie loswerden, ohne sie zu verletzen. Carvalho sah, wie sie das Glas an die Lippen hob, mit geschlossenen Knien und der Steifheit einer Besucherin. Er lächelte ihr geheimnisvoll zu. Ihm war plötzlich bewußt geworden, daß er, der stets vermied Bindungen einzugehen, nun die gefühlsmäßige und moralische Verantwortung für drei Menschen und einen Hund trug: für sich selbst, Charo, Biscuter und Bleda.

»Komm, wir gehen essen, Charo!«

Er näherte sich der Tür, hinter der Biscuter mit dem Geschirr hantierte.

»Und du auch, Biscuter! Auf Kosten des Hauses.«

Sie aßen im *Túnel*. Biscuter war verblüfft über die Kombination von weißen Bohnen mit Miesmuscheln, die Carvalho bestellt hatte.

»Was die sich heute alles ausdenken, Chef!«

»Das gab es schon, als die Menschen noch auf allen Vieren gingen. Bevor die Kartoffel nach Europa kam, brauchte man doch auch eine Beilage zum Fleisch, zum Fisch oder zu Meeresfrüchten.«

»Was Sie alles wissen, Chef ...«

Charo hatte sich eine Minestrone und frischen Thunfisch *a la plancha* bestellt. Carvalho trank weiterhin seinen Wein wie ein Besessener, als brauchte er eine Transfusion von weißem, kaltem Blut.

»Was für einen Fall hast du gerade?«

»Eine verschwundene Leiche.«

»Was? Ist eine Leiche geraubt worden?«

»Nein. Ein Mann ist verschwunden und ein Jahr später wieder aufgetaucht, tot. Er wollte sein Leben ändern, das Land, den Kontinent, seine Welt verlassen und am Ende wurde er erstochen aufgefunden, zwischen Konservenbüchsen und Bauschutt. Eine gescheiterte Existenz. Ein reicher Versager.«

»Reich?«

»Sehr reich.«

Carvalho nahm sein Notizbuch aus der Tasche und begann vorzulesen:

»Tablex S.A., Sperrholzproduktion, Industrial Lechera Argumosa, Iberische Bau GmbH., Aufsichtsrat der Banco Atlántico, Sitz und Stimme in der Industrie- und Handelskammer, Aufsichtsrat der Privasa Bau und Schrott und noch weiterer fünfzehn Gesellschaften. Überraschenderweise sind zwei Verlage dabei, die sich kaum über Wasser halten können: ein Verlag, der Gedichte herausgibt, und eine linke Kulturzeitschrift. Anscheinend hatte er eine karitative Ader.«

»Rausgeschmissenes Geld, würde ich sagen. Bei der Menge von Zeitschriften und Büchern, Chef. Man geht zum Kiosk und findet nichts Gescheites, selbst wenn sich der Besitzer auf den Kopf stellt, um etwas zu finden.«

»Und alles Schweinekram«, urteilte Charo, während sie ein Stück Thunfisch mit Knoblauch und Petersilie zum Mund führte. »Es wimmelt darin von nackten Männern und Weibern.«

Biscuter verabschiedete sich, als er fertig war. Er war müde und mußte früh aufstehen, das Büro in Ordnung bringen und zum Markt gehen. Carvalho dachte ein paar Minuten später an ihn und stellte sich vor, wie er einsam auf dem Klappbett im Büro schlief.

»Oder er holt sich einen runter.«

»Von wem redest du?«

»Von Biscuter.«

»Wieso soll er sich einen runterholen?«

Mit einer Handbewegung wischte er vom Tisch, was er gesagt hatte, und gab Charo mit einem Blick zu verstehen, daß sie sich beeilen sollte. Er ahnte, daß sie gern mit ihm in sein Haus nach Vallvidrera kommen würde, und wußte nicht, wie er nein sagen sollte. Charo schlang in drei, vier Happen ihr Eis hinunter und hängte sich bei Carvalho ein. Sie stiegen in sein Auto, wo Bleda sie bellend beschimpfte und alles ableckte, was sie nicht in Sicherheit bringen konnten. Sie fuhren schweigend. In einem stummen Ritual leerte er seinen Briefkasten, stieg die Treppe zur Haustür empor und schaltete die Lichter an, die von der Vegetation des Gartens gedämpft wurden und Schatten über den Kies warfen. Carvalho atmete tief ein, blickte in die ferne Tiefe des Vallés und hörte lustlos Charos Geplapper zu.

»Bei mir zu Hause ist es hübsch warm. Bei dir dagegen ... Heute wirst du hoffentlich Feuer machen. Du bist ja so verrückt und machst nur im Sommer Feuer.«

Carvalho ging in sein Zimmer und zog die Stiefel aus. Vornübergebeugt, die Hände zwischen den Knien, blieb er auf dem Bett sitzen und starrte auf eine Socke, die verlassen und in bizarrer Verrenkung dalag.

»Was ist mit dir? Fühlst du dich nicht gut?«

Carvalho setzte sich in Bewegung. Er versuchte Zeit zu gewinnen, indem er ein paar vage Runden um sein Bett drehte. Dann verließ er das Zimmer, an Charo vorbei, die mit allen Nummern der *Vanguardia*, die sie gefunden hatte, das Kaminfeuer in Gang zu bringen versuchte. Er ging zur Küche und schnappte sich aus dem Kühlschrank eine von den zehn Flaschen Blanc de Blancs, die ihn dort, hell beleuchtet und als Winzersektflaschen verkleidet, erwarteten. Wer weiß, vielleicht ist der Wein gar nicht so gut, wie er mir vorkommt, aber die Sucht schadet dem nicht, der sie hat, sagte sich Carvalho.

»Noch mehr Wein? Du ruinierst deine Leber.«

Charo trank mit, während Carvalho ihre vergeblichen Bemühungen am Kamin korrigierte und ein eindrucksvolles Feuer entfachte. Dazu benutzte er ein Buch, das er seiner bereits sehr lückenhaften Bibliothek entnommen hatte: *Maurice* von Forster.

»Ist es so schlecht?«

»Es ist außergewöhnlich.«

»Warum verbrennst du es dann?«

»Weil es ein Haufen Blabla ist, wie alle Bücher.«

Die Flammen tauchten Charos Gesicht in einen rötlichen Schimmer. Sie ging ins Schlafzimmer und kehrte in dem weiten Kimono zurück, den Carvalho ihr aus Amsterdam mitgebracht hatte. Carvalho blieb mit einem Glas Wein in der Hand am Boden sitzen, den Rücken gegen das Sofa gelehnt.

»Wenn man Lust hat, hat man Lust.« Ihre Hand streichelte sein Haar. Zuerst griff Carvalho nach Charos Hand, um sie abzuwehren, aber dann behielt er sie und tätschelte sie zerstreut.

»Was ist los mit dir?«

Carvalho zuckte die Schultern. Plötzlich sprang er auf und eilte zur Tür. Er öffnete sie, und Bleda stürmte herein.

»Ich hatte das arme Tier ganz vergessen.«

Charo vergrub ihre Enttäuschung im Sofa, und ihr Mund fiel über das Weinglas her, als wollte er es zerbeißen. Carvalho nahm seine sitzende Stellung wieder ein und streichelte hingebungsvoll Bledas Nacken und Charos Schenkel.

»Entweder – oder. Der Hund oder ich.«

Charo lachte. Er richtete sich auf, setzte sich zu ihr, öffnete ihren Kimono und faßte nach ihren beiden Brüsten, die unter dem Infrarotgrill des Solariums und auf ihrer Terrasse geröstet waren. Charos Hand glitt unter sein blaues Hemd, kniff seine Brustwarzen und folgte den Pfaden durch das Dickicht auf seiner Brust. Aber Carvalho stand auf, schürte das Feuer und wandte sich zu ihr um, wie überrascht über ihre Unentschlossenheit.

»Was machst du noch hier? Komm!«

»Wohin?«

»Ins Bett.«

»Hier gefällt es mir besser.«

Die Hand von Charo legte sich wie eine Muschel über Carvalhos Hosenschlitz. Der Aufforderung zum Wachstum folgend, begann sich der Hosenschlitz hochzuwölben, bis er die Muschel ausfüllte. Carvalho bückte sich nach Bleda, trug sie ins Schlafzimmer und legte sie aufs Bett. Als er zum Feuer zurückkehrte, hatte sich Charo bereits ausgezogen, und der Widerschein des Feuers umspielte im Halbdunkel ihre verblühte Mädchenschönheit.

Er wurde von einer Sekretärin im Kostüm einer ehemaligen Klosterschülerin empfangen, die heute den Jungen heiraten will, mit dem sie seit zwölf Jahren verlobt ist.

»Señora Stuart Pedrell hat mir Ihren Besuch angekündigt.«

Sie befanden sich im Allerheiligsten des Toten. Ein persönliches Büro, wohin er sich zum Nachdenken zurückzog und das ihm lieber war als die fünfzehn anderen Büroräume, die ihn in zahlreichen anderen Firmen erwarteten. Gedämpfter nordischer Stil, wie er Mitte der sechziger Jahre in Mode gekommen war, abgewandelt durch Mauerwerkimitationen auf der Wandbespannung aus dunkelbeigem Tuch. Orientalisch anmutende Wachspapierleuchten, beigefarbener Flokati. Über der Tür zu einem Büroraum hing eine seltsame Ampel mit erloschenen Lichtern, ein toter, geflügelter Roboter an die Wand genagelt wie ein gefangener Schmetterling. Als sie Carvalhos fragende Miene bemerkte, erklärte ihm die ehemalige Klosterschülerin:

»Damit zeigte Señor Stuart Pedrell uns Angestellten und den Besuchern an, ob er jemanden empfangen wollte oder nicht.«

Carvalho trat auf die Ampel zu und wartete, daß sie sich belebte. Bevor er die Tür öffnete, hielt er inne. Ampel und Mensch blickten einander an, ohne eine Reaktion zu zeigen. Schließlich war es der Mensch, der die Tür aufstieß und den Raum betrat, während die Sekretärin die Jalousien öffnete.

»Verzeihen Sie, das Büro ist jetzt immer abgeschlossen und alles ist hoffnungslos verstaubt. Es wird nur einmal im Monat saubergemacht.«

»Waren Sie die Sekretärin von Señor Stuart Pedrell?«

»Ja, hier ja.«

»Wozu diente dieser Raum?«

»Um Musik zu hören, zu lesen, befreundete Intellektuelle und Künstler zu empfangen.«

Carvalho begann die Bücher zu studieren, die exakt ausgerichtet in den Regalen standen, die handsignierten Ölbilder an den Wänden, die Hausbar mit dem eingebauten Kühlschrank, die Entspannungscouch von Charles Eames, das Nonplusultra aller Sofas des modernen Patriarchats.

»Lassen Sie mich allein.«

Die Sekretärin verließ den Raum, zufrieden, daß ihr jemand mit soviel Nachdruck Befehle erteilte. Carvalho sah sich wieder die Bücher an. Viele davon in englischer Sprache. Amerikanische Verlage. *Paradigmen der Naturwissenschaften* von Kung, *Das wüste Land* von Eliot, Melville, deutsche Theologen,

Rilke, amerikanische Beatniks, eine englische Gesamtausgabe der Werke Huxleys, Maritain, Emmanuel Mounier, *Wie liest man Marx*. An die Regalbretter waren mit Reißzwecken mumifizierte Zeitungsausschnitte gepinnt. Es handelte sich teils um Rezensionen literarischer Neuerscheinungen aus der Literaturbeilage der *Times*, teils um interessante Nachrichten, interessant zumindest für Stuart Pedrell. Beispielsweise Carrillos Erklärung zur Abschaffung des Leninismus in der spanischen KP oder die Nachricht von der Hochzeit der Herzogin von Alba mit Jesús Aguirre, dem Generaldirektor der Zeitschrift *Música*. Hier und da waren Ansichtskarten mit Reproduktionen von Gauguin an die Bretter geheftet. An der Wand wechselten sich die handsignierten Ölgemälde mit Seekarten ab, und in der Mitte hing ein riesiger pazifischer Ozean voller Fähnchen, die eine Traumroute markierten. Auf dem Schreibtisch aus Palisander stand ein fein ziseliertes Marmorgefäß mit allen Arten von Bleistiften, Kugel- und Filzschreibern. Auf einer alten, bronzenen Schreibtischgarnitur das Bastelparadies eines Schülers: Radiergummis in verschiedenen Farben, große und kleine Tuschefedern, Federhalter, Rasierklingen, Stifte Marke Hispania in Rot und Blau, eine Schachtel Faber-Buntstifte, sogar Federn für gotische Buchstaben oder Rundschrift, als hätte sich Stuart Pedrell kalligraphischen Übungen oder der Illustration von Schulaufgaben gewidmet. In den Schubladen fand Carvalho wieder Zeitungsausschnitte und dazwischen den Abdruck eines Gedichts: *Gauguin*. Es beschrieb in freiem Versmaß den Weg Gauguins von der Aufgabe seiner bürgerlichen Existenz als Bankangestellter bis hin zu seinem Tod auf den Marquesas-Inseln, inmitten der Welt der Sinne, die er auf seinen Bildern dargestellt hat.

Im Exil auf den Marquesas,
Saß er im Kerker, verdächtig,
Weil er keinen Verdacht erweckte
                    In Paris

Verkannt als eingefleischter Snob.
Nur eingeborene Frauen kannten seine
zeitweilige Impotenz
Und wußten, daß der Goldglanz ihrer Körper
ein Vorwand war,

Zu vergessen das schwarze Gestühl der Börse,
Die Kuckucksuhr im Eßzimmer in Kopenhagen,
Die Reise nach Lima mit einer trauernden Mutter,
Das rechthaberische Geschwätz im Café Voltaire
Und vor allem
Die unverständlichen Verse von Stéphane Mallarmé.

So endete das Gedicht. Der Name des Autors sagte Carvalho nichts. Er öffnete die feine lederne Aktenmappe, die wie ein Tablett auf dem Tisch vor demjenigen lag, der sich an den Schreibtisch setzte. Handschriftliche Geschäftsnotizen, persönliche Einkaufszettel, von Büchern bis zur Rasiercreme. Ein Satz in Englisch erregte Carvalhos Aufmerksamkeit:

I read, much of the night, and go south in the winter.

Darunter:

Ma quando gli dico
ch'egli è tra i fortunati che han visto l'aurora
sulle isole più belle della terra
al ricordo sorride e risponde che il sole
si levaba che il giorno era vecchio per loro.

Zum Abschluß:

Più nessuno mi porterà nel sud.

Carvalho übersetzte im Geist:

Ich lese bis tief in die Nacht,
und im Winter reise ich gen Süden.
…… …… …… …… …… …… …… …… …… …… ……
Aber wenn ich ihm sage,
daß er einer der Glücklichen ist,
die die Morgenröte erblickt haben
über den schönsten Inseln der Welt,
lächelt er, sich erinnernd, und antwortet,
daß der Tag für sie schon alt war,
als die Sonne aufging.
…… …… …… …… …… …… …… …… …… …… ……
Mich bringt keiner mehr in den Süden.

Er gab sich Spekulationen über einen verborgenen kabbalistischen Sinn der drei Fragmente hin und tauchte ein in die wohlige Welt von Charles Eames, nachdem er sich zuvor an der Hausbar einen zehn Jahre alten Portwein Fonseca eingeschenkt hatte. Stuart Pedrell hatte keinen schlechten Geschmack gehabt. Carvalho ließ sich die Verse wieder und wieder durch den Kopf gehen. Entweder handelte es sich bei dieser Kombination einfach um den Ausdruck von Frustration, oder sie enthielt den Schlüssel zu einem Vorhaben, das mit dem Tod des Unternehmers hinfällig geworden war. Er steckte das Blatt in seine Tasche, durchsuchte die letzten Winkel des Zimmers, nahm sogar die Polster einer Sitzgarnitur auseinander und machte schließlich noch einmal vor der Karte des Pazifischen Ozeans halt. Mit dem Finger folgte er der Route, die die Fähnchen anzeigten: Abu Dhabi, Ceylon, Bangkok, Sumatra, Java, Bali, Marquesas-Inseln …

Imaginäre Reise – reale Reise? Dann untersuchte er die audiovisuellen Geräte, die in einer Ecke des Büros und auf dem Tisch links von Stuart Pedrells Sessel standen. High-Fidelity in höchster Vollendung. Ein Minifernsehgerät in einem amerikanischen Radiorecorder. Er überprüfte alle Tonbänder auf Hinweise. Nichts. Weder die Klassik-Kassetten noch die mit modernem symphonischem Rock à la Pink Floyd gaben ihm irgendeinen Wink. Er rief nach der ehemaligen Klosterschülerin, die ins Gemach getrippelt kam, als fürchte sie, die Heiligkeit des Ortes zu verletzen.

»Hat der Señor in den Tagen vor seinem Tod eine Reise gebucht?«

»Ja. Eine Reise nach Tahiti.«

»Direkt?«

»Nein, über Aerojet. Eine Agentur.«

»Hatte er schon eine Anzahlung geleistet?«

»Ja, und außerdem hatte er eine große Summe in Reiseschecks bestellt.«

»Wieviel?«

»Ich weiß nicht. Aber sie deckte die Ausgaben für ein Jahr oder mehr im Ausland.«

Carvalho sah sich noch einmal die Gemälde an. Bekannte Künstler, das Neueste vom Neuesten, kompromißlos aktuell. Der Älteste davon, Tàpies, war um die Fünfzig, der Jüngste, Viladecans, etwa dreißig. Eine Signatur war ihm bekannt: Artimbau. Er hatte ihn in der Zeit des Kampfes gegen den Faschismus kennengelernt, bevor er selbst in die USA geflohen war.

»Kamen diese Künstler öfter hierher?«

»Viele bedeutende Menschen kamen hierher.«

»Kennen Sie sie dem Namen nach?«

»Einige schon.«

»Diesen hier? Artimbau?«

»Das war der Netteste. Er kam oft hierher. Der Señor wollte ihm den Auftrag erteilen, eine große Mauer auf seinem Landsitz in Lliteras zu bemalen, eine riesige Umfassungsmauer, die das Landschaftsbild störte. Señor Stuart Pedrell wollte, daß Señor Artimbau sie bemalte.«

Artimbaus Atelier lag in der Calle Baja de San Pedro. Carvalho spürte das altbekannte nervöse Zucken, als er am Polizeihauptquartier der Vía Layetana vorbeikam. An dieses Gebäude hatte er nur schlechte Erinnerungen, und man konnte noch so viel demokratische Frischluft hineinpumpen, es würde immer ein finsterer Hort der Repression bleiben. Gegenteilige Gefühle erweckte in ihm der Anblick der Vía Layetana selbst, der erste unentschlossene Schritt zum Aufbau eines Manhattan in Barcelona, das nie vollendet wurde. Die Straße, die am Hafen begann und im Handwerkerviertel Gracia endete, war zwischen den Kriegen als künstliche Schneise angelegt worden, um den kommerziellen Nerv der Stadt zu stärken. Mit der Zeit verwandelte sie sich in eine Straße der Unternehmer und der Gewerkschaften, der Polizisten und ihrer Opfer. Hie und da gab es noch eine Sparkasse, und mittendrin, zwischen Grünanlagen vor gotisch gehaltenem Hintergrund, das Denkmal eines der wichtigsten katalanischen Condes. Carvalho ging durch die Calle Baja de San Pedro und gelangte zu einer großen, mit Portiersloge versehenen Toreinfahrt, die auf einen Innenhof führte. Er ging hinein und begann den Aufstieg auf einer ausladenden, verblichenen Treppe, über baufällige Treppenabsätze, vorbei an den Türen junger Architekten, die am Anfang, und Werkstätten betagter Handwerker, die am Ende ihres Berufslebens standen. Auch einige einfache Leder- und Papiergeschäfte hatten sich in der großzügigen Weiträumigkeit der aufgeteilten Wohnungen dieses alten Palacios eingenistet. Vor einer Tür, die mit fröhlichen lila und grünen Ranken bemalt war, blieb Carvalho stehen, klingelte und wartete. Ein bedächtiger, leiser Alter, dessen Schürze von Marmorstaub bedeckt war, öffnete ihm zögernd die Tür und forderte ihn mit einer Kopfbewegung auf einzutreten.

»Wissen Sie, wen ich besuchen will?«

»Francesc wahrscheinlich. Mich besucht keiner.«

Der Alte begab sich in einen kleinen, dem riesigen, vier Meter hohen Atelier abgetrotzten Raum. Carvalho durchmaß das Atelier, bis er Artimbau entdeckte, der entrückt am Bild eines Mädchens arbeitete, das eben seinen Pullover auszog. Der Künstler wandte sich überrascht um und brauchte eine Weile, bis er die Vergangenheit in Carvalhos Gesicht entziffert hatte.

»Du? So eine Überraschung!«

Sein dunkles Kindergesicht, von dichter Mähne und schwarzem Bart umrahmt, schien aus dem Abgrund der Zeit aufzutauchen. Das Modell zog den Pullover wieder herab, um die festen, prallen Halbkugeln ihrer weißen, wächsernen Brüste zu bedecken.

»Für heute ist Schluß, Remei.«

Der Maler tätschelte Carvalho und klopfte ihm auf die Schulter, als habe er ein Stück seiner selbst wiedergefunden.

»Du bleibst zum Essen. Das heißt, wenn es dir schmeckt, was ich da zusammenkoche.«

Er wies auf einen Gaskocher, auf dem ein bedeckter Tontopf dampfte. Carvalho hob den Deckel, und der Duft eines exotischen Schmorgerichts stieg ihm in die Nase, in dem sich der Gemüse- und der Fleischanteil die Vorherrschaft streitig machten.

»Ich muß auf mein Gewicht achten, deshalb verwende ich keine Kartoffeln und kaum Fett. Aber das Resultat ist gut.«

Artimbau strich sich über den kugeligen Bauch, der aus seinem nicht übermäßig korpulenten Körper hervorsprang. Das Modell verabschiedete sich mit einem leisen Gruß und einem langen, weichen Blick auf Carvalho.

»Ich wollte, ich könnte diesen Blick malen!« sagte Artimbau lachend, als sein Modell verschwand. »Zur Zeit male ich Gesten, Bewegungen des Körpers. Frauen, die sich anziehen, sich ausziehen. Ich komme wieder auf den menschlichen Körper zurück, nachdem ich mich über die Gesellschaft ereifert habe. Nur in meiner Kunst natürlich. Ich bin immer noch Parteimitglied, und für die Wahlen bemale ich Mauern und Wände. Neulich habe ich erst eine in El Clot gemalt. Und du?«

»Ich male nicht.«

»Weiß ich. Ich will wissen, ob du noch aktiv bist.«

»Nein. Ich habe keine Partei. Ich habe nicht mal eine Katze.«

Es war eine vorgefertigte Antwort, die vielleicht noch vorgestern der Realität entsprochen hatte, aber heute nicht mehr ganz zutraf. Carvalho dachte: Ich habe einen Hund. Mit irgend etwas fängt man an. Vielleicht besitze ich am Ende ebenso viele Dinge wie die anderen? Artimbau besaß einiges: Er hatte eine Frau und zwei Kinder. Vielleicht würde seine Frau zum Essen kommen, aber nur vielleicht. Er zeigte ihm Bilder und ein Skizzenbuch mit Bildern von Franco auf dem Totenbett. Ja. Er wußte, daß er dies noch nicht veröffentlichen konnte. Dann versuchte er, in Erfahrung zu bringen, wie Carvalho lebte und was er machte. Carvalho erwiderte seine Informationen und Vertraulichkeiten nicht, sondern faßte die letzten zwanzig Jahre in einem Satz zusammen: Er sei in den USA gewesen und arbeite jetzt als Privatdetektiv.

»Das ist das letzte, was ich erwartet hätte! Privatdetektiv!«
»Genau das ist der Anlaß meines Besuchs. Es geht um einen deiner Kunden.«
»Hat er eine Fälschung entdeckt?«
»Nein. Er ist tot. Ermordet.«
»Stuart Pedrell.«

Carvalho nickte und machte sich auf einen Redeschwall gefaßt. Artimbau war jedoch merklich zurückhaltender geworden. Er stellte die Teller auf ein Marmortischchen mit gußeisernen Füßen. Eine Flasche Berberana Gran Reserva – zur Feier des Tages – erfreute Carvalho. Er schmunzelte jedesmal zufrieden, wenn er einen neuen Fall gastronomischer Korruption entdeckte. Bedächtig nahm Artimbau den Topf vom Feuer. Dann rief er seine Frau an. Nein, sie würde nicht kommen. Er füllte die Teller mit seinem Diätgericht und nahm sehr erfreut Carvalhos überschwengliches Lob entgegen.

»Es schmeckt phantastisch!«
»Das Gemüse selbst, ob Artischocken oder Erbsen, gibt so viel Saft, daß man weniger Fett braucht. Die einzige Sünde ist das Glas Cognac, das ich dazugebe, aber zum Teufel mit den Ärzten!«
»Zum Teufel mit ihnen!«

Carvalho redete nicht weiter. Er wartete darauf, daß Artimbau auf das Thema Stuart Pedrell zurückkam. Der Maler kaute bedächtig und riet Carvalho, dasselbe zu tun. Man verdaut besser, ißt weniger und nimmt ab.

»Über einen Kunden zu sprechen ist immer eine kitzlige Sache.«

»Er ist tot.«

»Seine Frau kauft immer noch Bilder bei mir. Und sie bezahlt besser als ihr Mann!«

»Erzähl mir von ihr.«

»Das ist noch schwieriger. Sie lebt noch.«

Aber die Flasche war schon geleert, und der Maler öffnete eine neue, die dem Durst der beiden ebenso schnell zum Opfer fiel, wobei das Fassungsvermögen der Gläser, die von ihrem Hersteller zum Wassertrinken bestimmt waren, das seine dazu beitrug.

»Sie sieht sehr gut aus.«

»Das habe ich schon gesehen.«

»Ich hätte sie gerne als Akt gemalt, aber das wollte sie nicht. Sie hat Klasse. Mehr als er. Beide waren sie stinkreich. Beide haben eine hervorragende Erziehung genossen und pflegten eine Menge so verschiedener Beziehungen, daß sie über eine Menge Erfahrung verfügten. Zum Beispiel: Ich war sein Hofmaler, und der frühere Bürgermeister war einer der Hintermänner seiner Immobiliengeschäfte. Sie konnten hier zu Abend essen, da, wo du jetzt sitzt, mit mir und meiner Frau, irgend etwas, das ich selbst gekocht hatte, oder auch bei sich zu Hause Gäste empfangen, Größen wie López Bravo oder López Rodó, oder irgendeinen Minister vom *Opus Dei*, verstehst du? Das gibt den richtigen Schliff. Sie begleiteten den König zum Skifahren und rauchten Joints mit linken Poeten in Lliteras.«

»Hast du die Mauer bemalt?«

»Du hast davon gehört? Nein. Wir haben darüber verhandelt, bevor er starb, aber wir wurden uns nicht einig. Ich sollte ihm etwas ganz Ursprüngliches malen, den verlogenen Glanz von Gauguins Südseeinsulanern, aber übertragen in die einheimische Welt des Empordà, wo Lliteras liegt. Ich machte mehrere Entwürfe für ihn. Keiner konnte ihn zufriedenstellen. Damals war ich noch auf dem sozialkritischen Trip, und mir ist vielleicht etwas allzu Kämpferisches herausgerutscht, über die Lage der Bauern und so. Aber ich habe auch das Interesse verloren, weil er, unter uns gesagt, irgendwo ein Phantast war.«

Die zweite Flasche war den Schlund der beiden hinuntergerauscht.

»Ein Traumtänzer?«

»Ja, ein Traumtänzer«, urteilte Artimbau im Brustton der Überzeugung und ging noch eine Flasche Wein holen.

»Gut. Vielleicht ist es nicht richtig, ihn als Traumtänzer abzutun. Er war es und auch wieder nicht. Wie jeder Mensch das ist, was er ist, aber auch wieder nicht.« Seine Augen funkelten befriedigt aus der Tiefe des haarigen Dschungels, denn Carvalho war ein guter Zuhörer. Der Detektiv war wie eine weiße Leinwand, auf die er Stuart Pedrells Bild malen konnte.

»Wie jeder Reiche mit einem gewissen kulturellen Engagement war Stuart Pedrell sehr vorsichtig. Jedes Jahr wollte man ihn für Dutzende von Kulturprojekten gewinnen. Sie schlugen ihm sogar vor, eine Universität zu gründen. Es kann auch sein, daß dieser Vorschlag von ihm selbst stammte, ich weiß es nicht mehr. Stell dir vor: Verlage, Zeitschriften, Bibliotheken, Stiftungen, alle werden hektisch, sobald sie irgendwo in Verbindung mit kultureller Unruhe Geld wittern – bei dem wenigen Geld, das es in ihrer Branche gibt, und der Seltenheit des kulturellen Engagements bei den Reichen. Deshalb überlegte sich Stuart Pedrell seine Sachen gründlich. Aber andererseits war er auch irgendwo verspielt: Er begeisterte sich für die verschiedensten Projekte, verhalf den Machern zum Aufstieg, und plötzlich – zack! – verlor er die Lust und ließ sie fallen.«

»Wie war sein Ruf bei den Intellektuellen, den Künstlern und bei den Unternehmern?«

»Er wurde von allen als Sonderling betrachtet. Die Intellektuellen und Künstler akzeptierten ihn nicht, weil sie keinen anderen akzeptieren. Wenn wir, die Intellektuellen und Künstler, eines Tages jemand anderen als uns selbst akzeptieren sollten, würde das heißen, daß sich unser Ego aufgelöst hat, und damit hören wir auf, Intellektuelle und Künstler zu sein.«

»Das ist genau wie bei den Metzgern.«

»Wenn sie ihre eigene Metzgerei haben, ja. Aber nicht, wenn sie als Angestellte arbeiten.«

Carvalho sah in Artimbaus sozial-freudianischer Demagogie die Auswirkungen der dritten Flasche Wein.

»Von den Reichen wurde er mehr geachtet, denn die Reichen in diesem Land respektieren jeden, der zu Geld gekommen ist, ohne sich dabei allzusehr anzustrengen, und Stuart Pedrell war einer davon. Er hat mir einmal erzählt, wie er zu seinem Reichtum kam, es war wirklich zum Lachen. Damals, Anfang der fünfziger Jahre, du kennst doch die Geschichte mit der Wirtschaftsblockade. Die Versorgung mit Rohstoffen war auf dem Nullpunkt angelangt, es wurde nur noch auf dem Schwarzmarkt gehandelt. Stuart Pedrell hatte damals gerade seine Ausbildung zum Rechtsanwalt und Handelsinspektor abgeschlossen. Er sollte das Geschäft seines Vaters übernehmen, denn seine Brüder hatten andere Pläne. Aber er fühlte sich damit nicht wohl. Als er sich auf eine Prüfung über den Handel mit Rohstoffen vorbereitete, entdeckte er, daß Spanien dringend Kasein brauchte. Ausgezeichnet. Woher bekommt man Kasein? Aus Uruguay und Argentinien. Wer will es kaufen? Er erstellte eine Liste von potentiellen Abnehmern und besuchte sie einen nach dem anderen. Alle waren bereit zu kaufen, wenn das Ministerium den Import ermögliche. Nichts leichter als das. Stuart Pedrell ließ seine Beziehungen spielen und erreichte sogar, daß ihn der Wirtschaftsminister zu einem Gespräch empfing. Dieser hielt die Sache für sehr patriotisch, denn Stuart Pedrell hatte seinen Vorschlag entsprechend formuliert: Was würde aus Spanien ohne Kasein? Was würde aus uns allen ohne Kasein?«

»Eine schreckliche Vorstellung.«

»Stuart Pedrell flog nach Uruguay und Argentinien und knüpfte Kontakte zu Fabrikanten, bei verschiedenen Treffen, wo er seine Leidenschaft als Tango-Tänzer entdeckte. Seit dieser Zeit pflegte er zum Scherz mit argentinischem Akzent zu reden. Das tat er nur, wenn er gut gelaunt war, wenn er deprimiert war oder wenn er Klavier spielte.«

»Also, fast immer.«

»Nein, nein. Ich habe übertrieben. Er bekam das Kasein zu einem guten Preis und verkaufte es in Spanien für das Drei- bis Vierfache. Eine runde Sache. Damit machte er seine ersten Millionen. Und mit diesem Geld baute er alles übrige auf. Aufbauen ist nicht ganz der richtige Ausdruck, er hatte eher die Fähigkeit, mit unternehmenden Leuten zusammenzuarbeiten, die seine kritische Distanz zum Geschäftsleben kompensierten. Man könnte sagen, er war der Typ des Brecht'schen Unternehmers. Denen gehört die Zukunft! Ein verbohrter Unternehmer ist unfähig angesichts der sozialdemokratischen Zukunft, die ihn erwartet.«

»Wer waren seine Kompagnons?«

»Isidoro Planas und der Marqués de Munt.«

»Das klingt nach viel Geld.«

»Nach viel Geld und einflußreichen Gönnern. Eine Zeitlang hieß es, sie hätten den Bürgermeister auf ihrer Seite. Und nicht nur den, auch Banken, religiöse und pseudoreligiöse Vereinigungen. Stuart Pedrell setzte sein Geld ein und ließ die Leute machen. Er verhielt sich schizophren. Hier war die Welt seiner Geschäfte, dort seine intellektuelle Welt. Als er genug Geld angesammelt hatte, um die Zukunft von vier Generationen zu sichern, schrieb er sich an Universitäten ein, studierte Philosophie und Politik in Madrid, belegte Soziologiekurse in Harvard, New York, an der London School. Und er schrieb Verse, ohne sie je zu veröffentlichen.

»Er hat nie etwas veröffentlicht?«

»Niemals. Er sagte von sich selbst, er sei Perfektionist. Ich glaube aber, daß es mit dem sprachlichen Ausdruck haperte.

Das geht vielen so. Sie wollen anfangen zu schreiben und müssen dann entdecken, daß sie nicht mit der Sprache umgehen können. Dann übertragen sie die Literatur in ihr Leben oder die Malerei in ihr Wohnzimmer. Einige Reiche von dieser Sorte kaufen Zeitschriften oder Verlage auf. Stuart Pedrell unterstützte zwei schlechtgehende Verlage, aber nicht übermäßig. Er kam für ihre jährlichen Verluste auf. Wirklich schade um ihn.«

»Und seine Frau? Warum heißt sie Mima?«

»Von Miriam. Meine ganze Kundschaft kürzt ihre Namen ab, sie nennen sich Popó, Pulí, Pení, Chochó oder Fifí. Müdigkeit ist vornehm, und nichts ist anstrengender, als einen Namen ganz auszusprechen. Mima war eine Unbekannte, ein Anhängsel von Stuart Pedrell, wie es ihrer Situation als gebildete Gattin eines reichen und gebildeten Mannes entsprach. Sie hat nie den guten Ton verletzt, nicht einmal wenn sie hier saß. Aber sie war immer schweigsam. Seit ihr Mann verschwunden ist, ist sie ein anderer Mensch geworden. Sie hat eine beeindruckende Energie entwickelt, die sogar seine Geschäftspartner beunruhigt. Stuart Pedrell war bequemer.«

»Und Viladecans?«

»Ich habe ihn nur einmal gesehen, als er mir ein Bild bezahlte. Der klassische Anwalt, der über alles Bescheid weiß und dafür sorgt, daß die weiße Weste des Chefs keine Flecken bekommt.«

»Hatte er Liebschaften?«

»Jetzt wird es aber delikat. Was willst du, Vergangenheit, Gegenwart oder Wein?«

»Wein und die Gegenwart.«

Artimbau brachte eine neue Flasche.

»Das ist die letzte von dieser Sorte.« Und er goß beim Einschenken einiges daneben.

»Die Gegenwart heißt Adela Vilardell. Das war sein dauerhaftestes Verhältnis. Aber es gibt noch einige andere, Gelegenheitsbeziehungen, in der letzten Zeit mit immer jüngeren Frauen. Er hatte die Fünfzig erreicht und war dem klassischen erotischen Vampirismus verfallen. Von Adela Vilardell kann ich dir die Adresse geben, von den anderen nicht.«

»Hast du ihn eigentlich gut gekannt?«

»Ja und nein. Als Maler lerne ich genug Leute von dieser Sorte kennen, vor allem, wenn sie meine Bilder kaufen. Sie schütten mir ihr Geld und ihr Herz aus. Es ist eine doppelte Beziehung, die sehr viel enthüllt.«

»Und was war mit der Südsee?«

»Er war von dieser Idee besessen. Ich glaube, er hatte ein Gedicht über Gauguin gelesen, und dieser Mythos ließ ihm keine Ruhe mehr. Er kaufte sich sogar die Kopie eines Films von George Sanders, er hieß *Hochmut* oder so ähnlich, und schaute ihn sich zu Hause an.«

Carvalho reichte ihm den Zettel mit den Versen, die er bei den Papieren Stuart Pedrells gefunden hatte. Er übersetzte ihm das englische Zitat aus *Das wüste Land*.

»Weißt du, woher die italienischen Verse stammen könnten? Haben sie noch eine andere Bedeutung? Etwas, das Stuart Pedrell einmal erwähnt hat?«

»Dieses ›Lesen bis tief in die Nacht und im Winter gen Süden fahren‹ habe ich oft gehört. Es war sein Standardvers, wenn er betrunken war. Das andere kommt mir nicht bekannt vor.«

Stuart Pedrell hatte in einem Haus auf dem Putxet gelebt, einem der Hügel, die in früheren Zeiten das Stadtbild Barcelonas geprägt haben, wie die sieben Hügel Roms. Jetzt sind sie mit einem Teppich von Reihenhäusern des Mittelstands bedeckt, dazu einige mit Penthouse für das Großbürgertum, das in manchen Fällen von den früheren Bewohnern der Villen des Putxet abstammt. Das Penthouse für den Stammhalter oder die Tochter des Hauses war eine willkommene und weitverbreitete Annehmlichkeit für die Besitzer der noch vorhandenen Villen, ebenso in den angrenzenden Vierteln Pedralbes und Sarriá, den letzten Gebirgsausläufern, wo sich die Großbourgeoisie noch in ihren würdevollen alten *Torres*, diesen typischen turmartigen Villen, hielt und dafür sorgte, daß ihre Sprößlinge in der Nähe blieben. Stuart Pedrells Haus, das er von einer kinderlosen Großtante geerbt hatte, war um die Jahrhundertwende von einem Architekten gebaut worden, den die englischen Eisenkonstruktionen tief beeindruckt hatten. Schon die Gitterfenster waren eine Grundsatzerklärung, und ein eiserner Drachenkamm säumte das Rückgrat des Ziegeldachs. Neugotische Fenster, efeuüberwucherte Fassaden, weiße Gartenmöbel mit blauen Polstern in einem streng angelegten formalen Garten, wo eine elegante Reihe hoher Zypressen den kontrollierten Wildwuchs eines kleinen Pinienwäldchens und die exakte Geometrie eines Labyrinths von Rhododendronhecken umrahmte. Der Boden war bedeckt von Rasen und Kies, der Kies so wohlerzogen, daß er kaum unter den Reifen oder den Schuhsohlen knirschte, und der hundertjährige Rasen so wohlgenährt, getrimmt und gebürstet, daß er einer weichen Decke glich, auf der das Haus zu schweben schien wie auf einem fliegenden Teppich. Die Dienerschaft in Seide und Pikee, schwarz und weiß. Ein Gärtner im stilechten Kostüm des katalanischen Bauern, ein Hausdiener mit vorbildlichen Koteletten und einer Weste mit feinen Steppstreifen. Carvalho vermißte die Gamaschen bei dem Chauffeur, der mit dem Alfa Romeo losfuhr, um Señora Stuart Pedrell zu holen, bewunderte aber das stilsichere, zurückhaltende Grau seiner Uniform mit ihren samtbesetzten Aufschlägen und die weltmännisch hellen Lederhandschuhe, die die Finger frei ließen und sich vorteilhaft vom dunklen Steuerrad abhoben.

Carvalho bat eintreten zu dürfen, und der Hausdiener gestattete es mit einer leichten Neigung des Kopfes, als wollte er ihn zum Tanz auffordern. Und wie auf einem Ball des Fin de siècle schwebte Carvalho im Takt eines langsamen Walzers durch die Räume, im Geist den *Kaiserwalzer* vor sich hin summend, und stieg eine granatrote Marmortreppe mit übertrieben verschnörkeltem eisernen Geländer und Handlauf aus Palisanderholz hinauf und wieder hinunter. Das Treppenhaus badete im vielfarbigen Licht eines Glasfensters, auf dem der Drache von der Hand des heiligen Georg stirbt.

»Suchen Sie etwas Bestimmtes, Señor?«

»Ja, die Gemächer von Señor Stuart Pedrell.«

»Wenn Sie die Liebenswürdigkeit hätten, mir folgen zu wollen, Señor ...«

Er folgte dem Diener die Treppe hinauf. Sie endete in einem Absatz mit Brüstung, ideal für den Auftritt der Heldin, die bei der Ankunft ihres Lieblingsgastes »Richard!« ausruft, ihre Röcke rafft und auf Zehenspitzen die Stufen hinabschwebt, um mit ihm eng umschlungen in einem Walzer zu versinken. Als hätte er keinerlei Sinn für irgendwelche Filmphantasien, führte ihn der Diener durch einen schmalen, teppichbelegten Gang und öffnete am Ende eine hohe, kunstvoll bearbeitete Teakholztür.

»Eine wertvolle Tür!«

»Der Großonkel von Señor Stuart Pedrell ließ sie einbauen. Er besaß Anlagen zur Kopragewinnung in Indonesien«, deklamierte der Hausdiener wie ein Museumsführer.

Carvalho gelangte in einen Bibliotheksraum mit einem Schreibtisch, der aussah wie ein Thron aus der Zeit der katholischen Könige und für die Ellbogen eines Gelehrten bestimmt schien, der mit dem Gänsekiel schrieb. Rechts ahnte man den Eingang zum Schlafzimmer, aber Carvalho blieb in dem Salon und drehte sich einmal um sich selbst, um einen Eindruck von den Dimensionen des Raums zu gewinnen, von den feinen Stuckarbeiten an der Decke und der beinahe nahrhaft zu nennenden Solidität der hölzernen Wandvertäfelungen, die den gesamten Raum verkleideten, teils als Rückwand für die massiven Bücherregale voller schön gebundener Ausgaben, teils als Hintergrund für Gemälde aus dem 18. und 19. Jahrhundert, Arbeiten der Schüler von Bayeu oder Goya, wenn es sich nicht um einen historisierend romantischen Martí Alsina handelte. Hier konnte niemand arbeiten, der nicht mindestens ein vergleichendes Wörterbuch der aramäischen und der hethitischen Sprache erstellte.

»Hat Señor Stuart Pedrell diesen Raum benutzt?«

»Fast nie. Im Winter machte er Feuer im Kamin, manchmal saß er daneben und las. Er unterhielt diesen Raum ohne etwas zu verändern, da jedes einzelne Stück hier äußerst wertvoll ist. Die Bibliothek enthält nur alte Ausgaben. Das neueste Buch stammt aus dem Jahre 1912.«

»Sie sind sehr gut informiert.«

»Vielen Dank. Sie sind sehr liebenswürdig.«

»Haben Sie noch andere Aufgaben in diesem Haus?«

»Ja, Hausdiener bin ich nur nebenbei. Eigentlich bin ich der Generalkonservator dieses Hauses und leite außerdem die Hauswirtschaft.«

»Sind Sie Buchhalter?«

»Nein. Ich bin Wirtschaftslehrer und mache ein Abendstudium in Geisteswissenschaften. Mittelalterlicher Geschichte.«

Carvalho hielt dem triumphierenden Blick des Dieners stand, der voll Freude die Verwirrung genoß, die er in Carvalhos Gehirn angerichtet zu haben glaubte.

»Ich war schon hier, als das junge Ehepaar Stuart Pedrell einzog. Meine Eltern standen vierzig Jahre im Dienst der Großtanten des Herrn. Ich bin in diesem Haus geboren und als eine Art Adoptivsohn der alten Fräulein Stuart aufgewachsen.«

Das Privatzimmer Stuart Pedrells enthielt nichts Bemerkenswertes außer der ausgezeichneten Kopie eines Gauguin-Gemäldes mit dem Titel *Was sind wir, woher kommen wir, wohin gehen wir?*

»Dieses Bild ist neu.«

»Ja. Dieses Bild ist neu«, bestätigte der Diener ohne eine Spur von Begeisterung. »Der Señor hängte es hier über seinem Bett auf, als er beschloß, diesen Flügel des Hauses allein zu bewohnen.«

»Wann war das?«

»Vor drei Jahren.«

Der Diener übersah geflissentlich, wie Carvalho Schubfächer jeder Größe öffnete, das Bett von der Wand rückte, um hinter das Kopfteil zu schauen, und in den Schränken sämtliche Kleidungsstücke und jeden Winkel durchstöberte.

»Hatten Sie eine gute Beziehung zu Señor Stuart Pedrell?«
»Eine normale.«
»Hatten Sie persönliche Gesprächsthemen, die über die alltägliche Routine hinausgingen?«
»Manchmal.«
»Was für Themen?«
»Von allgemeiner Art.«
»Was verstehen Sie darunter?«
»Politik. Filme.«
»Welche Partei wählte Señor Stuart Pedrell im Juni 1977?«
»Das hat er mir nicht mitgeteilt.«
»Die Christdemokraten, die UCD?«
»Das glaube ich nicht. Etwas Radikaleres.«
»Und Sie?«
»Ich wüßte nicht, von welchem Interesse meine Stimmabgabe sein könnte.«
»Entschuldigen Sie.«
»Ich habe die Esquerra Republicana de Catalunya, die Republikanische Linke Kataloniens, gewählt, wenn es Sie interessiert.«

Sie hatten Stuart Pedrells Krypta verlassen, und die Wirklichkeit des Hauses trug ihnen die Akkorde eines Klaviers zu, fehlerfrei und diszipliniert gespielt, aber ohne allzuviel Gefühl.

»Wer spielt da?«
»Die Señorita Yes«, antwortete der Diener und fand nicht mehr die Zeit voranzugehen, so schnell eilte Carvalho in die Richtung, aus der die Töne kamen.
»Yes? Sie nennt sich ›Ja‹?«
»Ihr Name ist Yésica.«
»Jésica.«

Carvalho öffnete die Tür. Ein roter Gürtel, der ihre schmale

Taille betonte, teilte den Körper der Frau. Ihre jeansbekleideten Hinterbacken ruhten in runder, praller Jugendlichkeit auf dem Klavierhocker. Ihr Rücken beschrieb von der Taille aus eine delikate, geometrische Linie bis hinauf zu der blondgelockten Mähne, die sie in den Nacken geworfen hatte, um die Noten besser zu sehen. Der Diener räusperte sich. Ohne sich umzudrehen oder ihr Spiel zu unterbrechen, fragte das Mädchen: »Was wollen Sie, Joanet?«

»Ich bedaure, Señorita Yes, aber dieser Herr möchte mit Ihnen sprechen.«

Sie wandte sich mit einer schnellen Drehung des Klavierstuhls um. Sie hatte graue Augen, die Bräune einer Skifahrerin, einen großen, weichen Mund, die Wangenknochen eines Designermädchens und die Arme einer in Ruhe gereiften Frau. Vielleicht waren ihre Brauen etwas zu dicht, sie bekräftigten aber Carvalhos Eindruck, eine der lebenssprühenden Gestalten für die Coca-Cola-Werbung vor sich zu haben. Er selbst sah sich ebenfalls gemustert, aber nicht Stück für Stück, sondern auf einen Blick, im Ganzen.

Hol dir einen Gary Cooper in dein Leben, Mädchen, dachte Carvalho und drückte ihr die Hand, die sie ihm widerwillig gab.

»Pepe Carvalho, Privatdetektiv.«

»Ah, es geht um Papa. Könnt ihr ihn nicht in Frieden ruhen lassen?«

Der ganze Eindruck von Werbewelt war zerstört. Ihre Stimme hatte gezittert, und in ihren Augen glänzten Tränen.

»Das sind Angelegenheiten von Mama und diesem schrecklichen Viladecans.«

Das Geräusch der sich schließenden Tür ließ erkennen, daß der Diener nicht noch mehr hören wollte, als er schon gehört hatte.

»Die Toten werden nicht müde und ruhen auch nicht.«

»Was wissen Sie schon!«

»Können Sie das Gegenteil beweisen?«

»Mein Vater lebt, hier, in diesem Haus. Ich spüre seine Gegenwart. Ich spreche mit ihm. Kommen Sie, sehen Sie, was ich gefunden habe.«

Sie nahm Carvalho bei der Hand und führte ihn zu einem Pult, das in einer Ecke des Zimmers stand. Darauf lag ein dickes, aufgeschlagenes Fotoalbum. Das Mädchen blätterte vorsichtig die Seiten um, eine nach der andern, als seien sie zerbrechlich. Sie zeigte Carvalho ein dunkelgraues Blatt mit einer Fotografie des jungen Stuart Pedrell, braungebrannt, in Hemdsärmeln, wie er gerade den Bizeps eines Mr. Universum vortäuschte.

»Sieht er nicht blendend aus?«

Das Zimmer roch nach Marihuana und sie selbst auch. Sie hatte die Augen geschlossen und lächelte, wie entrückt von dem Schauspiel, das sich vor ihrem inneren Auge abspielte.

»Hatten Sie eine enge Beziehung zu Ihrem Vater?«

»Vor seinem Tod überhaupt keine. Als er von zu Hause fortging, studierte ich seit zwei Jahren in England. Wir hatten uns immer nur im Sommer gesehen, und da auch nur kurz. Ich habe meinen Vater erst für mich entdeckt, als er schon tot war. Es war eine schöne Flucht. Die Südsee.«

»Er hat sie nie erreicht.«

»Was wissen Sie schon? Wo ist denn die Südsee?«

Ihre Augen sprühten streitlustig, sie kniff die Lippen zusammen, und ihr ganzer Körper schien zum Sprung geduckt.

»Damit wir uns richtig verstehen: Hat sich Ihr Vater irgendwie mit Ihnen oder einem Ihrer Brüder in Verbindung gesetzt, während er in der Südsee weilte?«

»Mit mir nicht. Und ob mit den anderen, das weiß ich nicht. Ich glaube nicht. Nené ist seit Monaten auf Bali. Die Zwillinge waren fast wie zwei Unbekannte für ihn. Der Kleine ist erst acht.«

»Und er wird bald bei den Jesuiten rausfliegen.«

»Um so schlimmer für die Jesuiten. Es ist ein Wahnsinn, in unserer Zeit jemanden dorthin zu schicken. Tito ist ein viel zu phantasievolles Kind für diese Art von Unterricht.«

»Wenn Ihr Vater Ihnen erscheint, erzählt er Ihnen dann, wo er die ganze Zeit war?«

»Das ist nicht nötig. Ich weiß, wo er war. In der Südsee. An einem wundervollen Ort, wo er ganz neu beginnen konnte. Wieder der junge Mann sein, der nach Uruguay ging, um sein Glück zu machen.«

Die Version des Mädchens war nicht sehr überzeugend, aber Carvalho hatte eine gewisse Schwäche für mythologische Gefühle.

»Jessica ...« Carvalho sprach ihren Namen englisch aus.

»Oh! So hat mich noch niemand genannt! Fast alle sagen Yes, einige Yésica. Aber so wie Sie nennt mich niemand. Es klingt sehr gut. Schauen Sie! Mein Vater beim Skifahren in St. Moritz. Hier ist er dabei, jemandem einen Preis zu verleihen. Hör mal, weißt du, daß er dir ähnlich sieht?«

Carvalho wischte mit einer Handbewegung jede mögliche Ähnlichkeit vom Tisch. Ermüdet von der sentimentalen Reise durch das Fotoalbum ließ er sich auf ein schwarzes Ledersofa fallen, wo er in einer etwas erzwungenen Entspannung versank, um das Mädchen in Ruhe betrachten zu können, die in das Album vertieft war. Die Jeans konnten ihre geraden, kräftigen Sportlerschenkel ebensowenig verbergen, wie der kurzärmelige Wollpullover den Anblick ihrer kleinen Brüste mit den unentwickelten Warzen behinderte. Ihr Hals glich einer langen, biegsamen Säule, die den Kopf ständig hin und her drehte, als wollte sie die Flagge ihrer blonden Mähne schwenken, einer Mähne, so dick wie Marmelade, die langsam aus einem wundersamen Topf fließt. Plötzlich raffte sie ihr Haar mit einer Hand zusammen und wandte ihr Gesicht Carvalho zu. Sie hatte gespürt, daß er sie betrachtete. Er wandte den Blick nicht ab. Sie betrachteten einander Auge in Auge, bis sie zum Sofa lief, sich auf Carvalhos Knie setzte, die Arme um ihn legte, den Kopf an seine Brust schmiegte und sein Gesicht mit blonden Haarschlangen bedeckte. Der Detektiv reagierte langsam, bestärkte sie zunächst in ihrer kindlichen Hingabe und begann dann eine Umarmung, die etwas mehr war als die eines Beschützers vor den unausgesprochenen Schrecknissen des Mädchens.

»Laßt ihn in Ruhe. Er schläft! Er hat die Reise gemacht, um sich zu läutern, und jetzt schläft er. Sie verfolgen ihn, weil sie ihn beneiden.«

Marke Ophelia, dachte Carvalho und wußte nicht, ob er sie schütteln oder bemitleiden sollte. Er zeigte Mitleid, streichelte ihr übers Haar und beherrschte seine Lust, diese Zärtlichkeit auf die weniger unschuldige Erforschung ihres Nackens auszudehnen. Seine eigene Unentschlossenheit irritierte ihn, und er schob sie sanft, aber entschieden von sich weg.

»Wenn dein Haschrausch verflogen ist, würde ich gerne wiederkommen und mit dir reden.«

Sie lächelte mit geschlossenen Augen, die leicht angespannten, gefalteten Hände zwischen den Schenkeln.

»Jetzt geht es mir gut. Wenn du nur sehen könntest, was ich sehe!«

Carvalho ging zur Tür, drehte sich jedoch noch einmal um, um sich zu verabschieden. Sie war immer noch in Ekstase. Ein einziges Mal in seinem Leben hatte er mit einem solchen Mädchen geschlafen, in San Francisco, vor zwanzig Jahren. Sie war eine Erzieherin gewesen, die er im Zusammenhang mit der Unterwanderung der ersten Protestbewegungen in den USA durch sowjetische Agenten zu überwachen hatte. Dem Material der Señorita Stuart fehlte etwas, eine gewisse imperiale Festigkeit, die nur ein nordamerikanischer Körper ausstrahlen kann. Sie besaß, wenn auch nur minimal, jene gewisse Zerbrechlichkeit, die jeder Südländerin der Welt eigen ist, egal, aus welcher Schicht sie stammt. Ohne weiter nachzudenken, kritzelte er seinen Namen, Adresse und Telefonnummer auf ein Stück Papier, kehrte zu dem Mädchen zurück und reichte es ihr.

»Hier!«

»Wozu? Warum?«

»Falls dir noch etwas Neues einfällt, wenn du wieder klar

bist.« Dann floh er mit großen Schritten, die vorgaben, vorwärts zu führen, aus dem Zimmer.

Planas hatte ihn in die Zentralbrauerei bestellt, eine seiner Firmen, wo er eine Sitzung des Verwaltungsrats abzuhalten hatte. Danach hätte er eine Viertelstunde Zeit, maximal zwanzig Minuten. Dann müßte er sich zurückziehen, um seinen Antrittsvortrag als Vizepräsident des Unternehmerverbandes vorzubereiten.

»Die Wahl ist heute nachmittag, und ich werde gewinnen, da bin ich sicher.«

Carvalho hatte die telefonische Zurschaustellung von soviel Selbstvertrauen gerade noch gefehlt, aber er bedankte sich für den Termin und war innerlich auf alles gefaßt, wie vor einem Match gegen einen Tennisspieler, der in zwei Runden gewinnen will und jede davon 6:0. Carvalhos Ankunft vereitelte Planas' Absicht, mit erhobener Armbanduhr sein erwartetes Zuspätkommen zu tadeln.

»Sie sind pünktlich! Ein Wunder!« Und er schrieb etwas in ein Notizbuch, das er aus der Hosentasche gezogen hatte.

»Jedesmal, wenn ich einen pünktlichen Menschen treffe, verzeichne ich ihn hier. Sehen Sie? Ich schreibe Ihren Namen und das Datum auf. Sehr praktisch. Wenn ich mal einen Privatdetektiv brauchen sollte, werde ich erstens einen nehmen, den ich kenne, und zweitens einen, der pünktlich ist, alles andere ist Nebensache. Stört es Sie, wenn wir spazierengehen, während wir uns unterhalten? So kann ich mich wenigstens zwischen den Versammlungen ein bißchen fit halten. Ich muß noch in ein paar Werbespots für meine Gartenstadt auf den Höhen von Melmató auftreten.«

Kein Gramm Fett zu viel an diesem Römerkörper. Sein Schädel glattrasiert, um der unausweichlichen Glatze ein Schnippchen zu schlagen. Planas ging neben Carvalho, die Hände auf dem Rücken, und starrte zu Boden, während er sich seine Antworten überlegte. Kein einziger wirtschaftlicher Fehlschlag im Leben Stuart Pedrells. Die Geschäfte liefen mit Rückenwind. Sie hatten niemals dramatische, riskante Wendungen genommen, betonte er. Finanziell waren sie immer gut abgesichert gewesen und hatten sehr gute Bürgen gehabt. Der Löwenanteil des Anfangskapitals stammte weder von Stuart Pedrell noch von ihm, sondern von dem Marqués de Munt.

»Haben Sie noch nicht mit ihm gesprochen? Alfredo ist ein ganz besonderer Typ. Ein großer Mann.«

Tatsächlich war das größte Geschäft der Aufbau des Stadtteils San Magín gewesen – ein ganz neuer Stadtteil, neu bis zur letzten Straßenlaterne. Das waren Zeiten, als es noch Möglichkeiten gab, ganz anders als heute. Heute sieht es so aus: Der Kapitalismus ist Sünde und der Kapitalist ein Staatsfeind. Warum Stuart Pedrell gegangen war?

»Er war nicht über das Trauma seines fünfzigsten Geburtstags hinweggekommen. Schon beim vierzigsten und fünfundvierzigsten hatte er Schwierigkeiten gehabt. Aber als er fünfzig wurde, zerbrach er innerlich. Er hatte diesen Geburtstag allzu sehr literarisch stilisiert. Auch seine Arbeit hatte er zur Parodie gemacht: Er hatte innerlich zu viel Distanz dazu. Er war ein gespaltener Mensch: Eine Hälfte arbeitete, während die andere Hälfte dachte. Ein wenig Distanz ist gut, aber nicht bis zur Loslösung von allem. Man endet als Nihilist, und ein Nihilist kann kein Unternehmer sein. Ein guter Unternehmer muß ziemlich robust sein, er muß sich auch seine Skrupel verbeißen können, andernfalls bringt er es selbst zu nichts und erreicht auch bei anderen nichts.«

»Aber Stuart Pedrell war ein reicher Mann.«

»Sehr reich, von Geburt an. Nicht ganz so reich wie Alfredo Munt, aber reich. Ganz anders als ich. Meine Familie war nicht schlecht situiert; aber mein Vater machte mit vierzig Bankrott. Mit Pauken und Trompeten. Er wollte mit den Busquets eine Bank aufziehen, und alle gingen baden dabei. Mein Vater zahlte den Gläubigern siebzig Millionen. Stellen Sie sich vor, siebzig

Millionen, und das in den vierziger Jahren! Und dann hatte er nicht einen Céntimo mehr in der Tasche. Ich war damals auf der Universität und habe den Bankrott voll mitbekommen. Wie war Ihre Kindheit, Señor Carvalho?«

Der Detektiv zuckte die Schultern.

»Meine war sehr traurig. Sehr traurig«, bekannte Planas und betrachtete den unebenen Asphalt des Brauereihofs, auf dem er mit Carvalho spazierenging.

»Stuart ruhte sich auf uns aus: auf der ökonomischen Sicherheit von Munt und auf meiner Arbeitswut. Er gab dem Ganzen die ›Perspektive‹. Ich habe nie verstanden, was er mit dem Gerede von der Perspektive meinte, aber er war davon überzeugt, etwas Fundamentales beizutragen. Er hatte zuviel Zeit, um seinen Nabel zu beschauen und überall hinter den Frauen herzulaufen. Ich selbst habe seit 1948 keinen Urlaub mehr genommen. Da staunen Sie, nicht wahr? Ab und zu eine kleine Reise, um meine Frau zufriedenzustellen. Ach ja! Jedes Jahr, wenn es Frühling wird, gehe ich in eine deutsche Klinik in Marbella. Eine Entgiftungskur. Zu Beginn ein Früchtetag, dann ein Liter Abführmittel, grauenhaftes Zeug, und dann beginne ich meinen Kreuzweg: striktes Fasten fünfzehn Tage lang! Und manchmal verabreichen sie mir ein Klistier, das nie mehr aufhört. Aber, mein Freund, wenn man glaubt, man ist kurz davor, zu Staub zu zerfallen, hoppla!, dann wachsen einem von überall her Energien zu, man spielt Tennis, besteigt Berge und fühlt sich wie Superman. Seit fünf Jahren gehe ich dorthin, und jedesmal komme ich so schwerelos heraus, als könnte ich schweben!«

Er näherte sich dem Detektiv und berührte die Ringe unter seinen Augen mit den Fingern.

»Diese Ringe unter den Augen, geschwollen! Ihre Leber ist gereizt.«

Er ging voraus zu einem Büro, das sich in einer Art Zwischengeschoß des Lagers befand. Von einer Sekretärin ließ er sich die Adresse der Buchinger-Klinik heraussuchen und gab sie

Carvalho. Mit einer energischen Bewegung konsultierte er seine Uhr und lud Carvalho ein, ihm zum Innenhof zu folgen.

»Man muß versuchen, mit Würde alt zu werden. Sie sind etwas jünger als ich, aber Sie haben sich nicht gut gehalten. Ich dachte immer, Privatdetektive treiben Gymnastik oder Jiu-Jitsu. Ich mache jeden Morgen Walking in der Umgebung meines Hauses in Pedralbes. Ich nehme einen Weg bergauf und bin im Handumdrehen oben in Vallvidrera.«

»Um wieviel Uhr?«

»Um sieben Uhr in der Früh.«

»Ich stehe um diese Zeit auf und mache mir ein paar Spiegeleier mit *chorizo*.«

»Was Sie nicht sagen. Wo war ich stehengeblieben? Zack-zack den Berg hinauf und zack-zack den Berg hinunter. Zweimal in der Woche Unterwassermassage. Haben Sie das mal versucht? Sensationell! Das Wasser zermalmt einem beinahe die Knochen. So ein richtiger Wasserstrahl, mit vollem Druck. Danach eine gute schottische Dusche. Man steht vor dem Masseur wie vor einem Erschießungskommando. Stellen Sie sich so hin, wie ich gerade gestanden habe.«

Planas entfernte sich drei Meter von Carvalho und zielte mit einem nicht vorhandenen Wasserschlauch auf ihn.

»Aus dieser Entfernung spritzen sie mit einem scharfen, lauwarmen Strahl, vor allem auf die Stellen des Körpers, wo man abnehmen muß, und dann dasselbe mit kaltem Wasser. Man bekommt dadurch einen hervorragenden Kreislauf. Und das hilft, das Fett abzubauen. Sie haben eine tolle Figur, aber man sieht die Fettpolster, die beseitigt werden müßten. Um die Hüften und über dem Magen. Hier. Hier tut es weh. Ein scharfer Strahl, zisch! Durchhalten ist das Wichtigste. Und nicht zu viel Alkohol. Scheiße! Schon zwei Uhr ... die Leute von der Werbung erwarten mich ... war noch was?«

»Hat Stuart Pedrell in der Zeit, in der er sich in so befremdlicher Weise verborgen hielt, nie versucht, mit Ihnen Kontakt aufzunehmen?«

»Niemals. In geschäftlicher Hinsicht war das auch gar nicht nötig. Er hatte mit Viladecans alles sehr gut abgeklärt. Dann machte sich Mima an die Arbeit und war sehr erfolgreich, viel erfolgreicher als ihr Mann.«

»Und in menschlicher Hinsicht?«

»Wir hatten einander nie viel zu sagen. Unser einziges längeres Gespräch war wohl das erste, vor fünfundzwanzig Jahren, als wir Partner wurden. Danach haben wir uns tausendmal gesehen, ohne uns je richtig miteinander zu unterhalten. Munt hatte eine andere Beziehung zu ihm. Fragen Sie den!«

Er streckte ihm die Hand hin, als wollte er ihm den Arm abschießen und gleichzeitig sein Beileid aussprechen.

»Und vergessen Sie die Klinik nicht! Es gibt nichts Gesünderes als ein paar ordentliche Klistiere!«

Adios, Planas, dachte Carvalho, ich wünsche dir einen gesunden Tod.

»Diese Sorte habe ich nicht da.«

»Was für einen trockenen Weißwein haben Sie dann?«

»Einen Paceta.«

»Gut!«

Er bestellte Meeresschnecken als Einstieg. Der Wirt schlug ihm als Alternative eine gemischte Vorspeise mit Fisch und Muscheln vor, die er dann auch mit Meeresschnecken bestücken würde. Als nächstes empfahl er ihm Brasse aus dem Ofen, und Carvalho stimmte zu, teils um so beim Weißwein bleiben zu können, teils, weil das Fischgericht die Ringe unter seinen Augen verschwinden lassen und den Zustand seiner Leber bessern würde. Ab und zu ging er gerne zum Essen in die *Casa Leopoldo*, ein Restaurant, das schon in den Träumen seiner Jugend eine Rolle gespielt hatte. Seine Mutter war in jenem Sommer in Galicien gewesen, und sein Vater nahm ihn mit ins Restaurant, eine ungewöhnliche Sache für einen Mann, der Restaurants normalerweise als Räuber- und Nepphöhlen betrachtete. Er hatte von einem Restaurant im Barrio Chino gehört, wo es phantastische Portionen geben sollte und dies zu phantastisch niedrigen Preisen. Dorthin nahm er Carvalho mit. Er schlug sich den Bauch voll mit panierten Calamares, dem raffiniertesten Gericht, das er kannte, während sein Vater weniger riskierte und etwas ziemlich Gewöhnliches bestellte. Gut ist es ja. Und eine Menge. Mal sehen, ob es auch billig ist! Es dauerte lange, bis er wieder ein Restaurant betrat, aber der Name *Casa Leopoldo* blieb ihm immer im Gedächtnis, wie die Einweihung in einen faszinierenden Ritus. Viele Jahre später war er zurückgekehrt, als es schon nicht mehr jenen bedächtigen, aufmerksamen Wirt gab, der gefragt hatte, was sie zu speisen wünschten, und ihnen dabei das Gefühl gab, Stammgäste und Kenner zu sein. Es war jetzt ein gutes Fischlokal geworden, die Gäste waren Kleinbürger aus dem Viertel oder Leute aus dem Norden der Stadt, die von der guten Küche des Lokals gehört hatten. Carvalho verschrieb sich heute eine Diät aus Fisch und Weißwein. Seine Angstzustände, die er früher bekämpft hatte, indem er in Kneipen und Restaurants ging und sich der Völlerei hingab, ohne den guten Geschmack zu vernachlässigen, diese Zustände überwand er jetzt, indem er die Weißweinvorräte seines Landes dezimierte. Der Wirt war überrascht von der Genügsamkeit, was das Dessert betraf, und noch mehr von der Weigerung, zum Kaffee einen Likör zu nehmen. Carvalho redete sich damit heraus, daß er es eilig hätte, aber als er schon an der Tür war, wurde ihm klar, daß er eindeutig gegen seine ganze Natur gehandelt hatte. Er machte kehrt, setzte sich wieder, rief nach dem Wirt und bestellte sich einen doppelten Marc de Champagne, eisgekühlt. Während er ihn mit Genuß trank, hatte er das Gefühl, wieder er selbst zu werden. Die Leber. Zum Teufel mit ihr! Meine Leber gehört mir. Sie wird das tun, was ich will. Er bestellte noch einen doppelten Marc und war sicher, daß er jetzt endlich die Bluttransfusion bekommen hatte, die ihm seit Tagen fehlte.

Er bezahlte und ging die Calle Aurora entlang, auf der Suche nach der verlorenen Welt seiner Kindheit. Vor einem modernen

Haus, einem kleinen Wunder in dieser Straße aus der Zeit der Ermordung von Noi del Sucre, erblickte Carvalho eine kleine Menschenansammlung. Ein bescheidenes Plakat kündigte einige Beiträge zum Thema *Schwarzer Roman* an. Mit alkoholbeflügelter Sicherheit mischte er sich unter die Leute, die auf den Beginn einer dieser Veranstaltungen warteten. Er kannte sie nur zu gut, diese Intellektuellen mit ihren Eierköpfen, die überall auf der Erde gleich aussehen, aber in diesem Fall spanischen Verhältnissen angepaßt waren: Sie wirkten zwar wie harte Eier, aber weniger solide als harte Eier aus anderen Breiten. Ihr Gewicht wurde mit dem entsprechenden Exhibitionismus getragen, aber auch jener Besorgtheit der Unterentwickelten, das Ei könnte Schaden nehmen. Sie gehörten je nach Herkunft oder Nähe zum Thema verschiedenen Stämmen an, wurden jedoch von einem Stamm von höherem geistigem Status beherrscht, wie man unschwer aus der Tatsache schließen konnte, daß alle diesen Stamm verstohlen beobachteten und, wenn auch mit einer gewissen Unlust, seine Nähe suchten, um zu grüßen und anerkannt zu werden.

Endlich hob sich der Vorhang, und Carvalho fand sich in einem blauen Amphitheater in Gesellschaft von etwa hundert Leuten wieder, die den Beweis antreten wollten, daß sie mehr über den Schwarzen Roman wußten als die sieben oder acht Leute am Rednertisch.

Die Redebeiträge am Tisch begannen mit der Operation »Selbstsicherheit gewinnen«, einer Übung zerebralen Warmlaufens mittels der Bestimmung von Funktion, Ort und Thema, um sodann die Messe nach dem postkonziliaren Ritus zu beginnen. Zwei der Redner hatten sich selbst zu Wortführern aufgeschwungen und begannen ein privates intellektuelles Pingpongspiel zu der Frage: Schrieb Dostojewski Schwarze Romane? Dann kamen sie auf Henry James und natürlich E. A. Poe, um schließlich zu entdecken, daß der Begriff Schwarzer Roman eigentlich von einem französischen Umschlaggestalter stammte, der diese Farbe einer Serie von Gallimard verlieh, die dem Kriminalroman gewidmet war. Jemand am Tisch versuchte, das Redemonopol des Bärtigen und des kurzsichtigen Lateinamerikaners zu durchbrechen, wurde aber durch unsichtbare Rippenstöße seitens der Platzhirsche in seine Schranken verwiesen.

»Also ich …«
»Ich meine, daß …«
»Wenn Sie erlauben …«

Überhaupt nichts wurde ihm erlaubt. Er versuchte, in einer winzigen Redepause den Satz einzuschmuggeln: »Der Schwarze Roman ist ein Kind der Weltwirtschaftskrise …« wurde aber nur von den Leuten in der ersten und einigen in der zweiten Reihe gehört, unter denen sich auch Carvalho befand. Aus dem Zucken der Adamsäpfel der beiden Solisten konnte man schließen, daß sie kurz vor der Verkündung einer Schlußfolgerung oder endgültigen Formel standen.

»Man könnte also sagen …«

Schweigen. Spannung.

»Ich weiß nicht, ob mein lieber Juan Carlos auch dieser Meinung ist …«
»Wie sollte ich mit dir nicht einer Meinung sein, Carlos?«

Carvalho entnahm daraus, daß die Vorherrschaft der beiden Stars auf einer onomastischen Komplizenschaft beruhte.

»Der Schwarze Roman ist eine Unterkategorie des Genres, dem sich in besonderer Weise große Romanciers wie Chandler, Hammet oder Macdonald gewidmet haben.«
»Und Chester Himes?«

Wegen der aufgestauten Anspannung überschlug sich die Stimme dessen, der da versuchte, zu Wort zu kommen. Was aber zunächst als Mangel erschien, erwies sich als Vorzug, denn die phonologische Rarität ließ die monopolistischen Vortragsredner leicht zusammenzucken und aufschauen, um den Urheber jenes Geräusches auszumachen.

»Wie meinten Sie?« fragte der Kurzsichtige mit verdrossener Liebenswürdigkeit.

»Ich sagte, zu diesen drei Autoren gehört der Name von Chester Himes, dem großen Porträtisten der Welt von Harlem. Himes' Leistung steht der von Balzac in nichts nach!«

Nun war's heraus. Die beiden Alleinredner, ihrer Hauptrolle etwas müde, ließen zu, daß sich der Eindringling über sein Thema ausließ. Alles mögliche kam zur Sprache, von Chrêtien de Troyes' Roman *Matière de Bretagne* bis zum Tod des Romans nach den erkenntnistheoretischen Exzessen von Proust und Joyce, nicht zu vergessen die McCarthy-Ära, die Krise der kapitalistischen Gesellschaft sowie die soziale Verelendung, die der Kapitalismus schicksalhaft hervorbringt und damit den geeigneten Nährboden für den Schwarzen Roman liefert. Das Publikum brannte ungeduldig darauf, selbst zu Wort zu kommen. Kaum bot sich die Gelegenheit, erhob sich einer der Anwesenden und behauptete, Ross Macdonald sei Faschist gewesen. Ein anderer ergänzte, die Autoren des Schwarzen Romans bewegten sich ständig am Rande faschistischer Positionen. Hammet wurde entlastet, weil er zu einer Zeit Mitglied in der amerikanischen KP war, als die Kommunisten noch über jeden Verdacht erhaben und noch keinem Entkoffeinierungsverfahren unterzogen worden waren. Es gibt keine Schwarzen Romane ohne den einsamen Helden, und gerade darin liegt die Gefahr. Das ist echter Neoromantizismus, fiel ein anderer aus dem Publikum ein, um den Schwarzen Roman vor der historischen Verdammnis zu bewahren.

»Ich würde sogar sagen, ein gewisser Neoromantizismus macht die Stärke des Schwarzen Romans aus, ja, er macht ihn zu einer Notwendigkeit gerade in unserer Zeit.«

Die moralische Ambivalenz. Moralische Ambivalenz. Voilà, der Schlüssel des Schwarzen Romans. Es ist diese Ambivalenz, in der sich die Helden wie Marlowe oder Archer oder der Agent der Continental tummeln. Die anfänglichen Hauptredner bedauerten den Verlust ihrer Alleinherrschaft und versuchten, in dem entfesselten Redeschwall ihre Trümpfe auszuspielen: Geschlossenes Universum ... Unmotiviertheit ... Sprachregelungen ... die neue Rhetorik ... die Antithese zur Ideologie von *Tel Quel*, insofern als die Einzigartigkeit des Autors und des Helden wieder auflebt ... der Blickwinkel in *Mord an Rogelio Ackroyd* ...

Carvalho verließ den Saal mit brummendem Schädel und trockener Kehle. Er ging zur Bar, um ein Bier zu bestellen, und entdeckte neben sich eine brünette Frau mit einem Paar ungeheuer grüner Augen. Ihr Körper war unter einem Poncho verborgen, den sie wohl von einer Anden-Überquerung mitgebracht hatte.
»Hallo!«
»Hallo! Du bist ...«
»Dashiell Hammett.«
Sie lachte und bestand dann ernstlich darauf, seinen Namen zu erfahren.
»Horacio hat uns bei der Feier zur Veröffentlichung des Buchs von Juan miteinander bekannt gemacht, nicht wahr? Ich bin da eben rausgegangen, weil ich den ganzen Quatsch satt hatte. Dieses ganze Theater um den Schwarzen Roman geht mir auf den Keks. Ich bin derselben Ansicht wie Varese: Wenn die Bourgeoisie den Roman nicht mehr kontrollieren kann, beginnt sie, ihn mit Farbe zu bemalen. Ich lese deine Bücher. Es gefällt mir gut, was du schreibst.«
Carvalho fragte sich verwirrt, ob Biscuter oder Charo etwas unter seinem Namen veröffentlicht hätten. Er nahm sich vor, eine Erklärung zu verlangen, wenn er nach Hause kam.
»Weißt du, in letzter Zeit fehlt mir die rechte Lust zum Schreiben.«
»Ja, das merkt man dir an. Aber das geht uns allen mal so. Ich bin derselben Ansicht wie Cañedo Marras: Große Müdigkeit ist der Vorbote des großen Aufschwungs.«
Carvalho hatte Lust, ihr zu sagen: Zieh deinen Poncho aus, Liebling, und komm mit mir in ein Bett, schwarz oder weiß, rund oder eckig, ist mir egal, denn wenn die Bourgeoisie das

Bett nicht mehr kontrollieren kann, beginnt sie es mit Adjektiven zu bekritzeln.

»Willst du weiter hierbleiben, oder hast du Lust, mit mir sechs Flaschen eines absolut sensationellen Weißweins niederzumachen?«

»Du legst ein ziemliches Tempo vor, Fremder. Was willst du damit sagen?«

»Ich möchte mit dir schlafen.«

»Ganz klar! Du kennst Juanito Marsé. Das ist genau seine Masche. Er sagt, er habe damit schon viele Ohrfeigen kassiert, aber genauso viele Schätze gehoben.«

»Was bekomme ich? Die Ohrfeige?«

»Nein. Aber den Schatz auch nicht. Ich warte hier auf meine Freundin. Sie ist noch da drinnen. Du verstehst schon: Unsere Liebe ist unmöglich.«

»Dabei hat sie gerade erst angefangen.«

»Das sind immer die besten.«

Carvalho verabschiedete sich mit einer leichten Verbeugung. Auf der Straße dachte er an die Liebesgeschichten, die gerade erst beginnen. Er sah sich selbst als Jüngling, beeindruckt von Mädchen, die an ihm vorübergingen. Er folgte ihnen, nahm dieselbe Straßenbahn oder denselben Bus wie sie, ohne ein Wort mit ihnen zu sprechen, und fieberte dem Wunder einer Begegnung voller Poesie entgegen. Plötzlich würde sie sich umdrehen, seine Hand nehmen und ihn jenseits des Mysteriums führen, in ein Reich, in dem man sich ewig der Kontemplation des geliebten Wesens hingeben kann. Und die anderen Male? Als er in eine konkrete Person verliebt war und plötzlich das Gefühl hatte, sie erwarte ihn an einem bestimmten Ort in der Stadt, fast immer am Hafen. Voller Ungeduld war er dorthin geeilt, fest überzeugt, daß ihn ein weltbewegendes Rendezvous erwarte. Vielleicht sollte er sich verlieben, ohne ein gewisses Maß an Selbsttäuschung, ohne Illusion kann man nicht überleben, ohne die Möglichkeit, irgendwo in eine Kirche zu gehen und zu beten, kann man nicht leben. Heutzutage kann man ja nicht einmal mehr an die Liturgie des Weins glauben, seit einige Gourmets sich gegen den Rotwein in Zimmertemperatur ausgesprochen haben und meinen, er müsse kalt getrunken werden. Wo hat man so etwas schon gehört! Die Menschheit degeneriert. Die Kulturen gehen in dem Moment unter, in dem sie beginnen, das Absolute in Frage zu stellen. Francos System begann an dem Tag zu wanken, an dem er eine Rede mit den Worten begann: »Nicht daß ich behaupten wollte ...« Ein Diktator darf niemals eine Rede mit einer Negation beginnen, die ihn selbst betrifft. Man darf nicht jeden Tag eine Sauftour machen. Man darf sich auch nicht plötzlich dabei ertappen, daß man die Kinnbacken zusammenpreßt wie in einer übermenschlichen inneren Anspannung. Was für eine übermenschliche innere Anstrengung unternimmst du da? Aufstehen. Ist das vielleicht nichts? Tag für Tag. Und das bei den allgemeinen überteuerten Preisen und der Mittelmäßigkeit der Restaurants in dieser Stadt. Zwei Wochen zuvor hatte er sich ins Auto gesetzt und die Ausfallstraßen in den Süden genommen, zu einem Restaurant in Murcia, *El Rincón de Pepe*. Eine Pause für ein Nickerchen unterwegs diente ihm als Vorwand, um in Denia einen *arroz a banda* zu verzehren. Kaum in Murcia angelangt, schwang er sich vom Fahrersitz auf den Stuhl im Restaurant und bestellte beim *maître* ein Menü, das diesen sprachlos machte: eine Platte mit einheimischer Wurst, Auberginen mit Scampi in Sahne, Rebhühner à la Tante Josefa, *leche frita*. Er trank vier Karaffen Jumilla Hausmarke und bat um das Rezept der Auberginen, wobei er wieder einmal bestätigt sah, daß die französische Küche heute unter der Vorherrschaft der Küchen Spaniens schmachten würde, wenn nicht der Dreißigjährige Krieg Frankreichs Vorherrschaft in Europa besiegelt hätte. Die Gastronomie war das einzige Gebiet, auf dem er Patriot war.

Ohne es zu bemerken, hatte er die Rondas erreicht. Sie waren kaum wiederzuerkennen. Jede Verletzung der Welt seiner Kindheit schmerzte ihn, und bevor er gänzlich in einer Welle von Selbstmitleid versank, betrat er eine Telefonzelle und rief seinen

Freund, Steuerberater und Nachbarn Enric Fuster in Vallvidrera an.

»Du kennst doch Leute von der Universität, die mit Literatur zu tun haben. Ich brauche jemanden, der mir den Sinn einiger italienischer Verse erklären kann. Den Autor? Nein, weiß ich nicht. Deshalb rufe ich dich ja an.«

Fuster nahm die Gelegenheit wahr, ein Abendessen zu organisieren.

»Wir fragen meinen Landsmann Sergio, der kommt aus Morella und macht uns nebenbei ein super Essen. Nicht, weil er ein guter Koch ist, aber er hat immer frische Sachen aus seiner Heimatregion.«

Während die Chaldäer glaubten, die Welt höre hinter den nächsten Bergen auf, war Enric Fuster der Ansicht, daß die Gefilde jenseits der Grenzen seiner Heimat, des Maestrazgo, bereits zur Milchstraße gehörten.

Carvalho setzte sich, um den Rhythmus dieses Nachmittags wiederzufinden. Sein Rausch, weiß und säuerlich, löste sich langsam auf. Er hatte Durst. Er blickte den jungen Mädchen nach und stellte sich vor, wie sie in zwanzig Jahren aussehen würden, wenn sie, wie er, den Äquator der Vierzig überschritten hatten. Er blickte den Frauen um die Vierzig oder Fünfzig nach, und stellte sie sich als Mädchen vor, die spielten, sie wollten Königinnen werden. Dabei dachte er an ein Gedicht von Gabriela Mistral. Trotz allem muß ich ein Jahr im Leben eines Toten rekonstruieren. Klingt grotesk. Was interessiert den Toten dieses eine Jahr? Um den Toten kümmert sich ja auch niemand mehr. Jeder Mord enthüllt die Nichtexistenz der Menschlichkeit. Die Gesellschaft interessiert sich für den Toten nur, um seinen Mörder zu fangen und exemplarisch zu bestrafen. Aber wenn man den Mörder nicht finden kann, wird der Tote ebenso uninteressant wie der Mörder selbst. Jemand, der wirklich um dich weint. Wie Kinder weinen, wenn sie ihre Eltern in der

Menge verloren haben. Er beschleunigte seine Schritte, um zum Auto zu gelangen. Aber er hätte umständlich ausparken müssen, dann die Straße suchen, wo der Marqués de Munt wohnte, wieder einparken und wieder ausparken. Da ließ er sich lieber in ein Taxi fallen. Vorn hing die katalanische Madonna von Montserrat und Fotos seiner ziemlich häßlichen Familie. Fahr nicht zu schnell, Vati! Ein Schleifchen in den Farben des FC Barcelona. Das war der Gipfel! Der Fahrer sprach andalusisch, und nach zwei Minuten hatte er ihm schon erzählt, daß er bei den letzten Wahlen für die Kommunisten der PSUC gestimmt hatte.

»Und was sagt die Madonna dazu?«
»Die hat mir meine Frau geschenkt.«
»Ist sie fromm?«
»Was, meine Frau fromm? Hat man Worte? Aber das Kloster Montserrat gefällt ihr, wissen Sie. Jedes Jahr muß ich ein paar Mönchszellen mieten, na ja, was heißt Zellen, eigentlich sind es Hotelzimmer, einfach, aber sehr sauber. Es fehlt an nichts. Also, jedes Jahr im Mai muß ich sie mieten, dann fahren wir hoch, ich, meine Frau und die Kinder, für drei Tage. Sie werden sagen, was soll der Quatsch, denn weder meine Frau noch ich pinkeln Weihwasser. Aber sie liebt das Gebirge.«

Diese Leute lesen Marx bis tief in die Nacht, und im Frühling fahren sie zum heiligen Berg.

»Und ich sage Ihnen: In letzter Zeit bin ich es, der es am meisten genießt. Ein herrlicher Friede dort oben. Ich bekomme direkt Lust, Mönch zu werden. Und wie schön die Berge sind! Der reinste Zauber. Wie lange diese Felsen schon stehen. Jahrhunderte, hören Sie, Jahrhunderte! Bevor mein Großvater geboren wurde und der Großvater meines Großvaters.«

»Und der Großvater des Großvaters Ihres Großvaters.«

»Die Natur lehrt uns alles. Und dann sehen Sie sich mal hier um, sehen Sie sich nur um. Scheiße, nichts als Scheiße. Wenn wir wüßten, was wir alles einatmen! Manchmal fahre ich hinauf zum Tibidabo, und von Vallvidrera aus, meine Güte, da sieht man den ganzen verdammten Dreck, der über dieser Stadt hängt.«

»Ich wohne in Vallvidrera.«

»Schlagen Sie ein!« Er streckte ihm eine Hand hin, während er mit der anderen lenkte. »Das ist Intelligenz. Ich sehe schon, Sie haben auch einen Sinn für die Berge, genau wie ich.«

Der Taxifahrer setzte ihn in einer Straße des alten Stadtteils Tres Torres ab. In diesem ehemaligen Villenviertel waren Häuser abgerissen und durch aufwendig gestaltete öffentliche Gebäude von geringer Höhe verdrängt worden, um, diskret von der Straße zurückgesetzt, Platz für eine Grünzone mit Zwergzypressen, Myrten, die eine oder andere wohlgesicherte Bananenstaude, kleine Palmen und Oleander zu schaffen. Er betrat eine Empfangshalle von den Dimensionen des New Yorker Hotels *Plaza*, die den Auftritten eines Operettenportiers als Bühne diente. Er nahm den Namen des Marqués mit wesentlich mehr Respekt auf, als Carvalho hineingelegt hatte, öffnete die Tür zum Fahrstuhl, betrat ihn mit Carvalho und beschränkte sich während der Fahrt auf ein gesäuseltes: »Der Marqués de Munt erwartet Sie.« Der Lift passierte Tür um Tür der vier Bewohner des vierstöckigen Gebäudes. Er entließ ihn in einen dreißig Quadratmeter großen Empfangsraum mit japanischer Einrichtung, japanisch aus einer Zeit, als Madame Butterfly noch nicht verzweifelt war. Ein weiß und rosa livrierter Mulatte nahm sich Carvalhos an und führte ihn in einen Alptraum in Weiß. Ein ungeheurer Raum von achtzig Quadratmetern, als einziges Möbelstück ein hellrosa lackierter Flügel, und am Ende des Raums ein ganzes Gebirge von Sitzpolstern, bedeckt von einem Rasen aus weißem Samt. Dazu ein befremdliches Kunstwerk, ein Metallzylinder, der in eine tödlich scharfe Spitze auslief. Er wuchs aus dem Boden und versuchte vergeblich, die Decke zu erreichen. Auf den Polstern ruhte in perfekt einstudierter Pose der Marqués. Siebzig Jahre eines Lebens als Snob hatten ihn zu einem dürren Greis gemacht, weißhaarig und sehr gepflegt. Seine Augen hatten sich zu zwei glänzenden Schlitzen verengt, hinter denen man den dauernden Tanz der bösartigen Pupillen ahnen konnte. Die Äderchen in seinem leicht gepuderten Gesicht waren Kratzspuren des Weines, der im Eiskübel neben ihm kalt gestellt war. In der rechten Hand ein Glas, in der linken ein französisches Buch, *La Grande Cuisine Minceur* von Michel Guérard, mit dem er Carvalho bedeutete, auf einem der Polster Platz zu nehmen, die aus der einförmig milchweißen Landschaft herausragten.

»Nehmen Sie einen Lunch mit mir, Señor Carvalho? Mein Partner, Señor Planas, erzählte mir, daß Sie Spiegeleier und *chorizo* zum Frühstück essen.«

»Das hatte ich ihm nur erzählt, um seine diätetischen Attacken zu parieren.«

»Planas hat den Genuß des Essens nie entdeckt. Ein Vergnügen, das man etwa mit dreißig Jahren entdecken muß. Das ist das Alter, in dem das menschliche Wesen aufhört, ein Idiot zu sein, dafür aber den Preis des Alterns bezahlt. Heute nachmittag habe ich mich für Chablis und *morteruelo* entschieden. Wissen Sie, was ein *morteruelo* ist?«

»Eine Art kastilischer Paté.«

»Aus Cuenca, um genauer zu sein. Eine beeindruckende Paté aus Hase, Schweinebug, Huhn, Schweineleber, Nüssen, Zimt und Nelken und Kümmel ... Kümmel! Ein herrlicher Lunch!«

Der Mulatte roch nach dem Parfüm eines homosexuellen Deckhengsts, einem Duft von wohlriechendem, hartem Holz. Er brachte Carvalho ein kleines Tablett, auf dem ein schönes Glas von weißem Bergkristall stand.

»Sie werden mir zustimmen, wenn ich behaupte, Weißwein aus grünen Gläsern zu trinken sei die unsägliche Erfindung von Kulturbanausen. Ich bin kein Befürworter der Todesstrafe, außer wegen Erregung öffentlichen Ekels. Diese Sitte, aus grünen Gläsern Wein zu trinken, ist so ein Fall. Wie kann man dem Wein das Recht absprechen, gesehen zu werden? Den Wein muß man sehen und riechen können, bevor man ihn kostet. Er braucht transparentes Kristallglas, das transparenteste Kristallglas, das es gibt. Diese Unsitte mit den grünen Weingläsern stammt von einem spießigen französischen *maître*, wurde von der geschmacklosesten Aristokratie übernommen und begann von dort ihren Abstieg bis in die auf Raten gekauften Vitrinen und die Wunschzettel kleinbürgerlicher Brautpaare. Es gibt nichts Ärgerlicheres als solche Kulturlosigkeit, zumal, wenn diese so einfach zu vermeiden wäre.«

Carvalho hatte den Eindruck, daß sich das Blaurot der Äderchen unter der dünnen Puderschicht vertieft hatte. Die Stimme des Marqués war wohlklingend wie die eines katalanischen Radiosprechers, der, ständig darauf bedacht, seinen katalanischen Akzent zu vertuschen, ein übernatürlich reines Kastilisch spricht. Der Mulatte brachte zwei Terrinen mit *morteruelo*, zwei Gedecke und zwei Körbchen mit Brötchen.

»Trinken Sie! Trinken Sie, Señor Carvalho, solange noch Wein da ist. So lange sich die Welt noch dreht. Denken Sie an den Satz von Stendhal: ›Niemand weiß, was Leben heißt, außer dem, der vor der Revolution gelebt hat.‹«

»Leben wir vor der Revolution?«

»Ohne Zweifel. Die Revolution kommt bald. Noch ist nicht entschieden, in welchem Zeichen sie stehen wird. Aber sie kommt. Ich weiß es, dank meiner ausgedehnten Studien der Politikwissenschaft, und außerdem habe ich Richard, meinen Diener aus Jamaica. Er ist ein großer Spezialist in der Erstellung von Horoskopen. Eine große Revolution steht uns bevor. Beunruhigt Sie etwas? Die Plastik von Corberó?«

Das Ding mit der bedrohlichen Spitze war also eine Plastik. Carvalho fühlte sich etwas sicherer.

»Seit Jahren versuche ich, die Angehörigen meiner sozialen Klasse durch gutes Beispiel zu erziehen. Sie haben sich dagegen gesträubt und mir Exhibitionismus vorgeworfen. Als ich mich mit Autorennen beschäftigte, mit Boliden der Spitzenklasse, haben die Angehörigen meiner Klasse in Madrid um die Einfuhrerlaubnis für Opels und Buicks gebettelt. Als ich mich von meiner Frau trennte und in Granada auf dem Sacromonte mit Zigeunern zusammen wohnte, hieß es, ich würde in keinem guten Haus dieser Stadt jemals wieder empfangen werden.«

»Wo wohnten Sie auf dem Sacromonte?«

Ein Schatten des Ärgers huschte über das Gesicht des Marqués, als versuche Carvalho, die weiß leuchtende Eindeutigkeit mit dunklen Zweifeln zu beflecken.

»In meiner Höhle.«

Er trank Wein und beobachtete erfreut, wie Carvalho es ihm nachtat.

»Die Aristokratie und die Großbourgeoisie dieser Stadt holen ihre Dienerschaft aus Almuñécar oder Dos Hermanas. Ich hole meine aus Jamaica. Die Reichen sollen zeigen, was sie haben. Hier haben alle Angst, ihren Reichtum zu zeigen. Während des Bürgerkriegs kamen die Anarchisten der FAI, um mich abzuholen, und ich empfing sie in meinem besten seidenen Schlafrock. ›Schämen Sie sich nicht, so zu leben, bei allem, was in unserem Land los ist?‹, fragte mich ihr Anführer. ›Ich würde mich schämen, mich wie ein Arbeiter zu kleiden, ohne einer zu sein.‹, antwortete ich ihm, ohne lange zu überlegen. Er war so beeindruckt, daß er mir vierundzwanzig Stunden Zeit ließ, um zu fliehen. Ich lief zu den Nationalen über und hatte das Pech, unter die Katalanen von Burgos zu geraten. Eine Bande von Emporkömmlingen, die die Hemdfarbe gewechselt hatten, um einen Botschafterposten zu ergattern. Kaum war ich mit den Nationalen in Barcelona einmarschiert, verlor ich das Interesse an der Sache, und bei Ausbruch des Weltkriegs ergriff ich die Gelegenheit, als Spion für die Alliierten tätig zu werden. Ich bin Mitglied der Ehrenlegion, und jedes Jahr am 14. Juli fahre ich nach Paris, um über die Champs-Élysées zu defilieren. Ein Lebensstil wie der meine hätte etwas mehr Beachtung verdient seitens dieser katalanischen Oberklasse, die so fett auf ihrem Arsch sitzt. Aber lassen wir das. Sie haben jetzt die Gans mit Birnen und den Wein in Flaschen entdeckt. Mit ihren Vorfahren haben sie nichts zu tun. Mit denen, die das große Barcelona der Jahrhundertwende aufgebaut haben. Die großen Thunfische in einem Land von Sardinen. Sie waren zwar auch grobe Kerle, aber ihr Blut pulsierte im Rhythmus von Wagner. Bei den heutigen fließt es im Rhythmus irgendeiner Fernsehfilmmusik. Sie sind ein Plebejer, der genau weiß, wie man Chablis zu trinken hat, ich habe Sie beobachtet!«

»War Ihre Höhle am Sacromonte eine Sozialwohnung?«

»Es war die größte Höhle, die frei war. Aus einem Luxusgeschäft in Granada holte ich mir ein englisches Eisenbett aus der Zeit der Jahrhundertwende. Das hat mich dreimal soviel gekostet wie die ganze Höhle. Ich stellte das Bett in die Höhle und verbrachte einige sehr glückliche Jahre damit, Sänger und Tänzer der Zigeuner in ihrer Karriere zu fördern. Es ergab sich, daß ich eine Folkloregruppe zusammenbrachte, und ich nahm sie nach London mit, alle in ländlicher Arbeitskleidung. Stellen Sie sich vor: Umhänge, Bauernstiefel, Sombreros, falsche Muttermale, blühende Nelken im Haar. Als wir in London ankamen, wollten sie uns am Zoll nicht durchlassen. In dieser Verkleidung können Sie unser Land nicht betreten. Ich verlangte, die Gesetze zu sehen, die es verbieten, in Arbeitskleidung einzureisen. Es gab diese Gesetze nicht, aber man ließ uns nicht durch. Schließlich rief ich Miguel Primo de Rivera an, der damals Botschafter in London war, und schilderte ihm den Fall. Man schickte uns ein paar Autos von der Botschaft, und so betraten wir England unter dem Schutz der Flagge des diplomatischen Corps.«

»Waren Sie bei Ihren Geschäften auch so einfallsreich?«

»Das hatte ich nicht nötig. Als mein Vater noch lebte, lief alles wie von selbst. Mein Vater achtete mich. Er wußte, daß ich schöpferisch veranlagt bin und mein Leben und das der anderen ändern wollte. Als er starb, war ich fast fünfzig und erbte ein ungeheures Vermögen. Einen bedeutenden Teil davon legte ich fest an, um bis zu meinem Tod in Saus und Braus leben zu können. Ein anderer Teil ging an meine Frau, als Entschädigung dafür, daß ich ihr fünf Kinder gemacht hatte, und an meine fünf Kinder, als Entschädigung dafür, daß sie meine Erben sind. Mit dem Rest machte ich Geschäfte, wobei ich immer Leute wie Planas oder Stuart Pedrell benutzte. Kerle mit Elan, mit Aggressivität, mit dem Drang nach Macht, die es aber nirgendwo anders zu Macht bringen konnten als in der Wirtschaft. Planas ist beeindruckend und gefährlich, er verdreifacht jedes beliebige Vermögen in vier Jahren. Trinken Sie, essen Sie, Señor Carvalho, bevor die Revolution kommt.«

Er ließ es nicht zu, daß die Konversation zu anderen Themen überging. Ihn interessierte nur sein eigenes Leben, und er begann, von seinen Reisen zu erzählen.

»Jawohl, Señor Carvalho, ich habe die Dummheit gemacht, dreimal die Welt zu umrunden, systematisch, per Schiff, im Flugzeug und auf dem Landweg. Ich kenne alle Welten in dieser Welt. Ein andermal, wenn ich mehr Zeit habe – heute muß ich ins *Liceo*, die Caballé singt die *Norma*, das möchte ich mir nicht entgehen lassen – zeige ich Ihnen mein Privatmuseum. Es befindet sich auf meinem Landsitz Munt in Montornés. Wissen Sie, die Vorstellung, ich könnte das Leben einmal nicht mehr genießen, deprimiert mich. Das ist nicht nur eine Frage des Geldes, obwohl das dazugehört. Als Kind habe ich entdeckt, was Glück, was Genießen heißt, mit einem Stück Kürbis und einer Scheibe Salami. Haben Sie *Il cuore* von De Amicis gelesen? Heute ist dieses Buch pädagogisch unmöglich, aber es hat die Gefühlsbildung meiner und wohl auch Ihrer Generation nachhaltig beeinflußt. Ich erinnere mich besonders an eine Szene: Ein Maurer macht mit den Kindern einen Ausflug aufs Land, irgendwann unterwegs machen sie Pause, und er gibt jedem von ihnen ein Stück Kürbis mit einer Scheibe Salami obendrauf zu essen. Wie finden Sie das? Es ist etwas Wundervolles. Es sind die Freuden der Natur und des spontanen Essens. In der ganzen Literatur gibt es kein anderes Essen von vergleichbarer Schönheit, außer später bei Hemingway. In *Über den Fluß und in die Wälder* erzählt er von der einfachen Mahlzeit eines Fischers, der sich eine Büchse Bohnen mit Speck auf dem Lagerfeuer am Flußufer heiß macht. Neben diesen beiden Mahlzeiten verblassen alle großen Bankette der Barockliteratur. Nun gut, diese Genußmöglichkeiten werden verschwinden. Die Sterne lügen nicht. Alles treibt auf Tod und Vernichtung zu.«

»Aber Sie werden dabei von Tag zu Tag reicher.«

»Das ist meine Pflicht.«

»Sie wären bereit, Ihren Familienbesitz mit allen Mitteln zu verteidigen, auch durch Krieg.«

»Da bin ich mir nicht so sicher. Es kommt darauf an. Wenn es ein sehr häßlicher Krieg wäre, nein. Andererseits, jeder Krieg kann idealisiert werden, zweifellos. Aber nein, ich glaube nicht, daß ich so weit gehen und die Gewalt unterstützen würde. Ich habe keine Kinder mehr. Ich habe zwar welche, aber ich habe sie doch nicht mehr. Das nimmt einem die Aggressivität.«

»Was fürchten Sie dann?«

»Daß eine Zeit, welche die Notwendigkeit über die Phantasie erhebt, mir dieses Haus, diesen Diener, diesen Chablis, dieses *morteruelo* wegnimmt ... obwohl das *morteruelo* vielleicht überleben wird, denn in letzter Zeit ist die Linke dabei, die berühmten ›Identitätszeichen des Volkes‹ wiederzuentdecken, und dazu gehört die Küche des Volkes.«

»Stuart Pedrell wollte seiner Situation entfliehen. Sie nehmen ihre Situation an, mit der Distanz des Ästheten. Planas ist der einzige, der arbeitet.«

»Er ist der einzige Fanatiker, auch wenn er das niemals zugeben würde. Ich habe versucht, ihn zu heilen. Aber er hat das innere Gleichgewicht des aus der Bahn Geworfenen. An dem Tag, an dem er sich im Spiegel betrachtet und sagt: ›Ich bin verrückt‹, wird er zusammenbrechen.«

»Ihr Pessimismus erwächst aus der Furcht, daß die Kräfte des Bösen, die Kommunisten zum Beispiel, sich eines Tages all dessen bemächtigen werden, was Sie lieben oder besitzen.«

»Nicht nur die Kommunisten. Die marxistische Horde ist differenzierter geworden. Heutzutage gehören auch Bischöfe und Flamenco-Tänzer dazu. Sie kämpfen für die Veränderung der Welt und des Menschen. Den Kampf zwischen Kommunismus und Kapitalismus werden die Kommunisten gewinnen, solange er als friedlicher Wettbewerb geführt wird. Dem Kapitalismus bleibt nur der Krieg, vorausgesetzt, es ist vertraglich vereinbart, daß er konventionell bleiben soll, ohne Atomwaffen. Einen solchen Vertrag zustande zu bringen, ist sehr schwierig. Deshalb gibt es keinen Ausweg. Früher oder später wird es zum Krieg kommen. Die Überlebenden werden sehr glücklich sein. Sehr wenige und sehr glücklich. Sie werden eine dünn besiedelte Welt bewohnen und über ein Jahrtausend altes technologisches Erbe verfügen. Automatisierung und geringe Bevölkerungsdichte. Ein Schlaraffenland! Es wird genügen, den demographischen Druck zu kontrollieren, und das Glück ist von dieser Welt.

Welches politische Regime wird in dieser paradiesischen Zukunft herrschen? werden Sie mich fragen. Und ich will es Ihnen sagen: eine sehr liberale Sozialdemokratie. Falls es nicht zu einem Krieg kommt und wir weiterhin in friedlicher Koexistenz leben, wird innerhalb des kapitalistischen Systems das Wachstum stocken, möglicherweise auch innerhalb des sozialistischen. Haben Sie *Kommunismus ohne Wachstum* von Wolfgang Harich gelesen? Es erschien erst kürzlich in Spanien, aber ich habe es bereits auf deutsch gelesen. Harich ist ein deutscher Kommunist, der die Prognose stellt: Wenn das aktuelle weltweite Wachstumstempo unverändert anhält, wird die Menschheit in zwei oder drei Generationen verschwinden. Er vertritt einen asketischen Kommunismus, das heißt ein ökonomisches Überlebensmodell gegenüber der kapitalistischen These vom kontinuierlichen Wachstum und der eurokommunistischen von der kontrollierten Alternativenentwicklung, die von der Arbeiterklasse finanziert wird und auf das Erreichen ihrer Vorherrschaft als Klasse zielt. Aber ich bin alt und werde diese Zeit nicht mehr erleben.

Ich leide nicht, weil ich ausgelöscht werde. Was kommt, interessiert mich nicht. Vielleicht macht es mich traurig, daß diese Stadt oder die Gegenden, die ich liebe, verschwinden werden.

Haben Sie einmal einen Sonnenuntergang auf Mykonos erlebt? Ich besitze dort ein Haus auf den Felsen, von dem aus man die Sonne hinter Delos untergehen sieht. Ich liebe die Natur. Dafür gibt es sehr wenige Menschen, an denen ich gefühlsmäßig interessiert bin. Stuart Pedrell und Planas, beide sind für mich wie Söhne. Ich könnte fast ihr Vater sein. Aber sie sind zu sehr Kinder ihrer Zeit. Sie glauben an eine Entwicklung zum Höheren, glauben an den Fortschritt der Menschheit, zwar in kapitalistischem Sinne, aber sie glauben daran. Planas kandidiert für die CEOE, die ›Unternehmerpartei‹, wie sie von der Presse genannt wird. So etwas hätte ich nie getan.«

»Auf welche der möglichen Zukunftsperspektiven würden Sie setzen?«

»Ich bin nicht mehr in dem Alter, in dem man wettet. Das alles wird geschehen, wenn ich längst tot bin. Mir bleibt nicht mehr viel Zeit.«

Er schenkte Carvalho Wein nach und hob sein Glas. »Weißwein zwischen den Mahlzeiten zu trinken lernte ich aus einem Roman von Goytisolo, *Identitätszeichen*. Dann wurde der Weißwein auf sensationelle Weise in einem Film von Resnais eingesetzt, *Vorsehung*. Bis zu diesem Zeitpunkt war ich ein unerschütterlicher Anhänger solider Portweine und Sherrys. Das hier ist ein Segen. Außerdem ist es das kalorienärmste Getränk, abgesehen vom Bier. Welchen Weißwein bevorzugen Sie?«

»Blanc de Blancs, Marqués de Monistrol.«

»Den kenne ich nicht. Ich bin ein fanatischer Chablis-Trinker, immer dieselbe Marke. Und wenn es kein Chablis sein kann, trinke ich einen Albariño Fefiñanes. Eine beeindruckende Kreuzung. Die Wurzel stammt aus dem Elsaß und wächst in galicischer Erde. Etwas vom besten, was über die Pilgerstraße nach Santiago zu uns kam.«

»Hatten Sie mit Stuart Pedrell viele Gemeinsamkeiten?«

»Gar keine. Er war ein Mensch, der es nicht verstand, dem Leben etwas Gutes abzujagen. Er war ein leidender Narziß. Er litt an sich selbst, kam nie zur Ruhe. Aber auf geschäftlichem

Gebiet war er ein cleverer Junge. Ich kannte ihn seit seiner Kindheit, denn ich war mit seinem Vater befreundet. Die Stuarts hatten sich seit Beginn des 19. Jahrhunderts in Katalonien einen Namen gemacht, sie exportierten Haselnüsse von Reus nach London.«

»Wo konnte dieser Mensch ein ganzes Jahr verbringen, ohne ein Lebenszeichen zu geben?«

»Vielleicht hat er sich an einer ausländischen Universität immatrikuliert. Er interessierte sich in letzter Zeit sehr für Ökologie. Er interessierte sich immer für den letzten Schrei. Bei Gelegenheit sagte ich einmal zu ihm: Etwas hast du neunundneunzig Prozent unserer Landsleute voraus, nämlich, daß du täglich die *New York Times* liest. Wenn Planas die gleiche Neugier besäße, wäre er heute dabei, in den Import umweltfreundlicher Maschinerie einzusteigen. Wie schmeckt das *morteruelo*? Hervorragend, nicht wahr. Ich habe meine Köchin eigens einen Monat nach Cuenca geschickt, damit sie lernt, es richtig zuzubereiten. Es ist die angenehmste Art von Pâté, die es gibt, und stammt aus den Wurzeln der spanischen Küche, in der die leichten Gerichte vorherrschen. Vergessen Sie nicht, Spanien hat keine heiße Suppe von Bedeutung hervorgebracht, wenn man von den Eintopfgerichten absieht. Dafür besitzt es die weltweit bedeutendste Küche auf dem Gebiet der kalten Suppen. Es gibt ebensoviel Varianten von *gazpacho*, wie es Reisgerichte gibt. Der *morteruelo* ist um diese Stunde ausgezeichnet, vor allem mit diesem Brot, das ich mir aus Palafrugell kommen lasse. Stellen Sie sich vor: Es ist Teezeit. Ist ein Tee mit diesem gekühlten Weißwein und diesem *morteruelo* zu vergleichen? Schade, daß die Trauben noch nicht reif sind, ein paar Muskatellertrauben wären ein herrlicher Abschluß für diesen kleinen Imbiß gewesen.«

»Haben Sie irgendeinen Grund für die Annahme, Stuart habe sich an einer ausländischen Universität eingeschrieben?«

»Nein, keinen.«

»Was dann?«

»Vielleicht machte er eine Reise, aber nicht in die Südsee. Die

Grenzen werden nicht mehr genau kontrolliert. Ein Mensch, der verschwinden will, verschwindet. Wissen Sie, was für ein Gerücht umging, als ich in die Höhle auf dem Sacromonte gegangen war? Ich sei mit einer Expedition in die Antarktis gefahren, die ich selbst finanziere. Eine Glosse erschien in der Franco-Presse, sie verherrlichte die Härte der spanischen Rasse, die auch vor den letzten Geheimnissen des Erdkreises nicht haltmacht. Ein Satz blieb mir im Gedächtnis: ›Unsere Heiligen eroberten den Himmel mit ihrer Askese, unsere Helden schrecken auch vor der Hölle nicht zurück.‹ So stand es in der Zeitung, Señor Carvalho, ich glaube wenigstens, daß es so dastand.«

Er rief Biscuter an und fragte, ob es im Büro etwas Neues gäbe.
»Ein Mädchen namens Yes hat angerufen.«
»Was wollte sie?«
»Mit Ihnen reden.«
»Morgen ist auch noch ein Tag.«
Carvalho stieg in sein Auto und fuhr den Tibidabo hinauf nach Vallvidrera zu seinem Haus. Er warf die ganze Werbung, die er im Briefkasten fand, in den Abfalleimer und zündete mit *Philosophie und ihre Schatten* von Eugenio Trías das Kaminfeuer an, wobei ihm klar wurde, daß er das langsame Verbrennen seiner Bibliothek etwas einteilen mußte. Er hatte noch etwa zweitausend Bände. Bei einem Buch pro Tag würde das noch circa sechs Jahre reichen. Es war nötig, zwischen den einzelnen Büchern eine Pause einzuschalten, oder mehr Bücher zu kaufen – ein banaler Ausweg, der ihn anekelte. Vielleicht sollte er die beiden Bände der *Philosophie* von Brehier nochmals in zwei Teile teilen und ebenso mit der Sammlung von Klassikern der Pléiade verfahren, dann würde er etwas länger damit auskommen. Es tat ihm weh, die Klassiker der Pléiade zu verbrennen, denn es war wunderschön, diese Bände anzufassen. Manchmal nahm er sie heraus, um sie zu streicheln, und stellte sie wieder in

das lähmende Inferno der Regale, auf der Flucht vor der Erinnerung an vergangene Lesestunden, die er seinerzeit als Bereicherung betrachtet hatte. Dann räumte er sein Zimmer etwas auf, damit die Putzfrau nicht übermäßig über den säuischen Zustand der Wohnung und ihre schlechte Bezahlung meckern konnte. Er duschte sich langsam und gründlich, verzehrte einen halben Kilometer Brotscheiben mit Olivenöl und Tomate und verschlang den ganzen Jabugo-Schinken auf einmal. Während er noch unschlüssig war, ob er eine Flasche entkorken sollte oder nicht, läutete die Glocke an der Gartentür. Er ging ans Fenster und erblickte jenseits des Zauns eine nächtliche Mädchengestalt. Als er die Treppe zum Gartentor herabkam, erkannte er Jésica. Er öffnete ihr das Gittertörchen. Sie ging an ihm vorbei in Richtung Haus und drehte sich erst am Fuß der Treppe um: »Darf ich hereinkommen?«

Carvalho bat sie mit einer weit ausholenden Handbewegung, einzutreten. Bleda sprang ihr entgegen und polierte ihr einen Schuh mit zwei treffsicheren, flächendeckenden Zungenschlägen.

»Beißt er nicht?«
»Sie weiß noch gar nicht, was beißen ist.«
»Ich liebe Hunde«, sagte sie mit einer etwas unglaubwürdigen Geste, »aber ich bin einmal gebissen worden, als ich noch klein war, und seither habe ich Angst. Wie gemütlich dein Haus ist! Oh, was für ein hübscher Kamin!«

Sie bewunderte alles mit der höflichen Unaufrichtigkeit der besseren Leute, die damit zeigen wollen, daß sie immer noch zu Neid und Bewunderung fähig sind. Die Form einer Aussteigerin und der Inhalt der Klasse, aus der sie flieht, dachte Carvalho, während er züchtig seinen Schlafrock raffte.

»Hattest du es dir schon bequem gemacht? Warst du schon im Bett?«
»Nein. Ich habe eben erst zu Abend gegessen. Möchtest du etwas essen?«
»Nein, danke. Essen widert mich an.«

Sie plazierte ihre wohlgeformten Hüften auf einem Sessel, ihr Haar war ein Honigbett für ihr Gesicht, das im Halbdunkel blieb. »Heute vormittag habe ich mich wie ein dummes Ding benommen und konnte überhaupt nicht nützlich sein. Ich möchte mich entschuldigen und dir helfen, soweit ich kann.«

»Um diese Zeit arbeite ich nicht. Ich mache keine Überstunden.«

»Pardon.«

»Wollen wir ein Glas trinken?«

»Ich trinke nicht. Ich ernähre mich makrobiotisch.«

Seine Hände brauchten eine Beschäftigung. Er holte die Zigarrenkiste und entnahm ihr eine philippinische Flor de Isabela. Sie war leicht und wenig teerhaltig.

»Ich habe Gewissensbisse, seit die Leiche meines Vaters aufgetaucht ist. Ich hätte es verhindern können. Wenn ich hier gewesen wäre, dann wäre es nie soweit gekommen: Mein Vater ging fort, weil er einsam war. Mein älterer Bruder ist ein Egoist. Meine Mutter genauso. Meine anderen Brüder sind nutzlose Fleischklopse, die man getauft hat. Nur mit mir hätte er sich verstanden. Ich hätte die nötige Reife gehabt, um mit ihm zu reden, mich um ihn zu kümmern. Ich habe ihn immer aus der Entfernung bewundert. So gutaussehend, so clever, so selbstsicher und elegant. Er war ein eleganter Mann, nicht in seiner Kleidung, sondern in seinen Manieren. Gewinnend.«

»Und deine Mutter?«

»Ein Biest.«

»Hat dir dein Vater etwas nach England geschrieben, was uns Klarheit bringen könnte?«

»Nein. Er schrieb nur kurze Postkarten mit einem Satz, einem Gedanken. Etwas, das er gelesen hatte und ihm gefiel. Zweimal war er geschäftlich in London, es war jedesmal wunderschön. Jetzt glaube ich das jedenfalls. Damals dagegen, als er kam, war er mir lästig, und ich hatte das Gefühl, er stehle mir die Zeit. Ach, könnte man sie doch zurückdrehen! Hier, lies.«

Sie holte aus einem Strohkorb ein gefaltetes Blatt Papier:

Eines Tages kommst du zurück aus der Welt der Schatten,
Auf einem Pferd von Asche.
Um die Taille wirst du mich fassen
Und mich mitnehmen auf die andere Seite des Horizontes.
Ich werde dich um Verzeihung bitten, daß ich nicht
verhindern konnte,
Daß du gestorben bist an deiner Sehnsucht.

»Nicht schlecht.«
»Ich will kein literarisches Urteil. Ich weiß, es ist sehr stümperhaft. Ich zeige es dir, damit du siehst, wie sehr mich die ganze Sache mitnimmt. Ich kann nicht mehr.«
»Ich bin Privatdetektiv, kein Psychiater.«
»Soll ich gehen?«
Sie blickten einander in die Augen. Trotz der Entfernung spürte Carvalho die Vitalität, die in diesem hingegossenen Körper steckte. Die Frage war keine Herausforderung oder Protest, sondern vielmehr eine Art klagende Bitte gewesen. Carvalho entspannte sich. Er ließ sich ihr gegenüber in einen Sessel fallen und wurde sofort von Bleda bedrängt, die sich daran machte, ihm einen Hausschuh zu entführen.
»Leg Musik auf«, bat sie.
Carvalho erhob sich. Er legte die IV. Symphonie von Mahler auf und sah verstohlen zu, wie Yes sich anschickte, völlig zu entspannen. Sie öffnete ihre Beine, legte den Nacken auf die Rückenlehne und streckte die Arme von sich.
»Es tut wohl, hier zu sein und so entspannt zu sein. Wenn du in diesem Mausoleum leben müßtest!«
»Es ist nicht schlecht, das Mausoleum.«
»Der Schein trügt. Alles ist kalt und eingeschnürt. Überall herrscht der Stil von Mama. Sicher ist ihr die Etikette schnuppe. Aber weil sie sich früher selbst anpassen und dem Protokoll unterwerfen mußte, rächt sie sich heute an der ganzen Welt dafür.«
Sie öffnete die Augen, blickte zu Carvalho hinüber und setzte zu einer transzendentalen Aussage an.

»Ich will weg von Zuhause.«

»Ich dachte, solche Sachen sagt man heute nicht mehr, man macht sie ganz einfach und redet nicht darüber. Was du da sagst, klingt ein bißchen altmodisch.«

»Ich bin sehr altmodisch und habe nicht das geringste Interesse daran, anders zu sein.«

»Ich weiß immer noch nicht, was mich das alles angeht. Ich bin bei deiner Mutter angestellt, als freier Mitarbeiter, aber angestellt. Sie bezahlt mich dafür, daß ich den Tod deines Vaters aufkläre. Das ist alles.«

»Du hast so menschliche Augen, wie er. Du wirst nicht zulassen, daß ich untergehe.«

»Du hast eine gute Schwimmweste.«

Er korrigierte sich sofort, um nicht auf einer anatomischen Ebene mißverstanden zu werden.

»Ich meine, du hast jede Art von Hilfsmitteln, um durchzukommen. Jedenfalls bin ich dafür nicht zuständig. Was kann ich schon für dich tun?«

Das Mädchen sprang auf, fiel vor ihm auf die Knie und barg ihren Kopf in seinem Schoß, wobei ein Peitschenhieb ihrer Mähne in seine Brust schnitt.

»Laß mich hierbleiben.«

»Nein.«

»Nur diese Nacht.«

Carvalhos Finger begannen, ihre dichte, träge Mähne zu liebkosen und machten sich schließlich auf, die geheimen Wege zu ihrem Nacken zu erkunden.

Nackt stand sie da, wie aufgetaucht aus dem Meer der Nacht. Mit unentschlossenen, trägen Bewegungen strich sie sich die Haare hinter die Ohren und griff dann nach ihrer Tasche, suchte und fand darin ein zusammengefaltetes Papiertaschentuch und ein Spiegelchen. Ohne ihn anzusehen, streckte sie ihm eine Hand hin, als wolle sie ihm etwas geben oder ihn um etwas bitten. Dann hüpfte sie auf Zehenspitzen aus dem Zimmer, als fürchte sie, in offene Rasierklingen oder auf glühende Kohlen zu treten, und kam mit einem Messer zurück. Carvalho zog das Bettuch über seine Teile, und das Mädchen setzte sich an das Tischchen neben dem Bett, das mit Zeitschriften und anderen liegengebliebenen Dingen bedeckt war. Sie machte Platz, legte den Spiegel hin, als vollziehe sie eine heilige Handlung, öffnete dann langsam das gefaltete Papiertaschentuch und entnahm ihm etwas, das wie ein winziges Stück Kreide aussah. Sie zerkleinerte das Kokain mit dem Messer, bis es wie Staub auf dem Spiegel lag.

»Hast du einen Strohhalm?«

»Nein.«

»Einen Kugelschreiber?«

Ohne die Antwort abzuwarten, begann sie wieder, in ihrer eigenen Tasche zu wühlen und entnahm ihr einen billigen, durchsichtigen Plastikkugelschreiber. Sie nahm die Mine heraus, legte die Hülse neben den Spiegel und eilte dann zum Bett, wo sie Carvalhos Hand nahm und ihn lächelnd unter seinem Laken hervorzog. Carvalho, ob er wollte oder nicht, saß plötzlich neben ihr am Tisch, beide splitternackt unter dem Lichtkegel einer Lampe aus Metall, der den Spiegel mit dem aufgehäuften Koks einkreiste. Yes hielt sich mit dem Finger ein Nasenloch zu und steckte die Kugelschreiberhülse ins andere, um das Kokain zu schnupfen. Dann reichte sie das Ding Carvalho. Als dieser ablehnte, lächelte sie träge und nahm noch eine Prise. Carvalho holte sich eine Flasche Wein und ein Glas. Er trank, während sie mit ernster Kennermiene ihr weißes Pulverhäufchen aufschnupfte.

»Nimmst du das oft?«

»Nein, es ist sehr teuer. Willst du? Ich habe noch ein wenig davon.«

»Ich habe meine eigenen Drogen.«

»Gib mir einen Schluck Wein.«

»Das wird dir nicht guttun.«

Sie schloß die Augen und lächelte, als hätte sie einen schönen Traum. Dann nahm sie Carvalhos Hände und zog ihn hoch, bis er auf den Füßen stand, strich mit den Spitzen ihres Körpers über die überraschte Haut des Mannes, rieb ihre Wange an seiner Schulter, seiner Brust, dann an seinem Gesicht und seinem ganzen Körper, während ihre Hände wie flatternde Tauben seinen Rücken liebkosten. Carvalho mußte sich zwingen, sie zu begehren, und sie ging mit drogenbestimmtem Gehorsam auf jeden seiner erotischen Wünsche ein. Sie küßte seinen Mund, mit einer Lust, die reflexartig auf dessen Nähe antwortete, ging dann tiefer, folgte mit den Lippen den Linien seiner Brust und ließ sich von Carvalhos leichtem Druck den Bauch hinab bis zu seinem Penis leiten. Auf den kleinsten Wink von ihm wechselte sie die Stellung, jeder Widerstand und jede Leidenschaft waren besiegt, ihre Haut und ihr Wille waren Instrumente in seiner Hand. Sie liebten sich, Welten voneinander entfernt, und erst als sie die Zimmerdecke wieder wahrnahmen, schien sie aus ihrem Traum zu erwachen, um sogleich Carvalhos Hand an sich zu reißen und ihm zu beteuern, sie liebe ihn und wolle nicht fortgehen. Carvalho fühlte sich in ihrer Schuld und ärgerte sich über sich selbst.

»Mußt du jedesmal Drogen nehmen, wenn du mit jemandem schläfst?«

»Mit dir fühle ich mich sehr wohl. Du nimmst mir die Angst. Ich habe immer Angst davor. Mit dir hat es mir keine Angst gemacht.«

Carvalho drehte sie herum, beugte sie nieder, bis sie sich auf alle viere niederlassen mußte, und schickte sich an, sie von hinten zu nehmen. Kein Wort des Protests kam über ihre Lippen, die jetzt unter den weichen, besiegten Haaren verborgen waren. Carvalho schlang die Arme um ihre Taille, die schmal war wie ein junger Baumstamm, dann ließ er den Kopf auf ihre Schulter sinken und fühlte, wie seine dumpfe Wut verrauchte.

»Tu es, wenn du willst. Es macht mir nichts aus.«

Carvalho sprang aus dem Bett, holte die Zigarrenkiste aus

dem Nachtschränkchen und zündete sich eine Condal No. 6 an. Dann setzte er sich auf den Bettrand und beobachtete wie von einem Balkon den langsamen Rückzug seines Penis.

»Adios, mein Junge, Gefährte meines Lebens ...«

Er wandte sich nach ihr um, weil sie so still war. Sie schlief. Er deckte sie mit dem Laken und der Bettdecke zu. Dann zog er seinen Pyjama wieder an, ging aus dem Zimmer, legte die Mahlerplatte wieder auf, fachte das Kaminfeuer neu an und ließ sich auf das Sofa fallen. In einer Hand hielt er die Zigarre, der Wein stand in Reichweite der anderen. Bleda schlief neben dem Feuer, wie das unschuldigste Tier der Welt, und Yes schlief in dem Zimmer, dem Ort der schweigsamen Einsamkeit eines Mannes, der die Tage, die Jahre verbrennt wie unentrinnbare, unangenehme Laster. Er sprang vom Sofa auf, Bleda erwachte verstört aus ihrem Traum und richtete die Ohren und die mandelförmigen, wißbegierigen Augen auf Carvalho, der in die Küche stürzte, als riefen ihn unaufschiebbare Urwaldtrommeln. Seine Hände vervielfachten sich, um mit den zahlreichen Türen und Schubladen fertig zu werden, und ließen auf der Marmorplatte ein ganzes Heer von Zutaten aufmarschieren. Er schnitt drei Auberginen in zentimeterdicke Scheiben und salzte sie. Dann gab er Öl und eine Knoblauchzehe in die Pfanne und ließ sie bräunen, bis sie fast kroß war. In demselben Öl zerdrückte er ein paar Scampiköpfe, schälte die Schwänze und schnitt Schinken in Würfel. Dann nahm er die Köpfe wieder aus dem Öl und brachte sie in etwas Fischsud zum Kochen. Unterdessen spülte er das Salz von den Auberginenscheiben, trocknete sie einzeln mit einem Tuch ab, briet sie in dem Öl, das das Aroma des Knoblauchs und der Scampiköpfe aufgenommen hatte, und ließ sie dann in einem Sieb abtropfen. Im gleichen Öl ließ er schließlich eine gehackte Zwiebel bräunen, gab einen Löffel Mehl dazu und rührte mit Milch und dem Sud der Scampiköpfe eine Béchamel an. Die Auberginen schichtete er in eine Backform, goß einen Regen von nackten Scampischwänzen und Schinkenwürfeln darüber und badete alles in der Béchamelsoße. Von seinen Fingern schneiten geriebene Käseflocken auf das bräunliche Weiß der Béchamelsoße nieder. Dann schob er die Form zum Überbacken in den Ofen, fegte mit dem Ellbogen den Küchentisch leer, legte zwei Gedecke auf und stellte eine Flasche Jumilla Rosé dazu, den er dem Wandschrank neben dem Herd entnommen hatte. Er kehrte ins Schlafzimmer zurück. Yes schlief mit dem Gesicht zur Wand, ihr Rücken war entblößt. Carvalho rüttelte sie wach, ließ sie aufstehen, nahm sie in beide Arme und führte sie in die Küche. Dort setzte er sie vor einen Teller, auf den er überbackene Auberginen, Scampi und Schinken schaufelte.

»Ich gebe zu, es ist sehr unorthodox. Normalerweise gibt man eine chemisch reine Béchamel dazu, die weniger nach Scampi schmeckt. Aber mein Gaumen liebt die einfachen, deftigen Genüsse.«

Yes blickte schlaftrunken erst zu Carvalho und dann auf ihren Teller, ohne sich zu einem Kommentar zu entschließen. Sie schob die Gabel in das überbackene Magma und zog sie mit schmutziger, dampfender Baumwolle gefüllt wieder heraus, führte sie zum Mund und kaute nachdenklich.

»Schmeckt toll. Ist das aus der Büchse?«

Carvalho hatte Glück. Teresa Marsé war früh aufgestanden, und ihre Ladenkasse klingelte, als er hereinkam. Die Boutique roch nach Erdbeeren. Die Kundin im mexikanischen Folklorekostüm nahm ihr Wechselgeld entgegen und ließ Carvalho mit Teresa allein zurück, mitten unter all den phantastischen Gewändern aus der Dritten Welt für Leute, die die Kleidung von der Stange satt hatten.

»Du hast schon auf. Es ist erst zwölf!«
»Ich bin seit einer Viertelstunde hier. Daß du noch lebst!«
»Hast du diesen Typ gekannt?«

Teresa nahm die Fotografie von Stuart Pedrell, ohne den Blick von Carvalho zu wenden.

»Ich kenne dich, Fremder, und weiß doch nicht woher. Vor zwei oder drei Jahren bist du gekommen und hast mich nach einer Leiche gefragt. Immer kehrst du zurück, um mich nach Leichen zu fragen. Du lädst mich zum Abendessen ein, und dann gehst du wieder, um die Leiche zu suchen. Immer dieselbe Geschichte. Heute also wieder eine Leiche?«

»Wieder eine.«

»Stuart Pedrell, wie ich sehe. In Wirklichkeit sah er besser aus.«

»Ich komme zu dir, weil er zu deinen Bekannten gehört hat.«

»Vielleicht, aber er hatte viel mehr Geld als wir. Als ich noch eine brave Ehefrau war, verkehrte ich bei seiner Familie. Mein Mann war auch im Baugeschäft tätig. Wo essen wir heute?«

»Heute kann ich nicht.«

»Umsonst arbeite ich nicht, schon gar nicht für Typen wie dich.«

Sie schlang ihre Arme um seinen Hals und schob ihm die Zunge bis zum Anschlag in den Mund.

»Teresa, ich habe sozusagen noch nicht gefrühstückt.«

Sie fuhr sich durch ihre rote Afrofrisur und ließ ihn los.

»Das nächste Mal kommst du mir gefrühstückt!«

Sie ging mit ihm ins Hinterzimmer. Carvalho setzte sich auf einen Klavierhocker, und sie thronte in einem philippinischen Korbsessel.

»Was willst du wissen?«

»Alles, was du über das Sexualleben des Señor Stuart Pedrell weißt.«

»Klar, in deinen Geschichten stehe ich immer als Edelnutte da. Obwohl du mich in letzter Zeit nicht mehr ohrfeigst. Beim erstenmal hast du mir eine Ohrfeige verpaßt. Und Schlimmeres. Sexuell hat mich Señor Stuart Pedrell nicht interessiert. Als ich ihn kennenlernte, war ich die tugendhafte Gattin eines ehrbaren Industriellen und ging nur zu Treffen katholischer Ehepaare, die ein gewisser Jordi Pujol organisierte. Sagt dir der Name etwas?«

»Der Politiker?«

»Ja, der. Einmal in der Woche versammelten wir uns bei Jordi Pujol, lauter junge Paare aus der besten Gesellschaft, um über Moral zu diskutieren. Die Stuart Pedrells waren auch manchmal dort. Sie waren älter als wir, im gleichen Alter wie Jordi, aber sie hörten brav zu, wie wir über christliches Leben plauderten.«

»Waren die Stuart Pedrells sehr bigott?«

»Nein. Nein, das glaube ich nicht. Aber diese Versammlungen setzten Maßstäbe. Wir waren junge Bürgerliche mit kontrolliertem Engagement, nicht zu viel, nicht zu wenig. Es wurde auch über Marxismus und den Bürgerkrieg gesprochen. Dagegen natürlich, gegen den Marxismus und gegen den Bürgerkrieg, klar. Ich erinnere mich sehr gut daran. Dienstags trafen wir uns im *Liceo* und mittwochs bei mir oder wer sonst an der Reihe war, um über Moral zu sprechen.«

»Ist das alles, was du über Stuart Pedrell weißt?«

»Nein. Bei einer Gelegenheit verfolgte er mich mit dem Stuhl, auf dem er saß. Ich saß auch auf einem Stuhl.«

»Habt ihr Cowboys gespielt?«

»Nein. Er rückte mir immer näher auf den Pelz, mit seinem Stuhl, seinen Händen, seinen Worten. Ich rückte mit meinem Stuhl von ihm ab, und er rückte mir immer wieder nach.«

»Vor den Augen von Jordi Pujol?«

»Nein. Wir waren allein.«

»Und?«

»Mein Mann kam dazu. Er tat so, als hätte er nichts gesehen. Es kam nie wieder vor. Stuart Pedrell führte ein Doppel- oder Fünffachleben. Er begnügte sich nicht immer damit, junge Ehefrauen auf Stühlen zu verfolgen. An deiner Miene sehe ich, daß die Geschichte dich zu interessieren beginnt.«

»Weißt du noch mehr?«

»Nichts Außergewöhnliches. Eine Reihe von Ehefrauen mit Gatten, die nicht reden konnten. Stuart Pedrell konnte sehr gut reden. Am meisten Aufsehen erregte vielleicht die Sache mit

Cuca Muixons, aber es kam nur zu ein paar Ohrfeigen, mehr nicht.«

»Ihr Gatte?«

»Nein. Stuart Pedrells Frau gab sie Cuca Muixons im *Polo*. Dann haben sich beide beruhigt. Jeder ging seiner Wege, vor allem seit Stuart Pedrell mit Lita Vilardell liiert war. Das Verhältnis dauerte fast bis zum heutigen Tag. Eine heftige und sehr literarische Leidenschaft. Es kam vor, daß Stuart Pedrell sie plötzlich nach London in einen bestimmten Park bestellte und dort, kostümiert wie ein englischer Dandy, empfing, mit Melone und allem, was dazugehört. Er legte großen Wert auf Kleidung. Ein andermal bestellte er sie nach Kapstadt. Ich weiß nicht, wie er da gekleidet war, aber sie war pünktlich zur Stelle.«

»Reisten sie nicht gemeinsam?«

»Nein. So hatte die Sache mehr Reiz.«

»Oder konnte sie sich die Reisen nicht leisten?«

»Die Vilardells haben genausoviel, wenn nicht noch mehr Geld wie die Stuart Pedrells. Lita heiratete noch ganz jung einen Importkaufmann, der ebenfalls zu den ganz Reichen gehörte, und sie gebar ihm zwei oder drei Töchter. Aber eines Tages wurde sie von ihrem Mann mit dem Linksaußen-Spieler von Sabadell im Bett erwischt. Gut, damals spielte er für Sabadell, er hatte aber schon in besseren Vereinen gespielt. Der Kaufmann nahm ihr die Töchter weg, und Lita ging mit einem Flamenco-Gitarristen nach Córdoba. Man hörte auch von einer verrückten Affäre mit einem Gangster aus Marseille, der sie mit dem Messer gezeichnet hat, und sie selbst versichert, wenn sie betrunken ist, daß sie einmal Giscard d'Estaing flachgelegt habe. Aber das nimmt ihr niemand ab. Sie ist sehr mythoman.

Das mit Stuart Pedrell hat Jahre gehalten. Es war eine stabile Beziehung, fast eine Ehe. Eine Doppelehe. Ihr Männer seid Ekel, immer wollt ihr die Frauen gleich heiraten, mit denen ihr ins Bett geht. Ihr wollt uns immer gleich lebenslänglich besitzen. Nein, nein, ich will mich nicht wieder in dieses Thema hineinsteigern!«

»Und was wird in der Szene über seinen Tod erzählt?«

»Das ist nicht meine Welt. Ich treffe mich kaum noch mit Leuten aus der besseren Gesellschaft. Eine Kundin vielleicht. Es heißt, irgendeine Weibergeschichte war schuld. Er hatte in letzter Zeit sehr abgebaut. Das Alter ist gnadenlos, vor allem mit solchen Typen, die erst mit vierzig ihren eigenen Hosenschlitz entdecken. Die Generation meines Vaters, zum Beispiel, war da ganz anders. Sie heirateten und gleichzeitig richteten sie der Friseuse oder Maniküre ihrer Frau offiziell oder inoffiziell eine kleine Wohnung ein. Mein Vater hielt Paquita, die Schneiderin meiner Mutter, auf diese Art aus. Eine ungeheuer witzige, geistreiche Person. Ich besuche sie manchmal in Pamplona. Über Beziehungen habe ich ihr einen Platz im Altersheim besorgt. Sie war halbseitig gelähmt. Zurück zu Stuart Pedrell: Er war ein Opfer des Puritanismus der Franco-Zeit. Wie Jordi Pujol.«

»Wie stand es um seine Beziehung zu der Vilardell, bevor er verschwand?«

»Wie immer. Sie gingen einmal in der Woche zusammen essen und besuchten Kurse über die Kunst des Tantra. Das weiß ich sicher, weil wir einmal zufällig im selben Kurs saßen.«

»Hat sie für ihn Trauer angelegt?«

»Wer? Die Vilardell?«

Teresa Marsé lachte so sehr, daß der Korbstuhl unter ihr ächzte und stöhnte.

»Na klar. Sie hat sich sicher ihre Verhütungszäpfchen nur noch auf Halbmast reingeschoben.«

»Die Señorita ist beim Musikunterricht, aber sie sagte mir, Sie möchten bitte auf sie warten. Es wird nicht lange dauern.«

Die Hausangestellte fuhr fort, den Teppich mit dem Staubsauger zu bearbeiten. Carvalho ging über den Rasen aus grüner Wolle bis zu einer Dachterrasse. Von hier aus hatte man einen Blick über den ganzen Stadtteil Sarriá und, jenseits der Via Augusta, auf den dunstigen Horizont einer Stadt, die in Meeren von Kohlendioxid ertrinkt. Subtropische Pflanzen in gekachelten Blumenkästen, zwei Sessel von Giardino mit weißlackiertem Holz und ultramarinblauem Segeltuch, der eine leer, der andere im Privatbesitz einer wurstförmigen Hündin, die den Kopf hob und Carvalho mit einer gewissen Reserviertheit beäugte. Dann bellte sie, sprang auf, daß ihre Hängezitzen wakkelten und beschnüffelte Carvalhos Hosenbein. Sie bleckte die Zähne, unangenehm überrascht von dem Geruch einer anderen Hündin, und bellte Carvalho wütend an. Der Detektiv versuchte sie zu streicheln und ließ dabei den ganzen Charme eines frischgebackenen Hundebesitzers spielen, aber das kläffende Etwas lief weg und flüchtete unter seinen Sessel, um von dort seiner radikalen Mißbilligung des Eindringlings Ausdruck zu geben.

»Sie ist sehr verwöhnt!« rief die Hausangestellte durch den Lärm des Staubsaugers. »Aber sie beißt nicht.«

Carvalho streichelte die Bananenstaude, der die Luftverschmutzung arg zugesetzt hatte. Sie war dazu verdammt, den botanischen Orang-Utan im Pflanzenzoo dieser Penthousewohnung des Barrio Alto zu spielen. Er stützte seine Arme auf das Geländer und blickte hinab in die Enge des blitzsauberen Gäßchens, in dem noch einige von Gärten umgebene Häuser überlebt haben.

»Die Señorita!« verkündete der Butler, und nach angemessener Zeit erschien Adela Vilardell, den *Mikrokosmos* von Béla Bartók und ein Heft mit einem Pentagramm unter dem Arm.

»Was für ein Vormittag. Ich bin total k.o.«

Dreißig Jahre musterten Carvalho mit graublauen Augen, wie sie alle Vilardells vom Gründer ihrer Dynastie geerbt hatten, einem Sklavenhändler zu einer Zeit, in der praktisch niemand mehr an Sklavenhandel dachte. Er kehrte in seine Stadt zurück mit genug Geld in der Tasche, um einen Grafentitel zu erwerben und ihn seinen Nachkommen zu vererben. Sie hatte die blaugrauen Augen des Großvaters, den Körper einer flachbrüstigen rumänischen Turnerin, das Gesicht einer sensiblen

Gattin eines sensiblen Violinisten und Hände, die einen Penis sicherlich wie Mozarts Zauberflöte anfassen würden.

»Gefällt Ihnen, was Sie sehen?«

»Ich bin sehr anspruchsvoll.«

Ohne ihren Umhang abzulegen, setzte sich Adela Vilardell in den Gartensessel, und die Hündin rollte sich sofort in ihrem Schoß zusammen. Carvalho versuchte, nicht mehr hinzusehen, um keine weiteren Kommentare mehr zu provozieren. Er trat an das Geländer und wandte sich von dort wieder der Frau zu, die ihn betrachtete, als schätze sie sein Gewicht ab und die Kraft, die nötig wäre, um ihn in die Tiefe zu stürzen.

»Was machen Ihre Studien?«

»Welche Studien?«

»Ihre Musikstudien. Ihr Hausmädchen sprach davon.«

»Ich hatte Lust dazu. Früher hatte ich ziemlich lange Klavierunterricht, aber ich ging nicht mehr hin. Es war ein Martyrium, zu dem mich meine Mutter zwang. Heute dagegen ist es ein Genuß. Die besten Stunden der Woche. Ich bin nicht die einzige. Ich besuche das Zentrum für Musik, eine neue Einrichtung, dort gibt es viele Leute wie mich.«

»Was für Leute sind Leute wie Sie?«

»Erwachsene, die etwas lernen wollen, wozu sie früher nie Gelegenheit hatten, weil ihnen entweder die Zeit, das Geld oder die Lust fehlte.«

»Bei Ihnen fehlte die Lust.«

Adela Vilardell nickte und wartete auf das Verhör.

»Wann haben Sie Stuart Pedrell zum letztenmal gesehen?«

»Ich kann mich nicht genau an den Tag erinnern. Es war Ende 1977. Er war dabei, seine Reise vorzubereiten, und wir hatten einen kleinen Disput.«

»Sollten Sie nicht mitfahren?«

»Nein.«

»Wollte er nicht oder wollten Sie nicht?«

»Die Frage stellte sich nicht. Unsere Beziehung hatte sich in letzter Zeit merklich abgekühlt.«

»Wer oder was war die Ursache?«

»Die Zeit. Unser Verhältnis dauerte fast zehn Jahre, und wir erlebten Phasen großer Intensität. Jeden Sommer hatten wir ganze Monate zusammen verbracht, während seine Familie in Urlaub war. Wir waren schon ein altes Paar. Wir kannten uns zu gut, der Reiz war verloren.«

»Und Señor Stuart Pedrell widmete sich auch anderen Frauen.«

»Allen. Ich bemerkte es als erste. Gut, wohl als zweite, denn Mima, seine Frau, kam mir wahrscheinlich zuvor. Das war aber für mich nicht wichtig. Es beunruhigte mich nur, daß er sich auch mit Vorschulkindern einließ.«

»Mit kleinen Kindern?«

»Jeder unter zwanzig, ob Mann oder Frau, ist noch im Vorschulalter.«

»Profitierten Sie finanziell von Ihrer Beziehung mit Stuart Pedrell?«

»Nein. Ich ließ mich nie von ihm aushalten. Gut, manchmal kam es vor, zum Beispiel, wenn wir zusammen essen gingen, zahlte er die Rechnung. Vielleicht scheint Ihnen das übertrieben?«

»Machten Sie nicht einmal den Versuch zu zahlen?«

»Ich bin oder war früher eine Señorita, und ich wurde so erzogen, daß eine Frau im Restaurant nicht bezahlt.«

»So wie es aussieht, leben Sie von den Zinsen aus Ihrem Vermögen. Einem beachtlichen Vermögen.«

»Einem beachtlichen Vermögen. Ich verdanke es meinem Urgroßvater, einem Schafhirten, der genügend Geld zusammenkratzte, um meinen Großvater in eine unserer letzten amerikanischen Kolonien zu schicken.«

»Ich kenne die Geschichte Ihrer Familie. Ich hab sie erst kürzlich im *Correo Catalán* gelesen. Etwas beschönigt.«

»Papa war Aktionär beim *Correo*.«

»Hat sich Stuart Pedrell in der Zeit seiner Abwesenheit nie bei Ihnen gemeldet?«

Die graublauen Augen öffneten sich weiter und versuchten, die absolute Offenheit des Körpers und der Seele von Adela Vilardell unter Beweis zu stellen, als sie antwortete:

»Nein.« Ein Nein, das nicht ganz frei aus ihrer busenlosen Brust strömte.

»Sehen Sie, so liegen die Dinge. Man ist jahrelang zusammen, und dann: aus.«

Sie wartete, ob Carvalho etwas sagte, dann fügte sie hinzu:

»Aus und vorbei. Manchmal dachte ich: Was treibt dieser Mann wohl? Warum meldet er sich nicht bei mir?«

»Warum dachten Sie das? Glaubten Sie nicht, daß er in der Südsee war?«

»Ich war selbst einmal dort, beziehungsweise dort in der Nähe, und es gibt eine Post. Ich habe ja selbst Dutzende von Postkarten in den Briefkasten geworfen.«

»Sie haben sehr schnell einen Ersatz für Stuart Pedrell gefunden.«

»Ist das eine Frage oder eine Feststellung?«

Carvalho zuckte die Achseln.

»Und was kümmert Sie mein Privatleben?«

»Normalerweise gar nicht, überhaupt nicht, in keinster Weise. Aber jetzt hat es vielleicht etwas mit meiner Arbeit zu tun. Ich sah Sie neulich in einem schwarzen Motorradanzug auf einer starken Harley Davidson, begleitet von einem anderen schwarzen Motorradfahrer auf einer ebenso starken Harley Davidson.«

»Es ist herrlich, mit dem Motorrad auszureiten.«

»Wer ist der schwarze Reiter, der Sie begleitet?«

»Woher wollen Sie das alles wissen?«

»Auch wenn ihr es nicht glauben wollt, ihr habt kein Privatleben. Man weiß alles über euch.«

»Und wer ist wir?«

»Sie verstehen schon. Ich klopfe an irgendeine Tür bei irgendwelchen Leuten, die Sie flüchtig kennen, und weiß sofort alles über Sie. Stimmt das zum Beispiel mit der Melone?«

»Was für eine Melone?«

»Stimmt es, daß Stuart Pedrell Sie vor einigen Jahren in einen Londoner Park bestellte und als englischer Dandy mit Melone auftauchte?«

Ein befreites Lachen klingelte in der langen, von ringförmigen Falten gezeichneten Kehle der Frau.

»Völlig richtig.«

»Sagen Sie mir jetzt den Namen des schwarzen Reiters?«

»Sie müßten ihn eigentlich kennen.«

»Ja.«

»Und?«

Biscuter saß ruhig auf dem Rand seines Stuhls in der Ecke, aber als er Carvalho kommen sah, sprang er auf und rief: »Dieses Mädchen wartet auf Sie, Chef!«

»Schon gesehen.«

Carvalho übersah absichtlich, daß sie zur Begrüßung auf ihn zukam. Biscuter verschwand, nach ausgeführtem Auftrag, hinter dem Vorhang. Carvalho setzte sich in den Drehstuhl und musterte Yes, die mitten im Raum stehengeblieben war.

»Ist es dir lästig, daß ich gekommen bin?«

»Lästig ist nicht der richtige Ausdruck.«

»Als du weg warst, habe ich nachgedacht. Ich will nicht nach Hause zurück.«

»Dein Problem.«

»Kann ich nicht bei dir bleiben?«

»Nein.«

»Zwei oder drei Tage.«

»Nein.«

»Warum?«

»Meine Verpflichtungen als Angestellter deiner Mutter und als dein Bettgefährte haben ihre Grenzen.«

»Warum mußt du immer wie ein Privatdetektiv reden? Kannst du dich nicht normal ausdrücken oder normale Ausreden benutzen – ich erwarte Verwandtenbesuch, ich habe keinen Platz oder so was?«

»Du kannst es nehmen, wie du willst. Es tut mir leid. Und daß wir uns so oft sehen, finde ich übertrieben. Ich werde jetzt hier in Ruhe etwas essen und denke nicht daran, dich einzuladen.«

»Ich bin einsam.«

»Ich auch. Jésica, bitte. Übertreib nicht! Benutze mich nur, wenn es dringend notwendig ist! Ich muß arbeiten. Geh jetzt!«

Sie konnte nicht. Ihre Hände flatterten hilflos umher, als suchten sie einen Halt, aber ihre Beine schritten rückwärts zur Tür.

»Ich bringe mich um.«

»Das wäre schade. Ich verhindere aber keine Selbstmorde. Ich untersuche sie nur.«

Carvalho machte Schubladen auf und zu, ordnete die Papiere auf dem Schreibtisch und begann ein Telefongespräch. Yes schloß leise die Tür hinter sich. Nachdem sie gegangen war, erschien Biscuter wieder, einen Schaumlöffel in der Hand und sagte: »Zu hart, Chef. Sie ist ein gutes Mädchen. Ein gutes Mädchen, aber ein bißchen dumm. Wissen Sie, was sie mich gefragt hat? Ob ich schon mal jemand umgebracht habe und auch, ob Sie schon jemand umgebracht hätten.«

»Und was hast du ihr geantwortet?«

»Gar nichts. Und sie hörte nicht auf zu fragen. Sie machte immer weiter. Ich habe keinen Ton gesagt, Chef. Ist sie gefährlich?«

»Ja, für sich selbst.« Carvalho legte abrupt den Hörer auf, erhob sich und stürzte zur Tür.

»Gehen Sie? Bleiben Sie nicht zum Essen?«

»Weiß nicht.«

»Ich habe Ihnen Kartoffeleintopf nach Rioja-Art mit *chorizo* gemacht.«

Carvalho hielt inne, einen Fuß hatte er schon vor der Tür.

»Er ist schön heiß«, hakte Biscuter nach, als er ihn zögern sah.

»Später!«

Er nahm immer zwei Treppenstufen auf einmal, sprang mit vorgerecktem Hals auf die Ramblas hinaus und fixierte mit den Augen die weit entfernten Köpfe der Passanten, auf der Suche nach den honigfarbenen Haaren von Yes. Er glaubte, sie zu sehen, in der Nähe der Arkaden der Plaza Real, und rannte los, um sie einzuholen. Sie war es nicht. Vielleicht hatte sie sich nach Norden gewandt, wo sie wohnte, oder war sie etwa nach Süden gegangen, zum Hafen, um sich in die Fluten und das geschäftige Hin und Her der kleinen Motorschiffe zu versenken, die zum Wellenbrecher fuhren? Carvalho ging mit großen Schritten nach Süden, ruderte mit den Armen, um schneller vorwärtszukommen, und ließ seine Augen wachsam umherschweifen, während er sich innerlich einen Idioten schimpfte. Er stürzte über die Straße, die um das Kolumbus-Denkmal führte, erntete mißbilligende Blicke, und ein Autofahrer schimpfte hinter ihm her. Die Puerta de la Paz war wegen des kalten Frühlingswetters wie leergefegt, ein paar alte Menschen ließen sich allerdings bereits auf den Bänken von der Sonne wärmen, und die fliegenden Fotografen verfolgten mit ihrer Litanei die wenigen lustlosen Touristen. Neben dem Schalterhäuschen, wo die Fahrkarten für Hafenrundfahrten verkauft wurden, lag ein heruntergekommenes, schmutziges Mädchen und stillte ihr Kind, das halb eingeschlafen war. Auf einem Stück Pappe stand die Geschichte von einem krebskranken Mann und einer dringenden Notsituation, die ein Almosen erforderlich machte. Schnorrer, Arbeitslose, Anhänger des Jesuskindes und der heiligen Mutter, die es gebar. Die Stadt schien überschwemmt von vor allem und jedem Flüchtenden. Ein Motorboot fuhr langsam vorbei und hinterließ tiefe Strudel im öligen Wasser. Carvalho blieb stehen und betrachtete verzückt die Würde, mit der ein alter Rentner seine zu große Jacke, seine zu kurze Hose und seinen riesigen Filzhut trug, der an die berittene Polizei in Kanada erinnerte. Es war einer dieser peinlich sauberen Alten, die mit schrecklicher Entschlossenheit vierzig Jahre lang für ihr Begräbnis sparen. Hallo, wer ist da? Sag mal, wird in diesem Haus ein Unschuldiger erhängt? Nein, hier hängt man einfach Leute auf. Wo hatte er das gelesen? Wer ist dran? Die Begräbniskasse. Wer? Die Toten. Ach so! Wozu weiter nach Jésica suchen? Bin ich denn für sie verantwortlich? Sie wird sich in einem Monat fünfzehn Männern an den Hals werfen, und dann hat sie ihr inneres Gleichgewicht wiedergefunden. Er ging denselben Weg zurück zu seinem Büro, aber seine Augen suchten immer noch die Ramblas nach Yes ab. Er betrat eine Taverne in der Nähe des *Amaya*, wo man nur Weine aus dem Süden Spaniens bekam. Durstig stürzte er drei kalte Manzanillas hinunter. Einem der fünf Zigeunerkinder, die selbstbewußt hereinkamen und ihre Hände den Gästen in Augenhöhe hinhielten, gab er fünf Peseta. Die Gäste unterhielten sich über Fußball, Stierkampf, Schwule, Frauen, Politik und kleine Geschäfte mit dubiosen Posten, Blei vom Schrott oder Tuchstücke, die zum Einkaufspreis in bankrotten Läden auf der Calle Trafalgar losgeschlagen wurden. Diese Geschäfte hatten auf ihn schon immer einen unsoliden, fast bankrotten Eindruck gemacht, mit ihren uralten Chefs, Angestellten und Ladendienern, die uraltes Tuch mit uralten hölzernen Meterstäben maßen, mit Exemplaren einer ersten Emission zum Gedenken an die Einführung des metrischen Dezimalsystems. Und trotzdem hatten sie sich gehalten, Jahrzehnt um Jahrzehnt, seit Carvalhos Kindertagen bis heute, der Zeit des Alterns und des Todes. Diese dunkelbraunen Meterstäbe. Verkaufen sie die auch? Biegsame Tiere aus gelbem Wachstuch, steife, Holz gewordene Schlangen, zusammengerollte, glänzende Metallpeitschen, Klappmeterstäbe, die genau wissen, daß sie die Macht haben, die Welt zu messen. Kinder spielen mit Meterstäben, bis sie kaputtgehen, und Meterstäbe in der Hand von Kindern sind gefangene Meßtiere, die, von ihren Henkern geschwungen, gegeneinander kämpfen, bis sie allmählich zu der Erkenntnis gelangen, daß sie nie wieder etwas messen werden. Mit einem Zollstock konnte man ein Fünfeck oder ein Mondgesicht machen.

Er trat auf die Straße hinaus. Das Mädchen trug eine hauchdünne blaue Bluse, einen Rock, der vielleicht ein Hosenrock war – er hatte keine Zeit, sich zu vergewissern –, und Stiefel, die sie auf zwanzig Zentimeter über Meereshöhe erhoben. Sie war zugleich häßlich und schön, und als sie zu ihm sagte: »Pardon, hätten Sie nicht Lust, mit mir ins Bett zu gehen? Macht tausend Pesetas plus Zimmer«, entdeckte Carvalho, daß sie ein blaugeschlagenes Auge und einen kleinen Kratzer auf der durchscheinenden, blaugeäderten Haut ihrer Schläfe hatte. Sie ging weiter und fragte einen anderen Passanten. Der machte einen Bogen um sie, als wollte er sie gleich als verdächtiges Subjekt in Quarantäne stecken. Sie prostituierte sich so beiläufig, als frage sie nach der Uhrzeit. Vielleicht eine neue Marketingmethode. Ich muß Bromuro oder Charo danach fragen. Er wußte nicht, ob er in die Heimat der dampfenden Kartoffeln *a la riojana* zurückkehren oder lieber zu Charo gehen sollte, die jetzt wohl gerade aufgestanden war und, verärgert über seine Vergeßlichkeit und Gleichgültigkeit, ihren Körper für die Abendkundschaft zurecht machte. Die Termine vereinbarte sie telefonisch; sie hatte vor allem Stammkunden, die sie bei familiären Problemen um Rat fragten, gelegentlich sogar nach einer Abtreibungsadresse für ihre frühreifen Töchter oder die eigene Frau, die nach fünf oder sechs Gläsern Champagner schwanger geworden waren – Champagner Marke L'Aixartell, der, für den Marsillach und Núria Espert werben. Jetzt bereitete Charo ihren Körper für diese Klienten vor, aber auch Vorwürfe für einen Carvalho, der sich ihr gegenüber immer reservierter verhielt.

»In einer Sekunde sind sie aufgewärmt, Chef. Sie sind gut, wenn sie ein bißchen aufgeplatzt sind, aber nicht zu sehr. Die *chorizo* ist aufgeplatzt und köstlich. Ich habe mich bemüht, nicht wieder wie ein Stümper zu kochen.«

Carvalho hatte begonnen, Kartoffeln und *chorizo* in seinen geduldigen Mund zu schaufeln, und sein Gaumen signalisierte ihm immer deutlicher, daß dieses Essen mehr Aufmerksamkeit verdiente.

»Vorzüglich, Biscuter.«

»Man tut, was man kann, Chef. Man hat seine guten Tage, manchmal auch nicht ... Es ist doch so ...«

Die selbstgefälligen Ausführungen Biscuters klangen wie Regen, der an die Fenster klopft, und dort suchten Carvalhos Augen auch die Spritzer der Worte. Es goß tatsächlich in Strömen auf den Ramblas, er fröstelte und bekam Sehnsucht nach Bettlaken und Decken, leichter Grippe und gedämpften häuslichen Geräuschen. Pepe, Pepe, soll ich dir einen Zitronensaft machen? In der Hand *Die geheimnisvolle Insel* und im Radio *Die Abenteuer von Inspektor Nichols* mit der Stimme von Fernando Forgas.

»Heute abend können wir bei meinem Freund Beser essen, in seiner Wohnung in San Cugat. Ich hole dich bei dir zu Hause ab. Du wolltest ja dieses Jahr nicht zu unserem Schlachtfest kommen. Wenn der Prophet nicht in den Maestrazgo kommt, muß der Maestrazgo zum Propheten kommen.«

Der Anruf von Fuster hob seine Stimmung. Er ging die Notizen durch, die er während des Gesprächs mit Teresa Marsé gemacht hatte. Er hatte einen Kreis um den Namen Nisa Pascual gezogen: Sie war anscheinend der letzte Teenager in Stuart Pedrells Leben gewesen. Nachmittags ging sie zum Kunstunterricht in eine Schule, die auf halbem Weg nach Vallvidrera lag. Manchmal brachten die Wege Glück. Die Schule befand sich in einer Jugendstilvilla inmitten der üppigen Vegetation eines feuchten Talgrundes, ein Wunder an Kunstfertigkeit im wohlgepflegten Grün alter Bäume, die trotz ihres Alters Parteigänger des Frühlings waren. Einige Schüler gingen spazieren, diskutierten oder schwiegen und atmeten die wohlriechende Feuchtigkeit, die der Regen diesem wohlbeschnittenen Paradies entlockt hatte. Die ersten Lichter gingen in den vollklimatisierten Klassenzimmern an, die die Räume des ehemaligen Wohnhauses einnahmen, das ein Jugendstilfanatiker hatte bauen lassen. Regenbogenfarben eines naiven Künstlers überzogen die Rahmen der Türen und Fenster, um den spielerischen Aspekt dieses Hauses zu betonen, das für ein imaginäres Leben und eine imaginäre Kultur erbaut worden war.

Nisa hatte Unterricht in künstlerischer Meditation. Die Schüler schienen gerade eine Schweigeminute für irgend jemand oder irgend etwas einzulegen. Aber diese Minute wurde immer länger. Vier. Fünf. Zehn. Hinter der Fensterscheibe nahm Carvalho teil an soviel Meditation und soviel Stille und fragte sich, worüber sie wohl meditierten. Endlich kam wieder Leben in die Gruppe. Eine Lehrerin im Kostüm einer Maharani bewegte Lippen und Arme und schien ihnen noch einmal letzte Ratschläge zu geben. Es konnten noch Fragen gestellt werden, und zu guter Letzt bewegten sich die Schüler zum Ausgang. Nisa kam mit zwei Freundinnen heraus, die ebenso groß und blond waren wie sie selbst. Sie war schlank und sommersprossig, hatte einen langen Zopf bis zum Hintern und eine mädchenhafte Arglosigkeit in den großen blauen Augen, um die ihre Sommersprossen zu einem Fleck verschmolzen waren. Carvalho winkte ihr, und sie kam neugierig herbei.

»Könnte ich Sie einen Augenblick sprechen?«

»Klar.«

»Ich bin Privatdetektiv.«

»Sind Sie hier angestellt? Das ist das einzige, was hier noch fehlt.«

Sie lachte sehr zufrieden über ihre Neuentdeckung. Sie lachte so laut, daß ihre beiden Freundinnen herbeikamen und den Grund ihres Lachens wissen wollten.

»Ich komme gleich und erzähle es euch. Heute ist mein Glückstag.«

Carvalho erwiderte die neugierigen Blicke der Mädchen mit kritischer Aufdringlichkeit.

»Ist vielleicht ein wertvolles Kollier gestohlen worden und Sie sind auf der Suche danach?«

»Stuart Pedrell ist ermordet worden, und ich meditiere über

den Fall. Mal ehrlich, worüber habt ihr gerade meditiert? Im Unterricht, meine ich.«

»Es ist eine neue Methode. Genauso wichtig wie das Malen ist das Nachdenken über das Malen. In jeder Stunde denken wir die Hälfte der Zeit über das Malen nach. Können Sie nachdenken?«

»Das hat mir nie jemand beigebracht.«

»Man muß es selbst lernen. Was sagten Sie da von Carlos?«

Das blonde Lächeln blieb auf ihren Lippen, die der Schnuller geformt hatte.

»Daß er tot ist.«

»Das weiß ich schon.«

»Ich habe gehört, daß Sie eng miteinander befreundet waren.«

»Das ist lange her. Er reiste ab, und dann tauchte er tot wieder auf. Eine alte Geschichte.«

»Hat er sich nie bei Ihnen gemeldet, als er verschwunden war?«

»Nein. Er war sehr böse mit mir. Er wollte, daß ich mitkomme, und ich habe abgelehnt. Wenn es eine kurze Reise gewesen wäre, zwei Monate, dann wäre ich mitgekommen. Aber es war eine Reise auf unbestimmte Zeit. Ich habe ihn sehr geliebt. Er war zart, schutzlos. Aber es paßte nicht in meine Pläne, das verlorene Paradies zu suchen.«

»Als ihm klar war, daß Sie ihn nicht begleiten würden, hat er dann seine Pläne geändert?«

»Es kam so weit, daß er nicht fahren wollte. Aber plötzlich war er weg, und ich nahm an, daß er sich endlich doch entschlossen hatte. Er brauchte diese Reise. Er war wie besessen davon. An manchen Tagen war er unausstehlich. Aber er war ein wunderbarer Kamerad, einer der Menschen, die mein Leben am meisten beeinflußt haben. Er hat mich viele Dinge gelehrt, und er steckte voller Unruhe und Neugier.«

»Endlich sagt mir jemand etwas Gutes über Stuart Pedrell.«

»Haben alle schlecht über ihn gesprochen?«

»Nicht ganz. Sagen wir mal, sie nahmen ihn nicht ernst.«
»Er war sich dessen sehr bewußt und litt darunter.«
»Und während seiner langen Abwesenheit hat er nie versucht, Sie zu erreichen?«
»Das wäre schwierig gewesen. Ich war sehr deprimiert nach allem, was geschehen war. Ich mußte ja glauben, daß alles aus war. Daß eine Etappe in meinem Leben vorbei war. Da habe ich ein Stipendium für ein Kunststudium in Italien beantragt und dort fast ein Jahr gelebt, in Siena, Perugia, Venedig...«
»Allein?«
»Nein.«
»Der König ist tot. Es lebe der König.«
»Ich hatte nie einen König. Sind Sie Moralist?«
»Das gehört zu meiner Rolle. Ich muß die Moralität der Leute ständig in Zweifel ziehen.«
»Ah, wenn das so ist... Faszinierend! Ich habe mich noch nie mit einem Privatdetektiv unterhalten. Einmal hab ich einen im Fernsehen gesehen, aber er war nicht wie Sie. Er sprach die ganze Sendung darüber, was er alles aufgrund der herrschenden Gesetzgebung nicht tun darf.«
»Wenn es danach ginge, dürften wir überhaupt nichts machen.«
»Ich muß jetzt zum Projektunterricht.«
»Habt ihr ein Projekt oder denkt ihr darüber nach, welche Projekte ihr in Angriff nehmen könntet?«
»Mir gefällt es sehr gut hier. Warum schreiben Sie sich nicht ein? Sie könnten ein wenig Geheimnis in dieses Haus bringen. Wie wär's, wir denken uns als Projekt ein Verbrechen aus, und Sie decken es auf?«
»Wen würden Sie denn gerne umbringen?«
»Niemand. Aber wir könnten das Opfer so überzeugen. Die Leute hier haben sehr viel Phantasie.«
»Stuart Pedrell war sehr enttäuscht über Ihre Absage.«
»Sehr enttäuscht, praktisch verzweifelt...«
»Und trotzdem...«

»Trotzdem was?«

»Verließen Sie ihn.«

»Die Beziehung war schon tot. Wenn er die große Reise brauchte, dann deshalb, weil er im Grunde von keinem noch irgend etwas wollte: weder von seiner Familie noch sonst von irgend jemand. Ich wäre wochenlang mit ihm unterwegs gewesen, nur um am Ende meinen Irrtum, unseren Irrtum einsehen zu müssen.«

»Der Unterricht hat schon angefangen«, sagte eine ihrer Klassenkameradinnen im Vorbeigehen. Carvalhos Augen verweilten wohlgefällig auf ihrer schmalen Taille und der gekräuselten blonden Mähne, die ihr über den davoneilenden Rücken fiel.

»Rufen Sie mich mal an und erzählen Sie von Ihrer Arbeit. Wenn Sie wollen, lade ich meine Freundin ein. Ich sehe, daß sie Ihnen gefällt.«

»Sie ist mein Typ.«

»Soll ich sie rufen und es ihr sagen?«

»Ich muß zu einer Versammlung ehemaliger Kämpfer.«

»Was für Kämpfer?«

»In einem geheimen Krieg. Es steht noch nichts darüber in den Geschichtsbüchern. Wenn ich noch einmal mit Ihnen reden muß, komme ich hierher.«

Ein paar Minuten später fand er heraus, daß die Schule der Kunstmeditation von seinem Haus aus nicht zu sehen war, wahrscheinlich aber von der Seilbahnstation in Vallvidrera. Mit einem Feldstecher könnte er jeden Tag das Mädchen mit der schmalen Taille und dem gekräuselten Haar beobachten. Zumindest so lange, bis sie ihre Studien beenden und einen Laden mit Bilderrahmen und Spiegelleuchtern eröffnen würde.

»Was treibst du da mit dem Feldstecher?« rief ihm Fuster zu, der den Kopf aus dem geöffneten Wagenfenster steckte.

»Ich will eine Frau sehen.«

Fuster blickte nach dem entfernten Barcelona. »In welcher Straße? Auf der Plaza de Pino?«

»Nein. Unterhalb der Bergbahnstation.«

»*Cherchez la femme*. Wen hat sie umgebracht?«

»Sie hat Klasse.«

Eine Samojedenfrau schleppte ihr eigenes Gewicht und das ihres Korbes den Abhang herauf. Sie blieb stehen und lauschte, während sie verschnaufte.

»Mein Kumpel wartet auf uns. Nimm am besten etwas Glaubersalz mit.«

Als er einstieg, begann Bleda hinter der Gittertür zu bellen.

»Was ist das? Hast du dir einen Hund gekauft? Hast du eine innere Krise?«

»Meine Krise kann sich mit deiner nicht messen. Was ist aus deinem Ziegenbart geworden?«

Fuster strich sich über sein aufreizend nacktes Kinn.

»Wie Baudelaire sagt, ein Dandy muß immer nach der höchsten Vollendung streben. Er muß vor dem Spiegel leben und sterben.«

Beser lebte in einer Wohnung in San Cugat, in der es nur Bücher und eine Küche gab. Ein rothaariger Mephisto mit valencianischem Akzent. Er tadelte Fuster, weil ihre Verspätung die Paella in Gefahr gebracht hatte.

»Heute bekommst du eine echte Paella Valenciana«, teilte ihm Fuster mit.

»Hast du alles gemacht, was ich gesagt habe?«

Beser schwor, alle Anweisungen des Chefs befolgt zu haben. Fuster ging voran zur Küche, durch einen Korridor voller Bücher. Carvalho dachte, daß sein Kaminfeuer mit der Hälfte dieser Werke bis zu seinem Tode gesichert wäre. Als hätte er seine Gedanken erraten, rief Fuster, ohne sich umzuwenden: »Vorsicht, Sergio, das ist ein Bücherverbrenner. Er zündet damit sein Kaminfeuer an.«

Beser wandte sich mit leuchtenden Augen zu Carvalho um.

»Stimmt das?«

»Vollkommen richtig.«

»Es muß ein außerordentliches Vergnügen bereiten.«

»Unvergleichlich.«

»Morgen fange ich an, dieses Regal zu verbrennen. Ohne nachzusehen, welche Bücher es sind.«

»Es macht viel mehr Vergnügen, sie auszusuchen.«

»Ich bin sentimental, ich würde Mitleid bekommen und sie freisprechen.«

In der Küche kontrollierte Fuster wie ein aufsichtführender Sergeant das Werk Besers. Er hatte die Zutaten für das *sofrito*, den Sud der Paella, nur grob zerkleinert. Fuster brüllte auf, als hätte ihn ein unsichtbarer Pfeil getroffen. »Was ist das?«

»Zwiebel.«

»Zwiebel in der Paella? Wo hast du das her? Die Zwiebel weicht die ganzen Reiskörner auf.«

»Es war dumm von mir. In meinem Dorf machen wir immer Zwiebeln dazu.«

»In eurem Dorf macht ihr alles, nur um euch von den anderen zu unterscheiden. Zum Reis mit Fisch kann man Zwiebeln nehmen, aber nur in der Kasserolle, in der Kasserolle, verstehst du?«

Beser verließ türenknallend den Raum und kehrte mit drei Büchern unter dem Arm zurück: *Wörterbuch der valencianischen Gastrosophie, Gastronomie der Provinz Valencia* und *Hundert typische Reisgerichte der Region Valencia*.

»Komm mir nicht mit Büchern von Leuten, die nicht aus Villores stammen, du Kanaille aus Morella. Ich richte mich nur nach der Überlieferung des Volkes.«

Fuster erhob die Augen zur Küchendecke und deklamierte:

O herrliche Symphonie aller Farben!
O illustre Paella!
Dein Äußeres prangt in bunter Bluse,
Dein Innerstes brennt in jüngferlichen Ängsten.
O buntes Farbengericht,

Das man, bevor man es kostet, mit den Augen verzehrt!
Konzentration von Herrlichkeiten ohne Fehl!
Kompromiß von Caspe zwischen Hahn und Venusmuschel.
Oh entscheidendes Gericht:
Genossenschaftlich und kollektiv!
O köstliches Gericht,
An dem alles zur Schönheit gereicht
Und alles klar erkenntlich ist, doch nichts zerstört!
O liberales Gericht, wo ein Reiskorn ein Reiskorn ist,
wie ein Mann eine Wählerstimme!

Beser studierte die Bücher, ohne Fusters poetischem Ausbruch Beachtung zu schenken. Endlich klappte er sie zu.

»Und?«

»Du hattest recht. Die Bewohner der Provinz Castellón verwenden keine Zwiebel für die Paella. Es war ein Ausrutscher. Ein Katalanismus. Ich muß unbedingt wieder einmal nach Morella zur Fortbildung.«

»Aha!« rief Fuster aus, während er die Zwiebel im Abfalleimer versenkte.

»Ich hab's dir doch klar und deutlich gesagt: Ein Pfund Reis, ein halbes Kaninchen, ein halbes Hähnchen, ein halbes Pfund Schweinerippchen, ein halbes Pfund dicke Bohnen, zwei Paprikaschoten, zwei Tomaten, Petersilie, Knoblauch, Safran, Salz und sonst nichts. Alles andere ist fremdländisches Blendwerk.«

Er machte sich nun selbst ans Werk, während Beser ihnen gebratene Brotkrumen mit Paprikasalami und Blutwurst aus Morella zum Knabbern vorsetzte. Er holte einen Ballon Wein aus Aragón hervor, und die Gläser standen bereit wie eine Reihe Wassereimer zum Löschen einer Feuersbrunst.

Fuster hatte aus dem Auto eine ölige Pappschachtel mitgebracht, die er wie einen Schatz hütete. Beser schielte neugierig hinein und schrie enthusiastisch: »*Flaons!* Hast du das für mich gebracht, Enric?«

Sie umarmten sich wie zwei Landsleute, die sich auf dem

Nordpol treffen, und erklärten dem erstaunten Carvalho, daß *flaons* die Krönung der Desserts aller Regionen Kataloniens sind. Man macht einen Teig aus Mehl, Öl, Anis und Zucker und eine Füllung aus Quark, gemahlenen Mandeln, Eiern, Zimt und geriebener Zitronenschale.

»Meine Schwester hat sie mir gestern gebracht. Der frische Quark ist eine empfindliche Sache, die schnell verdirbt.«

Beser und Fuster nahmen Hände voll von dem Duft, der der Paella entstieg, und führten sie zur Nase.

»Zuviel Paprika!« urteilte Beser.

»Wartet, bis ihr gekostet habt, ihr Bauern!« gab Fuster zurück, der wie ein Alchimist über seinen Retorten brütete.

»Ein paar Schnecken obendrauf, um der Sache den letzten Pfiff zu geben. Das ist es, was fehlt. Pepe, heute bekommst du eine königliche Paella, die echte, wie sie gemacht wurde, bevor die Fischer kamen und ihre Fische darin ertränkten.«

»Aha! Dann kannst du sie ja alleine essen!« Beser war beleidigt.

»Ich treibe doch nur Anthropologie, ihr Banausen!«

Sie richteten die Paella mitten auf dem Küchentisch an, und Carvalho war bereit, sie wie die Bauern auf dem Land zu essen, das heißt ohne Teller, wobei sich jeder ein bestimmtes Territorium auf der runden Platte aussuchen darf. Es war eigentlich eine Paella für fünf Personen, aber sie verzehrten sie ohne Anstrengung zu dritt. Dabei waren sie bemüht, ordentlich Wein zu trinken, um den Magen freundlich zu stimmen. Sie leerten den Sechs-Liter-Ballon und holten den nächsten. Dann brachte Beser eine Flasche *mistela*, einen süßlichen Dessertwein aus Alcalá de Chisvert, zu den *flaons*.

»Bevor du nicht mehr zwischen einem Sonett und einem Fragment aus dem Telefonbuch unterscheiden kannst, beantworte doch bitte die Frage, die dir mein Freund, der Detektiv, stellen will! Ach ja, ich habe euch noch nicht miteinander bekannt gemacht. Zu meiner Rechten Sergio Beser, achtundsiebzig Kilo, schlechte Laune mit roten Haaren, und zu meiner Linken Pepe

Carvalho. Wieviel wiegst du? Das ist der Mann, der alles über Clarín weiß. Er weiß so viel, daß er Clarín umbringen würde, wenn er es wagen sollte, aus dem Grab aufzuerstehen. Nichts Literarisches ist ihm fremd. Und was er nicht weiß, weiß ich. ›Kräftige Sklaven, schweißbedeckt vom Feuer des Herdes, brachten die Speisen des ersten Ganges auf großen Platten von rotem, saguntischem Ton.‹ Woher stammt das?«

»Aus *Sonnica, die Kurtisane* von Blasco Ibáñez«, riet Beser ohne rechte Lust.

»Woher weißt du das?«

»Weil du immer, wenn du anfängst, dich zu betrinken, die Ode an die Paella von Pemán rezitierst, und dann, wenn du betrunken bist, kommt die Szene aus dem Bankett, das Sonnica in Sagunt für Acteón von Athen gibt.«

»Hinter jedem der Geladenen stand ein Sklave zu seiner Bedienung, und jeder von ihnen füllte aus dem Weinkrug das Glas zum ersten Trankopfer«, rezitierte Fuster im Alleingang weiter, während Carvalho aus seiner Tasche den Zettel hervorkramte, auf dem er die literarischen Hieroglyphen Stuart Pedrells abgetippt hatte. Beser nahm plötzlich die ernste Miene eines Diamantenprüfers an, und seine roten Augenbrauen sträubten sich angesichts der Herausforderung. Fuster hörte auf zu deklamieren, um sich den letzten *flaon* in den Mund zu schieben. Beser erhob sich und umrundete zweimal seine Gäste. Er trank noch ein Glas Likör, und Fuster schenkte ihm nach, damit er nicht durch Mangel an geistigem Treibstoff ausfiele. Der Professor las die Verse leise vor, als versuche er sie auswendig zu lernen. Er nahm seinen Sitz wieder ein und legte das Papier auf den Tisch. Seine Stimme klang kühl, als hätte er die ganze Nacht nichts anderes als eisgekühltes Wasser zu sich genommen, und während er sprach, drehte er sich mit schwarzem Knaster eine Zigarette.

»Die ersten Zeilen sind kein Problem. Sie stammen aus dem ersten Gedicht des Buches *The Waste Land* (*Das wüste Land*) von Eliot. Ein Dichter aus der ersten Hälfte des Jahrhunderts. *I will show you fear in a handful of dust* ... Dieser Vers gefällt mir von dem ganzen Gedicht am besten: Ich werde dir die Angst zeigen in einer Handvoll Staub. Aber das hat nichts damit zu tun. Sehen wir uns das mit dem Süden mal genauer an. Ich will euch ja nicht langweilen, aber der Mythos vom Süden als Symbol der Wärme und des Lichts, des Lebens und der Wiedergeburt der Zeit ist ein Standardthema in der Literatur, vor allem, seit die Amerikaner entdeckt haben, wie billig man mit Dollars im Süden Urlaub machen kann.

Das zweite Fragment ist auch klar. Es gehört zur *Südsee*, dem ersten veröffentlichten Poem von Pavese, einem Italiener, der sehr amerikanisch beeinflußt ist. Er selbst war niemals in der Südsee, und es ist sicher, daß er dieses Gedicht unter dem Einfluß Melvilles verfaßt hat. Hast du Melville gelesen? Mach nicht so ein Gesicht wie ein Brandstifter. Lesen ist ein einsames und unschuldiges Laster. Pavese spricht in dem Poem von der Faszination, die die Erinnerung an seinen Vater auf einen Jüngling ausübt. Der Vater war Seemann und hatte die halbe Welt gesehen. Als er nach Hause zurückkam, fragte ihn sein Sohn nach seinen Reisen in der Südsee, und er antwortete sehr desillusioniert. Für den Jungen war die Südsee das Paradies, für den Seemann war es eine Gegend, geprägt von der täglichen Routine der Arbeit. Diese Poeten sind das Letzte. Genau wie die Frauen: Erst machen sie dich scharf, und dann lassen sie dich im Regen stehen.

Beim dritten Fragment ist es schwer zu sagen, wo er es herhat. Es ist ein perfekter elfsilbiger Vers und könnte von jedem italienischen Dichter nach 1500 stammen. Aber die Sehnsucht nach dem Süden ist modern. Wenn er vom Süden spricht, könnte er Süditalien, Sizilien oder Neapel meinen. *Più nessuno mi porterà nel sud*. Irgend etwas sagt mir, daß ich es kenne. Auf jeden Fall stellen die drei Fragmente einen Zyklus der Desillusionierung dar: Diese intellektualisierte Hoffnung, bis zum Einbruch der Nacht zu lesen und im Winter in den Süden zu fahren, der Kälte und dem Tod ein Schnippchen zu schlagen. Die Furcht, daß in diesem sagenhaften Süden vielleicht der Kreislauf von Routine und Enttäuschung von vorne beginnt. Und am Ende die totale Entzauberung ... Ihn bringt keiner mehr in den Süden ...«

»Aber er schrieb diese drei Fragmente auf, als er unbedingt in den Süden fahren wollte. Er hatte sogar schon die Fahrkarte gekauft und die Hotels gebucht.«

»In welchen Süden? Vielleicht hatte er entdeckt, daß er den Süden, selbst wenn er hinfahren würde, doch niemals erreichen könnte? ›Obgleich ich den Weg weiß, werde ich niemals nach Córdoba gelangen‹, schreibt García Lorca, verstehst du? Den Poeten gefällt es, sich selbst und uns an der Nase herumzuführen. Hast du gehört, Enric? Dieses Riesenrindvieh weiß den Weg und geht nicht nach Córdoba. So ein Schwachsinn. Genauso dieser Alberti, der schreibt, er werde Granada niemals betreten. Er bestraft die Stadt. Ich habe da eine andere Vorstellung von Poesie. Sie soll didaktisch und historisch sein. Kennst du mein szenisches Epos über den Feldzug des Cid durch das Königreich Valencia? Wir spielen es dir vor, wenn wir noch ein paar mehr Flaschen getrunken haben. *Più nessuno mi porterà nel sud.* Ich sehe mir jetzt die Rücken aller Gedichtbände an, die ich besitze. Ich finde bestimmt etwas.«

Damit stieg er auf einen dreistufigen Hocker und sah Regal um Regal durch. Manchmal nahm er ein Buch heraus, blätterte und las darin, wobei er überraschte Schreie ausstieß: »Ich wußte nicht einmal, daß ich dieses Buch besitze!« Fuster lauschte melancholisch einer Platte mit gregorianischem Gesang, die er sich selbst gewidmet hatte. »Heiß! Heiß!« rief Sergio Beser, der oben am Regal hing wie ein Pirat am Mast eines geenterten Schiffes.

»Riecht ihr nicht die Südsee? Ich höre die Brandung!« Er nahm ein schlankes, abgenutztes Buch heraus. Zuerst schnüffelte er mehr darin herum als zu lesen, um dann wie ein Raubvogel im Sturzflug auf eine der Seiten herabzustoßen: »Ich hab's! Ich hab's!«

Fuster und Carvalho hatten sich erhoben, so erregt erwarteten sie die bevorstehende Enthüllung. Die ganze Hitze des Essens und des Alkohols erhob sich mit ihnen, und durch Schwaden der aufwallenden Emotion erblickten sie Beser, der auf der Kanzel stand und das Meßbuch aufschlug, um mit feierlicher Miene die Lösung zu verkünden:

»*Lamento per il sud* (*Klage um den Süden*) von Salvatore Quasimodo. *La luna rossa, il vento, il tuo colore di donna del Nord, la distesa di neve* ... Es ist dasselbe wie *L'emigrant* von Vendrell oder *El emigrante* von Juanito Valderrama, aber mit Nobelpreis. Hier ist der Vers: *Ma l'uòmo grida dovunque la sorte d'una patria ... più nessuno mi porterà nel sud.*«

Er sprang vom Bücherregal herab, daß seine Knöchel knackten, und gab Carvalho das Büchlein *La vita non è sogno* (*Das Leben ist kein Traum*) von Salvatore Quasimodo. Carvalho las das Gedicht, die Klage eines Südländers, der erkennt, daß er nie mehr in den Süden zurückkehren kann. Er hat sein Herz schon an die Wiesen und nebligen Wasser der Lombardei verloren.

»Es ist fast schon ein sozialkritisches Gedicht. Sehr wenig ambivalent. Wenig polysemantisch, wie jeder hergelaufene Besserwisser sagen würde, der eine halbe Stunde lang in *Tel Quel* herumgeblättert hat. Es sind Gedichte aus der Nachkriegszeit, während des kritischen Neorealismus. Hier: ›Der Süden ist es müde, Leichen zu schleppen, müde Einsamkeit der Ketten, sein Mund ist ermüdet von den Flüchen aller Rassen, die Tod schrien beim Echo seiner Brunnen, die sein Herzblut schlürften...‹ Es gibt einen Kontrapunkt, die Liebe. Das heißt, er offenbart die Trauer über seine Entwurzelung einer Frau, die er liebt. Kannst du damit etwas anfangen?«

Carvalho las den Zettel Stuart Pedrells noch einmal durch.

»Literatur.«

Beser stieß verächtlich hervor: »Ich glaube auch. Ich glaube, es ist nur Literatur. Vielleicht hatte es einen Sinn vor der Ära der Charterflüge und der Reiseleiter, aber heute gibt es ihn nicht mehr. Diesen Süden gibt es nicht. Die Amerikaner haben aus dem Nichts einen literarischen Mythos geschaffen. Das Wort ›Süden‹ hat einen vorgeprägten Sinn für jeden Nordamerikaner, es ist ihr verfluchter Ort, ihr erobertes Territorium in einem Land von Siegern, die einzige untergegangene weiße Kultur in den Vereinigten Staaten, die des ›tiefen Südens‹. Daher kommt das alles. Ganz sicher. Aber kennst du unseren valencianischen Theaterzyklus wirklich noch nicht? Wir führen ihn dir gleich vor, Enric und ich. Vergleiche mal die authentische Literatur des Volkes mit diesen ganzen literarischen Seifenblasen. Ich bin der Cid und du, Enric, bist der Maurenkönig.«

»Immer treibst du Schindluder mit mir.«

»Aber du brauchst doch nur zu sprechen. Ich gebe eine Einführung in die Situation. Das ist der Cid, obwohl es mancher bezweifelt, daß er es wirklich ist. Jedenfalls ist er der Fürst von Morella, der am Tor der Stadt steht und das Maurenheer anrücken sieht. Er wendet sich an den Obermauren und sagt:

Cid	Wer seid Ihr, daß Ihr mich vom Pferd herab anseht?
Maure	Der König der Mauren, und ich komme, um diesen Platz zu erobern.
Cid	Das schafft Ihr nicht!
Maure	Dann ficken wir eure Weiber!
Cid	Dann hauen wir euch in Stücke!
Maure	Das schafft Ihr nicht!
Cid	Kornett, bringt die Trompete!

Beser und Fuster begannen, im Chor zu singen, während sie, jeder für sich, tanzten.

Caguera de bou
que quan plou
s'escampa.
La de vaca sí
la de burro no.

Befriedigt blieben sie vor Carvalho stehen, und der Detektiv applaudierte, bis ihm die Hände schmerzten. Dozent und Steuerberater verbeugten sich.

»Dieses erste Stück könnte den Titel tragen *Verteidigung von Morella*. Nun folgt ein weiteres Stück, das vor den Mauern von Valencia spielt.

Fuster ließ sich auf alle viere nieder, und Beser setzte sich auf ihn.

»Ich bin der Cid auf seinem Pferd Babieca, und ein Maure, den du dir vorstellen mußt, ruft:

Erster Maure	Oh verflucht, der Cid!
Zweiter Maure	Oh, und seine Hure!
Erster Maure	Nein, heißt nicht Hure, heißt Ximena.

»Das war's!« sagte Beser und stieg ab.

»Das Volkstheater ist immer kurz und bündig. Kennst du *David und die Harfe*?«

Das Nein entfuhr Carvalho zugleich mit einem brennenden Aufstoßen, das von der Leber hochkam. Beser drehte sich wieder eine Zigarette. Fuster döste mit dem Gesicht auf der Platte des Küchentischs.

»Du mußt dir den Palast in Jerusalem vorstellen. David ist sauer auf Salomo, warum, ist egal, aber er ist sichtlich sauer. Stell dir allen asiatischen Luxus vor, den du willst, und eine x-beliebige Harfe. Hast du schon mal eine Harfe gesehen?«

»Ja, ja, Sie sieht etwa so aus.«

Carvalho zeichnete mit den Händen die Umrisse einer Harfe in die Luft. Beser musterte sie mit prüfendem Blick.

»Mehr oder weniger. Also, David ist sauer auf Salomo, warum, ist egal. Salomo sagt zu ihm: ›David, spiel Harfe!‹ David schaut ihn an und runzelt die Stirn. Dann nimmt er die Harfe und schmeißt sie in den Fluß. Das war's. Was meinst du?«

Carvalho erhob sich, um zu applaudieren. Beser grinste halb, wie ein siegreicher Torero, der Bescheidenheit vortäuschen will. Fuster richtete sich auf und versuchte zu klatschen, obwohl er es nicht immer schaffte, die Handflächen aufeinandertreffen zu lassen.

Dann ging das kleine Licht aus, das in Carvalhos Kopf noch gebrannt hatte; er fühlte sich hin- und hergezerrt, in ein Auto geschleppt und sah sich selbst zwischen trügerischen Bildern und Erinnerungen mit Enric Fuster auf die Rückbank eines Autos gepackt, das weder ihm noch dem Steuerberater gehörte. In Verlängerung des rötlichen Profils des Dozenten brannte eine Selbstgedrehte, die ihm half, die Straße zu sehen – eine Straße, auf der das Auto feststellen konnte, daß die Gerade die kürzeste Verbindung zwischen zwei Punkten darstellt.

Seine Leber mußte wie ein vitriolzerfressenes Tier aussehen, wie ein Brei aus Blut und Scheiße, der ihm den ganzen Schmerz seiner Agonie in die Seite bohrte. Aber noch hatte er keine Schmerzen. Er hatte einen schweren Kopf, schwere Beine und einen ungeheuren Durst. Durst nach so viel Wasser, daß es ihm links und rechts aus dem Mundwinkel fließen und auf die Brust plätschern sollte. Während er im Dunkeln zum Kühlschrank ging, tätschelte er seine Leber, um sie zu beruhigen oder ihr für ihre Geduld zu danken. Nie wieder. Nie wieder! Wozu? Man trinkt und wartet auf das »Klick«, mit dem die Tür aufspringt, die immer verschlossen war. Er hob die Flasche mit eiskaltem Mineralwasser, füllte seinen Mund und ließ es auf seine Brust rinnen. Dann holte er eine ultramoderne Glasschale, aus der er nur Sekt über fünfhundert Pesetas zu trinken pflegte, und füllte sie mit eben diesem Wasser, das er mehr zum Duschen als zum Trinken verwendet hatte. Er beschloß, dieses beißende, eiskalte Naß in einen fürstlichen Sekt zu verwandeln. – Du könntest ein betagter Herzog sein, den die Hämorrhoiden plagen. Morgen holst du sofort die Fahrkarten für eine Reise in die Südsee. Herr Ober, bestellen Sie bei meinem Landsmann aus Valencia einen

Schwan aus Eis, der mit frischen Litschis gefüllt ist. Welcher Idiot bringt einen valencianischen Ober in diese Geschichte? – Er hatte das irgendwo gelesen. Oder vielleicht sollte er mit der Hilfe seiner schiffbrüchigen Gefährten ein Segelschiff bauen. Lesen bis zum Anbruch der Nacht und im Winter mit allen zusammen in den Süden fahren. Was wißt ihr denn, wo der Süden ist? Aber wenn ich ihm sage, daß er zu den Glücklichen gehört, die den Sonnenaufgang gesehen haben auf den schönsten Inseln der Erde, lächelt er bei der Erinnerung und antwortet, daß der Tag für sie schon alt war, als die Sonne aufging.

»Der Süden ist die andere Seite des Mondes.«

Das war mehr geschrien als gesprochen, und sein Körper begrüßte dankbar das kühle Wasser, das seine innere Hitze und seinen Katzenjammer dämpfte. Die andere Seite des Mondes. Die Dusche, erst heiß, dann kalt, setzte sein Gehirn wieder in Gang. Er wollte klar werden. Sechs Uhr in der Frühe. Die Bäume zeichneten sich schon auf dem Vorhang des Horizonts ab. »Die andere Seite des Mondes.«

Er sprach mit sich selbst und überraschte sich dabei, wie er einen Stadtplan suchte, den er für diskrete Aufträge aufbewahrt hatte. ›Ihre Gattin betrat das Stundenhotel auf der Avenida del Hospital Militar um halb fünf Uhr. Eine überraschende Uhrzeit, denn im allgemeinen betreten Ehebrecherinnen die Stundenhotels lieber bei Dunkelheit. Wirklich, Sie machen einen Fehler, wenn Sie mich fragen, ob sie in Begleitung war.‹ Der zerfledderte Plan lag vor ihm ausgebreitet wie ein abgenutztes Tierfell, die Faltstellen waren ausgeleiert, fast durchgerissen. Mit einem Finger zeigte er auf die Gegend, in der Stuart Pedrell gefunden worden war. Sein Blick wanderte zum anderen Ende der Stadt, wo die Trabantenstadt San Magín begann. Ein Mann wird erstochen, und seine Mörder haben eine Idee, um die Verfolger zu verwirren. Er muß ans andere Ende der Stadt gebracht werden, und zwar an einen Ort, wo sein Tod einen Sinn ergibt und den adäquaten menschlichen und urbanen Hintergrund besitzt.

»Bist du etwa mit der U-Bahn in die Südsee gefahren?« Da

Stuart Pedrell nicht antwortete, konzentrierte Carvalho seine Aufmerksamkeit auf die Schlafstadt San Magín. Er schlug das Buch auf, das ihm Beser geliehen hatte. Stuart Pedrell wurden eine ganze Menge Spekulationen zugeschrieben, vor allem im Zusammenhang mit dem Bau des Stadtteils San Magín. Ende der fünfziger Jahre, im Zuge der Expansionspolitik des Bürgermeisters Porcioles, kaufte die Baufirma Iberisa (deren Inhaber der Marqués de Munt, Planas Ruberola und Stuart Pedrell waren) ganz billig Bauplätze und unbebautes Gelände, auf dem sich die halbverfallenen Werkstätten und Schrebergärten des sogenannten Camp de Sant Magí befanden, ein Gelände, das verwaltungsmäßig zur Stadt Hospitalet gehörte. Zwischen dem Camp de Sant Magí und dem Stadtgebiet von Hospitalet blieb ein breiter Geländegürtel frei. Dies zeigt einmal mehr den tendenziellen Teufelskreis der Bodenspekulation. Man kauft ein erschließbares Terrain, das von der bisherigen Stadtgrenze ziemlich weit entfernt liegt, und wertet dadurch das dazwischenliegende Gelände auf. Die Baufirma Iberisa baute eine ganze Trabantenstadt in San Magín und erwarb gleichzeitig spottbillig das Gelände bis zur Stadtgrenze von Hospitalet. In einer zweiten Bauetappe wurde dieses Niemandsland erschlossen, und dadurch konnte das, was die Firma investiert hatte, vertausendfacht werden ... San Magín wurde hauptsächlich von zugewanderten Arbeitern aus Südspanien bewohnt. Die Straßen waren erst fünf Jahre nach Fertigstellung der Siedlung vollständig asphaltiert worden. Soziale Einrichtungen fehlten ganz. Die Forderung nach einer Ambulanzklinik der Krankenkasse stand im Raum. Zehn- bis zwölftausend Einwohner. Warst ein dicker Fisch, Stuart Pedrell. Eine Kirche? Klar. Neben der alten Einsiedelei von San Magín wurde eine moderne Kirche gebaut. Der ganze Stadtteil steht unter Wasser, wenn die Kanalisation von Llobregat überläuft. Der Verbrecher kehrt an den Tatort zurück, Stuart Pedrell. Du bist nach San Magín gegangen, um dein Werk aus der Nähe zu betrachten, um zu sehen, wie die Kanaken in den Baracken hausen, die du ihnen gebaut hast. Eine Entdeckungsreise? Vielleicht die Suche nach der Ursprünglichkeit des Volkes? Wolltest du die Sitten und Gebräuche der Untermenschen erforschen? Den Ausfall des »d« in intervokalischer Position? Stuart Pedrell, was zum Teufel hast du in San Magín gesucht? Im Taxi? Oder mit dem Bus? Nein, mit der U-Bahn. Bestimmt bist du mit der U-Bahn gefahren, zwecks größerer Übereinstimmung zwischen Form und Hintergrund der weiten Reise in die Südsee. Und da heißt es, im 20. Jahrhundert sei keine Poesie mehr möglich! Und kein Abenteuer! Man braucht nur die U-Bahn zu nehmen und kann zu einem bescheidenen Preis auf eine emotionale Safari gehen. Irgend jemand hat dich umgebracht, brachte dich über die Grenze zurück und ließ dich an einem Ort liegen, der für ihn die andere Seite des Mondes war.

Der Alkohol verwandelte seine Adern in ein verzweigtes Netz aus Blei, und er schlief auf dem Sofa ein. Dabei wurde der Stadtplan unter dem Gewicht seines Körpers endgültig zerknautscht. Die Kälte und Bledas Zunge, die sein Gesicht ableckte, weckten ihn. Langsam nahm er die logische Reise wieder auf, die er am frühen Morgen begonnen hatte. Er versuchte, den ruinierten Stadtplan zu retten, was damit endete, daß er ihn zerriß. Er behielt nur das eine Stück mit San Magín. Dunkel erinnerte er sich an ländliche Hütten und Wasserbehälter aus Beton. Seine Mutter ging vor ihm her, auf dem Rücken einen Korb mit Reis und Öl, das sie schwarz in einer der Hütten gekauft hatten. Sie überquerten eine Bahnlinie. Aus der Ferne kam die Stadt auf sie zu, mit den Lücken, die der Krieg gerissen hatte, eine magere Stadt voll grauer Masten und Löcher. Warum gab es so viele graue Masten auf den Dächern? Das Öl wurde aus einem alten Schlauch abgefüllt. Es floß in die Flasche, grün und dick wie Quecksilber. Das ist echtes Olivenöl, nicht das, was man auf Marken bekommt. Er ging hinter ihr her. In seiner Wachstuchtasche steckten fünf Stangen. Fünf Weißbrotstangen, sehr weiß, weiß wie Gips. Felder, nichts als Felder, steinige Wege mit Radfahrern, die in der Dämmerung violett aussahen, oder Karren, die von Ackergäulen gezogen wurden, ebenso langsam und schwer wie ihre runden Pferdeäpfel. Dann kündigte sich langsam die Stadt an, mit einem Viertel, wo Baracken neben alten kleinen Villen und Häusern standen, die die Nachkriegszeit gekapert hatte und die Strafe von Verlierern des Bürgerkriegs erlitten. Straßen, erst ungepflastert, dann gepflastert, schließlich durchbohrt von den Schienen der Straßenbahnen, in die sie einstiegen, müde von dem Fußmarsch, das Abenteuer im Einkaufskorb und das Versprechen gestillten Hungers in den Augen.

»Ich fülle einen Teller mit Öl, Paprikapulver und Salz. Damit beschmieren wir das Brot.«

»Ich möchte das Brot lieber mit Öl und Zucker.«

»Das ist ganz schlecht, davon bekommt man Pickel.«

Aber seine Mutter ließ nicht zu, daß die Enttäuschung seine Augen verdunkelte.

»Na gut. Und wenn du Pickel bekommst, gebe ich dir ein Löffelchen Zucker von Doktor Sastre y Marqués.«

Jede U-Bahn ist wie ein Tier, das sich resigniert mit seinem unterirdischen Sklavendasein abgefunden hat. Ein Teil dieser Resignation spiegelt sich in den spärlich beleuchteten Gesichtern der Fahrgäste wider, die im Rhythmus der gelangweilten Maschine hin und her schwanken. Wieder einmal U-Bahn zu fahren, rief ihm das Gefühl des jungen Ausreißers ins Gedächtnis zurück, der mit Verachtung auf die besiegte Herde herunterschaut, während für ihn die Metro ein Fortbewegungsmittel ist, das ihn der Schönheit junger Mädchen und der Promotion näherbrachte. Er erinnerte sich an sein tägliches jugendliches Erstaunen über so viel frühmorgendliche Niederlage. In dem Bewußtsein, einzigartig zu sein, aus der Masse herauszuragen, wehrte er sich gegen die Übelkeit, die ihm das schäbige Leben der Passagiere bereitete, und betrachtete sie als lästige Gefährten einer Reise, die für ihn Hinreise, für sie aber Rückreise war.

Heute, zwanzig oder fünfundzwanzig Jahre später, empfand er Solidarität und Angst. Solidarität mit dem unrasierten alten Mann, dessen Hand eine fettige Mappe voller ungedeckter Schecks umklammerte. Solidarität mit den unförmigen Samojedenfrauen, die sich im Dialekt von Murcia über den Geburtstag von Tante Encarnación unterhielten. Solidarität mit den vielen armen, aber sauberen Kindern, für die der Zug der emanzipatorischen Bildung schon abgefahren war. *Stilübungen. Wörterbuch Anaya.* Mädchen, die sich wie Olivia Newton-John kleideten, vorausgesetzt, Olivia würde sich mit Sonderangeboten aus dem Sommer- oder Winterschlußverkauf der großen Warenhäuser am Stadtrand begnügen. Jungen mit der Maske von Zuhältern vor Diskotheken und Muskeln, die zur Arbeitslosigkeit verdammt waren. Manchmal das beruhigende Skelett eines Vizedirektors einer Immobilienfirma, der eine Autopanne und den Vorsatz hatte, öffentliche Verkehrsmittel zu nutzen, um abzunehmen und für mittlere Whiskys von mittelmäßiger Qualität zu sparen. Whiskys, serviert von einem unaufmerksamen Kellner mit Schuppen und schwarzen Fingernägeln, der keinen anderen Vorzug besitzt als den, daß er ihn im rechten Augenblick Don Roberto oder Señor Ventura nennt. Angst davor, daß diese banale, fatale Reise für sie alle aus der Armut ins Nichts führen würde. Die Welt bestand nur noch aus Bahnhöfen, die wie schmutzige Aborte wirkten, mit ihren Kacheln, auf denen sich der unsichtbare Schmutz der unterirdischen Elektrizität und die säuerlich-scharfen Ausdünstungen der Menschenmassen niedergeschlagen hatten. Das Ein- und Aussteigen der Leute schien zum Ritual einer Wachablösung zu gehören, das die routinemäßige Schwerarbeit der Maschine rechtfertigen sollte.

Carvalho nahm immer zwei Stufen auf einmal, als er die rostige Eisentreppe nach oben lief. Der Ausgang führte auf die Kreuzung einiger enger Straßen, die von protzigen Lastwagen und zerbeulten Bussen verstopft waren.

Zeigt eure Kraft! Gebt eure Stimme dem Kommunismus! Wählt PSUC! Der Sozialismus ist die Lösung! Weg mit dem Re-

formismus! Wählt die Partei der Arbeit! Die Plakate verbargen nur ungenügend die vorzeitig gealterten Ziegelmauern, von denen der Putz bröckelte. Auf den Reklamewänden klebten die properen Plakate der Regierungspartei *Das Zentrum hält, was es verspricht*, als gehe es um kostenlose Urlaubsreisen. Hoch über den handgemalten Parolen der Linken und den anspruchsvollen Plakaten einer Regierung junger Salonlöwen, die sich die Mähne von namhaften Friseuren trimmen ließen, und schon dem Himmel nahe, der die Farbe von billigem Gußeisen angenommen hatte, prangte die triumphierende Inschrift: *Sie betreten den Stadtteil San Magín.*

Und das stimmte noch nicht einmal. San Magín erhob sich am Ende einer Straßenschlucht zwischen Steilwänden von unterschiedlichen Mietshäusern, bei denen der verwitterte architektonische Arme-Leute-Funktionalismus der fünfziger Jahre mit den vorgefertigten Bienenwaben der letzten Jahre koexistierte. Die Trabantenstadt selbst bestand sehr wohl aus einförmigen Blöcken, alle gleich hoch, und machte auf Carvalho schon von weitem den Eindruck eines Labyrinths.

Sie betreten den Stadtteil San Magín, verkündete der Himmel und fügte hinzu: *Eine neue Stadt für ein neues Leben. Die Trabantenstadt San Magín wurde am 24. Juni 1966 eingeweiht von Seiner Exzellenz, dem Staatschef Franco.*

So stand es auf einer Gedenktafel in der Mitte des Obelisken, der den freien Platz vor einer Siedlung aus zwölf gleichförmigen Blöcken verunzierte. Es sah so aus, als hätte ein allmächtiger Riesenkran sie dort hingezaubert. Die scharfen Kanten des Betons stachen in die Augen. Das konnten weder die Frauen ändern, die in ihren gesteppten Nylonmorgenmänteln versuchten, dem Ganzen ein etwas menschlicheres Aussehen zu geben, noch der dumpfe menschliche Lärm, der aus jeder Wohnnische drang, ein Lärm, der nach *sofrito* und feuchten Einbauschränken roch. Butangaslieferanten, Frauen auf ihrem täglichen Weg zum Supermarkt, Fischgeschäfte voller Fische mit grauen, traurigen Augen, Bar *El Zamorano*, Wäscherei *Turolense*, An- und

Verkauf. *Freiheit für Carrillo. Die Faschisten sind die Terroristen. – Förderkurse für lernschwache Kinder – Institut Hameln.* Jede dieser Parolen war ein Wunder an Überlebenskraft, wie grüne Pflanzen, die aus dem Beton wachsen. Jede Fassade war ein Gesicht mit vielen blicklosen Augen, dazu verdammt, über dieser trockenen Lepra dunkel zu werden.

»Haben Sie diesen Mann schon mal gesehen?«

Die Frau sah Carvalho an, nicht das Foto, das er ihr zeigte.

»Wie bitte?«

»Kennen Sie diesen Mann?«

»Ich weiß nicht, wie spät es ist.«

Sie ließ ihn stehen und marschierte weiter, mit der beschwingten Leichtigkeit eines Hubschraubers. Er ärgerte sich über den schlechten Auftakt seiner Suche, denn er hatte sich vorgenommen, in jeder einzelnen Wohnnische nach dem Paco-Rabanne-Duft von Stuart Pedrells Rasierwasser zu schnüffeln. Als würde er am Rande stehen und eine Szene beobachten, sah Carvalho sich selbst, wie er tausendmal das Foto zeigte, Laden für Laden. Nur bei zwei Gelegenheiten zeigten die Betrachter leichte Anzeichen des Wiedererkennens. Meistens schauten sie das Foto nicht einmal an, wohl aber Carvalho, während sich ihre Nase gegen seinen Polizeigeruch sträubte.

»Er ist ein Verwandter, ich bin auf der Suche nach ihm. Haben Sie nicht die Suchmeldung im *Radio Nacional* gehört?«

Nein, eine Suchmeldung hatten sie nicht gehört. Carvalho ging mehrmals durch die Straßen, die die Namen der Regionen Spaniens trugen, als wäre in San Magín dank des genialen Impulses seiner Erbauer ganz Spanien im Kleinen vereint. Dann ließ er sich von einer Gruppe behelmter Bauarbeiter den Weg in ein Restaurant zeigen, in dem Schulter an Schulter fast hundert Arbeiter vor ihren geschmorten Linsen mit Kalbsbraten nach Gärtnerin-Art saßen. Carvalho verschlang hungrig sein Menü und kam dank eines großzügigen Trinkgelds mit dem jungen, schüchternen Kellner ins Gespräch, der ihm antwortete, ohne ihn anzusehen. Es war ein Junge aus Galicien mit zwei roten

Flecken auf den Wangen und großen, eiternden Frostbeulen an den Händen. Er arbeitete seit zwei Jahren hier. Seine Tante machte hier sauber. Sie hatte ihn aus dem Dorf kommen lassen. Er aß und schlief hier, im Hinterzimmer, wo sich die leeren Kartons stapelten.

»Nein, diesen Señor habe ich noch nie gesehen.«

»Gibt es in diesem Viertel noch ein anderes, teureres Restaurant?«

»Ein teureres gibt es schon, aber glauben Sie ja nicht, daß das Essen dort besser ist. Wir kochen hier einfach, aber gesund. Ein gesundes Essen.«

»Das bezweifle ich nicht. Es geht mir nur darum, ob mein Verwandter vielleicht dort verkehrte. Die Leute lieben die Abwechslung.«

Es duftete nach Espresso mit Cognac Fundador. Die jungen Arbeiter lachten, redeten laut, stießen sich an und taten, als wollten sie einander an die Hoden greifen oder stritten sich darüber, wer der bessere Linksaußen sei, Carrasco oder Juanito. Die Älteren rührten in ihren Tassen mit der Bedächtigkeit von Kennern. Die Hektik der Jungen verlor sich in ihren langsamen Pupillen. Sie nahmen das Foto in die Hand, hielten es von sich weg, betrachteten es mit zementbestäubten Augen und befühlten es ein wenig mit den Händen, als könnte die Berührung ihrem Gedächtnis aufhelfen. Er war kein Stammgast, antwortete das kollektive Gesicht. Der Besitzer wollte die Zeit nicht vertrödeln, die er brauchte, um weitere zweihundertfünfzig Pesetas zu kassieren. Er blickte nur kurz über die Schulter auf das Bild und schüttelte den Kopf. Seine Frau schälte mit der einen Hand Kartoffeln, mit der anderen machte sie Kaffee, und mit dem Mund rief sie schrill nach ihrer Tochter, einem kleinen Mädchen mit Pickeln und Schweißflecken unter den Achseln, die die Tische zu langsam abräumte. Nicht weit davon lehnte der Erbe des Geschäfts, ein Travolta mit Kartoffelnase, seinen schmalen Hintern am Kühlschrank, die Jeansbeine gekreuzt, und schnitt sich mit pedantischer Sorgfalt die Fingernägel. Er war vollauf damit beschäftigt, am kleinen Finger seiner linken Hand ein Nagelhäutchen zu entfernen.

Weine aus Jumilla. Carvalho betrat den Weinausschank, der sich baulich in nichts von den übrigen Restaurants, Apotheken und Wäschereien unterschied, und bestellte eine Flasche weißen Jumilla. Der Wirt war ein völlig weißhäutiger Drei-Zentner-Mann, dessen einzige Zierde die dunkelvioletten, faltigen Ringe um seine Augen waren. Carvalho war allein mit ihm in dem Lokal, das von einem ungeheuren Kühlschrank beherrscht wurde. Seine Holzverkleidung war mit Chromleisten verziert, und der Lärm beim Auf- und Zumachen erinnerte Carvalho an die alten Eisschränke der Bars und Tavernen seiner Kinderzeit. Dieser hier war ein gigantisches Exemplar in den Dimensionen seines Besitzers, innen grün gekachelt. Der Wirt wollte in das Schweigen einbrechen, das Carvalho umgab.

»Eine Katastrophe. Die Lage ist katastrophal. Trockenes Brot und Schläge, mehr haben sie nicht verdient. Und der Rest gehört an die Wand gestellt. Wir sind sechzehn Millionen zuviel. Keiner mehr, keiner weniger. Da hilft nur noch ein Krieg!«

Carvalho leerte noch ein Glas und nickte lustlos, aber das genügte schon, die drei Zentner wälzten sich an seinen Tisch und machten sich auf der anderen Seite breit.

»Glauben Sie noch an die Gerechtigkeit? Natürlich nicht! Mich muß man studieren. Man muß mich zu nehmen wissen. Auf den Grund blicken. Aber mit Gewalt? Da läuft gar nichts! Wie gesagt. Sechzehn Millionen Spanier zuviel. Da gibt es keinen Ausweg. Bei Franco hätte es so etwas nicht gegeben. Da herrschte Disziplin, und wer aufmuckte – zack! – Rübe ab. Ich bin für klare Verhältnisse, das sage ich immer wieder. Auch wenn es manchmal weh tut. Ich will wissen, woran ich bin. Ich will nicht alles auf einem silbernem Tablett serviert, das ist es doch nicht, das ist es überhaupt nicht. Von mir aus kann die ganze Welt verrecken. Dabei bleibe ich, das können Sie wörtlich nehmen, so wie ich es Ihnen jetzt sage, komme was da will. Sie verstehen mich, nicht wahr?«

Carvalho nickte.

»Neulich kam einer an. Wir hatten schon gesagt, was zu sagen war. Du das, ich das. Gut. Da war nichts mehr zu sagen. Und dann, Sie werden es nicht glauben, eine Stunde später behauptet er das glatte Gegenteil von allem. Und lacht noch dazu, lacht so lange, bis mir der Kragen platzt und ich ihm einen Tritt verpasse, genau ins Schwarze, wenn Sie wissen, was ich meine.«

Carvalho leerte die Flasche und legte die achtzig Pesetas neben die zehn Kilo Unterarm des Riesen.

»Weiter so. Lassen Sie sich von denen nicht unterkriegen.«

»Die wissen nicht, mit wem Sie es zu tun haben«, antwortete der Mann und starrte auf den Weinrand, den Carvalhos Glas hinterlassen hatte. Carvalho trat auf die Straße hinaus und ging in den anspruchsvollsten Friseurladen, den er finden konnte. An den Wänden Fotos von Friseurmodellen und ein verblichenes Schild mit der Aufschrift *Wir modellieren Ihre Frisur*.

»Haare schneiden und rasieren, bitte.«

Vorsichtig musterte er die Hände des Friseurs, eine Angewohnheit aus der Zeit im Gefängnis, dort konnte man nicht mehr erwarten, als daß der Schmutz ein bestimmtes Maß nicht überschritt, und meistens hatte irgendein hypochondrischer Mörder den Posten des Friseurs inne. Carvalho erzählte die Geschichte von seinem verschwundenen Verwandten und zeigte das Foto. Der Friseur sah hin, ohne es wirklich anzusehen, als sei es ein Horizont, den er mit seinem Rasiermesser in Scheiben schneiden konnte. Dann ging das Bild unter den Kunden von Hand zu Hand und kam endlich wieder zurück zu dem Friseur, der es nun mit größerer Aufmerksamkeit studierte.

»Irgendwoher kenne ich dieses Gesicht ... aber ich weiß nicht, woher«, meinte er nach ein paar Sekunden, als er es Carvalho zurückgab.

»Behalten Sie es hier und sehen Sie es ab und zu mal an, bitte. Ich komme morgen wieder.«

»Das ist ein Gesicht, das ich schon mal gesehen habe, glauben Sie mir.«

Carvalho ging wieder an dem Weinlokal vorbei. Der Besitzer stand auf seinen kurzen Kegelbeinen vor seinem Geschäft und murmelte leise vor sich hin.

»Alles beim Alten?«

»Nein, alles wird schlechter.«

»Nicht aufgeben!«

»Lieber tot als das.«

Carvalho ging weiter, und der Mann versank wieder in seinen Grübeleien. Auch der einzige Zahnarzt in San Magín kannte weder das Gesicht noch das Gebiß von Stuart Pedrell. Ebensowenig die beiden Ärzte, deren Praxis von zahnlosen Alten überfüllt war, die wachsweiche Worte wiederkäuten. Carvalho klapperte alles ab, von der Boutique, wo direkt neben der seidenen Krawatte die Windelhöschen hingen, bis zu den Wäschereien, ohne dabei die Apotheken und die Zeitungsstände zu vergessen. Bei einigen Leuten schien die Fotografie einen Bodensatz im Gedächtnis aufzurühren. Aber mehr nicht. Auch in den beiden von zwei Brüdern aus Cartagena geleiteten Abendschulen war Stuart Pedrell nicht bekannt. Carvalhos Mut schwand, und nur der investierte Aufwand an Worten und Wegen veranlaßte ihn, diese selbstmörderische Suchaktion fortzuführen.

»Heute abend große Versammlung der katalonischen Sozialisten! Arbeiter: Für ein San Magín, das nicht nach den Bedürfnissen der Spekulanten, sondern nach euren Bedürfnissen gebaut wird! Kommt zur Versammlung der Sozialisten im Stadion La Creuta! Es sprechen Martín Toval, José Ignacio Urenda, Joan Reventós, Francisco Ramos. Die Sozialisten haben die Lösung!«

Die Stimme kam aus den Lautsprechern eines kleinen Lieferwagens, der langsam durch die Straßen fuhr. Die Leute hörten ohne große Begeisterung zu, sie waren sich bewußt, daß sie sowieso die Kommunisten oder Sozialisten wählen würden, einer bio-urbanistischen Notwendigkeit folgend, aber ohne kämpferischen Elan. Nur ein paar Kinder klopften an das Fenster des Lieferwagens und wollten Fähnchen. Sie kehrten enttäuscht zu ihrem Spiel zurück und maulten: »Die von der UCD sind aber schöner.«

Ein Schinkengroßhändler legte das Foto genau unter die fetttriefende Spitze eines aufgehängten Delikateßschinkens, so daß ein dicker Tropfen auf Stuart Pedrells Gesicht fiel. Der Händler machte seine Unachtsamkeit wieder gut, indem er das Fett mit dem Ärmel abwischte. Das Bild war nun verdunkelt und verwischt, als wären zwanzig Jahre Fotoalbum daraufgefallen. Carvalho verließ den Laden und begann die Portiers zu befragen in den Häusern, die noch nicht das System des automatischen Türöffners eingeführt hatten. Alte, im Halbdunkel weiß gewordene Portiers tauchten vom Grunde ihrer Brunnenschächte auf, die nur das Licht der Fernsehschirme kannten, um zu sagen, nein, sie hätten diesen Mann nie gesehen. Ein Häuserblock. Noch einer. Selbst wenn zwei Wochen bei der Suche draufgehen, sagte er sich, dachte aber dann daran, bei Einbruch der Dunkelheit aus San Magín zu fliehen und den logischen Faden in einer anderen Richtung zu verfolgen. Die Portierslogen und ihre Insassen glichen einander, als ginge er immer durch ein und dieselbe Tür in ein und denselben Wohnblock. Plötzlich bemerkte er, daß die Gehwege voller Kinder waren, und der Himmel sah aus, als freue er sich über ihr Lachen, Schreien und Rennen. Irgend jemand hatte auch den schwangeren Frauen Ausgang gegeben, und sie watschelten über die Gehwege wie unsichere Entlein. Er ging hoch zur Kirche auf der Kuppe des Hügels, an dessen Flanken San Magín erbaut worden war. Eine funktionale Kirche aus zerbröckelndem Material, an dem Wind, Regen und die despotische Sonnenglut des baumlosen Hügels ebenso ihre Wut ausgelassen hatten wie die handfeste Pest der Industrieabgase jenseits der Zuckerrohrfelder, die beharrlich die frühere Existenz eines heute toten Bächleins anzeigten. Die Wände der Sakristei bedeckten alte Plakate mit der Forderung nach bereits gewährten und überholten Amnestien. Eines war dabei, das auf italienisch den Film *Christus kam nur bis Eboli* ankündigte. Der Pfarrer trug Vollbart und einen nicht mehr ganz neuen Pullover im Stile des Kommunisten und Gewerkschaftsführers Marcelino Camacho.

»Dieses Gesicht habe ich schon einmal gesehen. Aber es ist schon länger her. Ich weiß allerdings weder, wie er heißt, noch wann ich ihn gesehen habe. Ein Verwandter von Ihnen?«

Das ganze Mißtrauen des Revolutionärs funkelte aus dem einen Auge, das er mehr öffnete als das andere. Carvalho ging, und dieser durchdringende Blick folgte ihm. Nun mußte er sich entscheiden, ob er in das Labyrinth der Satellitenstadt zurückkehren oder lieber zu ein paar hell erleuchteten Baracken gehen sollte, aus denen Musik drang.

Über der Tür hing ein Schild mit der Aufschrift der gewerkschaftlichen Basisorganisation *Comisiones Obreras von San Magín*, und aus dem Innern ertönte ein gefühlvolles Lied von Víctor Manuel, das die Liebe zweier Außenseiter besang. Er zeigte das Foto einem Hausmeister, der in der Mitte des Lokals einen Sägespanofen in Gang zu bringen versuchte. Um den Ofen standen zwei Dutzend Stühle verschiedener Herkunft, ein kleiner Eisschrank, eine Tafel und ein Bücherschrank, die Wände hingen voll mit Aufrufen und politischen Plakaten.

»Klar kenne ich den. Vor Monaten kam er oft hierher, als wir das Lokal hier gerade aufgemacht hatten.«

»Wie nannte er sich?«

»War er nicht ein Verwandter von Ihnen? Dann müssen Sie das selbst am besten wissen. Hier wurde er von allen ›Der Buchhalter‹ genannt. Nein, er ist kein Mitglied geworden. Aber er kam oft. Dann blieb er plötzlich weg.«

»War er sehr aktiv? Arbeitete er viel?«

»Was weiß ich. Ich weiß nicht, was er an seinem Arbeitsplatz machte.«

»Hier, meine ich. Ob er hier gearbeitet hat.«

»Nein. Er kam zu Versammlungen, aber diskutierte wenig.

Manchmal meldete er sich bei öffentlichen Diskussionen zu Wort.«

»War er ein Hitzkopf?«

»Nein, nein. Gemäßigt. Hier gibt es Leute aller Art, die die Revolution an einem Tag machen wollen. Er gehörte zu den Gemäßigten. Schon von seiner ganzen Art her. Verstehen Sie, ein sehr gebildeter Mensch. Sehr vorsichtig. Er sagte nichts, weil er niemanden verletzen wollte.«

»Kannten Sie seinen richtigen Namen nicht?«

»Antonio. Er nannte sich Antonio, obwohl alle ›Buchhalter‹ zu ihm sagten, weil er als Buchhalter arbeitete.«

»Wo?«

»Das weiß ich nicht.«

»War er nicht mit jemand befreundet? Eine feste Bekanntschaft, mit der er hier immer auftauchte?«

»Na klar.« Er konnte ein Lächeln nicht unterdrücken.

»Mit Mädchen?«

»Mit einem Mädchen. Eine von den Metallern, sie arbeitet bei SEAT, Ana Briongos.«

»Kommt sie noch regelmäßig hierher?«

»Nein. Ab und zu. Aber sie ist sehr, sehr radikal. Eine von denen, die über den Moncloa-Pakt sehr empört waren, und sie ist es immer noch. Manche Leute glauben, sie könnten die Dinge über Nacht ändern, man brauche nur zu wollen, daß sie sich ändern. Denen fehlt eine Erfahrung wie der Krieg. Die sollten mal einen Bürgerkrieg mitmachen! Der Mensch ist das einzige Tier, das zwei- oder dreimal über denselben Stein stolpert. Ein sehr nettes Mädchen, die Briongos. Und Mut hat sie. Sehr engagiert. Aber ungeduldig. Hier auf diesem Posten stehe ich seit 1934, und ich habe alles durchgemacht, hören Sie, alles. Schläge ausgeteilt und Schläge eingesteckt. Na und? Gehe ich jetzt hin und stecke Briefkästen an? Haben Sie mal Solé Tura reden gehört? Die hat mal eine Sache gesagt, über die ich nachdenken mußte. Mal sehen, ob ich es noch zusammenbringe. Die Bourgeoisie brauchte vier Jahrhunderte, um an die Macht zu kommen, und die Arbeiterklasse existiert erst seit hundert Jahren als organisierte Bewegung. Wortwörtlich, ich erinnere mich genau. Die Sache hat Hand und Fuß, oder nicht? Und da gibt es Leute, die glauben, sie brauchen nur mit ihrem Ausweis von den *Comisiones Obreras* zum Regierungspalast zu gehen und zu sagen: ›Los, nach Hause, jetzt gebe ich hier die Befehle.‹ Drücke ich mich klar aus? Solche Leute gibt es haufenweise. Man muß Geduld haben, Geduld, dann wird uns keiner kleinkriegen. Aber wenn wir blindwütig drauflosschlagen, dann kriegen wir hier wieder alles zurück, denn die schlagen nicht blind drauflos. Die sehen ein bißchen besser als eine kurzsichtige Kröte.«

»Wo finde ich die Briongos?«

»Das ist nicht meine Sache. Hier bekommen Sie die Adresse nicht. Sprechen Sie mit dem Verantwortlichen, wenn Sie wollen, aber wir geben hier nie Adressen raus. Das ist eine Sache der Verantwortung, wenn Sie verstehen, was ich meine.«

»Wissen Sie auch nicht, wo der Buchhalter arbeitete?«

»Sicher bin ich mir nicht. Ich glaube, er arbeitete stundenweise, führte die Bücher einiger Geschäfte für Glas, Flaschen und chemische Apparate. Im Block neun oder dort in der Gegend, weil ich ihn manchmal dort gesehen habe. Immer ging er ganz steif. Eine straffe Haltung, steif und straff. So ging er. Am Anfang trauten wir ihm nicht. Er kam uns fremd vor, und niemand wußte, wo er herkam. Aber daß er mit der Briongos kam, das war eine Garantie. Die war schon im Gefängnis, als sie noch Söckchen trug. Ihr Vater wollte sie verprügeln, aber sie hat zurückgeschlagen. Eine richtige Kämpferin. Es ist schade, wenn solche Leute dann resignieren und die Arbeit der ganzen Jahre zum Fenster rauswerfen. Jetzt kommt sie her und sagt, daß ihr alles egal ist und die Bourgeoisie sowieso schon alles unter Kontrolle hat. Stellen Sie sich vor. Mich soll die Bourgeoisie unter Kontrolle haben. Und man hört und hört, und schluckt und schluckt, bis man eines Tages den Löffel abgibt. Was hab ich mit der Bourgeoisie am Hut, Donnerwetter noch mal, können Sie mir das erklären?«

»Cifuentes, krieg dich wieder ein!« rief ihm ein Junge zu und stimmte in das Gelächter seiner Genossen ein.

»Macht mich nicht an. Ein bißchen mehr Erziehung, ihr Armleuchter! Euch ist doch auch schon alles egal.«

»Willst du einen Joint, Cifuentes?«

»Oder lieber ein halbes Kilo schwarze Afghanen?«

»Hören Sie die? Die machen nur Spaß, aber wenn das ein Klassenfeind hört, dann gibt's jede Menge Ärger. Das ist die Gedankenlosigkeit der Jugend. Man muß mit Vorsicht durchs Leben gehen und auf die besten Kampfbedingungen warten.«

Die besten Kampfbedingungen ... Ein fernes Echo von Ideologie stellte sich in Carvalhos Gedächtnis ein. Die Bedingungen. Es gab die besten, die objektiven und die subjektiven.

»Plötzlich war der Buchhalter verschwunden, und keiner hat sich darüber gewundert?«

»Nein. Er ging, wie er gekommen war, und es ist nicht unsere Sache, uns über so etwas Sorgen zu machen. Wenn wir uns um jeden Sorgen machen würden, der zur Arbeiterbewegung stößt und wieder verschwindet, wären wir schon lange im Irrenhaus gelandet. Gerade in dieser Zeit. Am Anfang war alles Euphorie, und jeder wollte Mitglied werden. Und jetzt herrscht eine gewisse Disziplin am Arbeitsplatz, aber hierher verirrt sich kaum noch jemand. Das belebt sich hier erst wieder, wenn die Gewerkschaftsanwälte kommen und Sprechstunde halten. Der Franquismus hat uns alle verdorben. Wenn ich lese, das spanische Volk sei reif für die Demokratie, könnte ich die Wände hochgehen. Alles, bloß keine Reife!«

»Reg dich ab, Cifuentes!«

»Ich rege mich auf, solange es mir paßt, du Säugling. Geh doch nach Hause und nerv deine Eltern! Ich spreche mit diesem Señor hier und nicht mit dir.«

Er begleitete ihn zur Tür.

»Die Jungs sind in Ordnung, aber sie ärgern mich gerne. Wenn es drauf ankommt, geben sie mir ihr letztes Hemd, aber die Sticheleien können sie nicht lassen. So ist es eben. Ich lasse es mir gefallen, weil ich Rente kriege und hier den *Comisiones* einen Tagelöhner einsparen kann. Sechsmal war ich im Gefängnis, zum erstenmal 1934 und dann mit Núñez 1958, als wir die *Comisiones* neu gegründet hatten, und jedesmal wenn es Ärger gab bei Artes Gráficas, hieß es: ›Cifuentes, in die Vía Layetana!‹ Zum Kommissar Creix habe ich eines Tages gesagt: ›Wenn Sie wollen, ziehe ich hier ein‹, und der Zyniker hat gelacht. So ein übler Kerl, hören Sie. Er soll ja jetzt pensioniert sein.«

»Wer?«

»Creix. Es könnte stimmen. Er muß in meinem Alter sein. Das Beste wissen Sie ja noch gar nicht!«

Er nahm ihn am Arm, führte ihn hinaus auf die Straße und sagte mit leiser Stimme: »Creix und ich sind Kollegen.«

Er trat zurück, um die ganze Größe des Erstaunens richtig mitzubekommen, das sich sicherlich auf Carvalhos Gesicht zeigen würde.

»Sie verstehen es nicht? Na, gleich werden Sie's verstehen. Ich hab im Krieg Kurse für Führungskräfte besucht, auf der Parteischule in Pins del Vallés. Einige sind dann als Politkommissare an die Front gegangen, andere zur Polizei. Mir hat man gesagt, ich sollte zur republikanischen Polizei gehen. Comorera selbst hat mir dazu geraten, doch, doch, Sie haben richtig gehört! ›Schau mal, Cifuentes, Politkommissare haben wir, so viele wir wollen, aber wir brauchen loyale Polizisten, weil die Polizei von der fünften Kolonne unterwandert ist.‹ Gut, ich bin also zur Polizei gegangen. Und dann kam es, wie es kommen mußte. Ich war nämlich auf einem Kommissariat in Hospitalet, und mein Chef war ein gewisser Gil Llamas. Klingt Ihnen bekannt? Der muß damals schon bei der fünften Kolonne gewesen sein, denn nach dem Krieg machte er munter weiter im Polizeicorps.«

»Es kommt noch besser. Als ich 1946 aus dem Gefängnis kam, hab ich ihn auf der Ronda zufällig wiedergetroffen, ich weiß nicht, wie dieser Abschnitt der Ronda heißt, wo früher das *Olimpia* war, und er hat so getan, als ob er mich nicht kennen würde. Na gut, dann ging's mir 'ne Weile ziemlich dreckig, und vor ein paar Monaten kommt da ein Brief von einem Rentenberater, und der erzählt mir, ich könnte meine Rechte als Polizist der Republik geltend machen. Ich gehe hin zu ihm, ein sehr aufmerksamer, sehr professioneller Mensch. Er bekommt seine Provision, und alles ist paletti. Also, dann machen Sie mal! Auch wenn nichts dabei rauskommt. Und er machte. *Madre mia!* Da, sehen Sie!«

Aus einer Plastikbrieftasche zog er ein gefaltetes und abgegriffenes hektographiertes Schreiben. »... werden Ihnen die Rechte eines pensionierten Polizeibeamten mit dem Dienstgrad eines Unterkommissars zuerkannt.«

»Unterkommissar, ich! Und im Monat dreißigtausend Pesetas Pension. Was sagen Sie dazu? Meine Rente als Lagerarbeiter war fünfzehntausend, und jetzt dreißig! Ich komme mir reich vor, ein reicher Mann, und außerdem, sehen Sie, Unterkommissar. Es war auch Zeit, daß ich mal Glück hatte. Meine Frau will's noch gar nicht glauben. Sie ist ein wenig eigen, bei allem, was sie mitgemacht hat. Ich zeige ihr den Brief, ich zeige ihr jeden Monat die dreißigtausend Pesetas, und sie, stur wie ein Maulesel: ›Evaristo‹ – so heiße ich – ›Evaristo, das kann nicht gutgehen!‹ Was meinen Sie dazu?«

Die Frage galt Carvalho, dem Mann von Welt aus dem jenseitigen Reich der Stadt, aus der der Alte vertrieben worden war.

»Cifuentes, wenn man einmal als Beamter anerkannt ist, gibt es keinen, der einem das wieder wegnehmen kann. Sie brauchen sich keine Sorgen zu machen!«

»Mir geht es nicht um das Geld, es ist eine Sache der Ehre. Eines Tages gehe ich zu Creix und den vielen anderen, die mir bei lebendigem Leib die Haut abgezogen haben, und halte ihnen dieses Papier unter die Nase.«

Das Hinterzimmer des Kramladens eines Riesen war vollgestellt mit Fünfzig-Liter-Tanks für unsägliche Zaubertränke, Glasballons, Destillierkolben, Reagenzgläsern, Glasscheiben, die gelblicher Sägemehlstaub trübte, weißen Holzregalen, von Feuchtigkeit und Dunkelheit angegriffen, Wandteppichen, Strohteppichen, springenden Katzen wie aus sehnigem Metall, nackten Glühbirnen. Ein alter Athlet mit ergrautem Schnauzbart jonglierte mit Pappkartons. Ein trauriger Schäferhund beschnupperte den Neuankömmling. Am Ende eines Korridors zwischen gigantischen, toten Glasbehältern aller Art saß ein kräftiger, ernster Mann an einer Rechenmaschine, die auf der Tischkante stand, und ein Junge an seiner Seite prüfte den Schliff kleiner Spritzen. Aus einem Lautsprecher, der im Dunkel unter dem Dach hing, ertönte Alfredo Kraus' *Die Perlenfischer*. Über den Häuptern hörte man weibliche Absätze auf dem Fußboden der Kammer im Halbgeschoß. Der Mann an der Rechenmaschine fragte: »Sie wünschen?«, ohne den Kopf zu drehen; den bewegte er erst, als ihm Carvalho das Bild von Stuart Pedrell unter die Nase hielt. Er zog die Nase kraus, beendete seinen Rechenvorgang, gab Aufträge für Dinge, die vor Ladenschluß erledigt sein mußten, und setzte sich mit hochgezogenen Schultern und abgespreizten Armen in Bewegung. Er stieg die Holztreppe zum Halbgeschoß empor, und Carvalho, der ihm folgte, erblickte ein kleines Büro, in dem ein Mädchen tippte und eine gewaltige Frau mit verkleinerten, traurigen Augen hinter ihrer dicken Brille die Arbeit unterbrochen hatte, um auf katalanisch zu telefonieren. »Tantchen, die Mama läßt fragen, ob du am kommenden Sonntag nach La Garriga kommst.« Beim Anblick von Carvalho stutzte sie kurz und setzte dann ihr Telefonat leiser fort. Der Chef schickte das Mädchen mit einem Auftrag weg, setzte sich auf einen Bürotisch und lehnte sich an den grauen Aktenschrank aus Blech. Eine Katze fraß ein Stückchen Leber neben dem Papierkorb. Ein Jagdhund betrachtete den Neuankömmling mit der unbeweglichen Miene von Buster Keaton. Ein anderer, jüngerer Hund, der Lauren Bacall ähnelte, beschnüffelte ihn aufdringlich und versuchte, mit den Zähnen seinen Knöchel zu markieren, bis ihn das Zungenschnalzen seines Besitzers unter einen Tisch jagte. In einem Käfig tanzten zwei durchgedrehte Kanarienvögel den Sklaventanz. Der Besitzer drückte eine Taste, die Stimme von Kraus verstummte, und die Luft war wieder erfüllt von der Halbstille eines Geschäftes, das wie ein U-Boot in der Tiefe eines der hundertzweiundsiebzig Stockwerke hohen Klötze von San Magín lag.

»Die Mama macht Gemüse und gebratenes Fleisch.«

»Hat dieser Mann hier gearbeitet?«

»Ja, fast ein Jahr lang, als Aushilfe. Er machte unsere Buchführung, ein paar Stunden täglich.«

»Er hieß Antonio, und wie weiter?«

»Ich glaube, Porqueres.«

»Glauben Sie oder wissen Sie es?«

»Er hieß Porqueres, weil ich immer Señor Porqueres zu ihm gesagt habe. Er machte seine Arbeit, ich bezahlte ihn, alles war in Ordnung.«

»Machte er seine Sache gut?«

»Sehr gut.«

»Wie kam er zu Ihnen?«

»Ich hatte ein Schild an die Tür gehängt, und er kam und stellte sich vor.«

»Und Sie stellen einfach so mir nichts, dir nichts einen Buchhalter für Ihr Geschäft ein?«

»Er brachte ein Empfehlungsschreiben mit. Ich weiß nicht mehr genau, von wem. Josefina, weißt du noch, von wem Señor Porqueres die Empfehlung hatte?« fragte er seine Frau auf katalanisch. Die Frau zuckte die Schultern, ohne den Telefonhörer vom Ohr zu nehmen.

»Ich glaube, sie war von Señor Vila, dem Unternehmer oder Subunternehmer, der hier alle Bauarbeiten macht.«

»Und Porqueres blieb weg, ohne sich zu verabschieden? Auf die französische Art?«

»Ja.«

»Und das hat Sie nicht gewundert?«

»Ein wenig schon. Wir haben alles geprüft und alles war in Ordnung. So, wie er gekommen war, ist er gegangen. Es mußte eines Tages so kommen. Diese Arbeit, dieser Stadtteil paßten nicht zu ihm.«

»Warum?«

»Was würden Sie von einem Mann halten, der alle Platten von Plácido Domingo auswendig kennt und der Ihnen so lebendig die Schlußszene der *Salomé* von Strauss beschreibt, wie ihn die Caballé singt? Ich bin ein großer Opernfan und habe selten das Vergnügen, einen wirklichen Kenner zu treffen. Er war einer.«

»Haben Sie nur über Opern geredet?«

»Über Opern und das Geschäft. Wir haben uns sehr selten gesehen. Ich leite das Geschäft unten und meine Frau macht das Büro hier oben.«

»Der Freund von der Miriam kommt auch. Hör mal, Inés, hast du keine Post vom Onkel aus Argentinien bekommen?«

»Wo wohnte er?«

»Hier ganz in der Nähe, aber genau kann ich es Ihnen nicht sagen. Ist ihm etwas passiert?«

»Er ist ein Verwandter von mir, und ich suche ihn. Er ist verschwunden.«

»Mir kam die ganze Geschichte sowieso rätselhaft vor. Aber ich mische mich nicht gern ein in anderer Leute Angelegenheiten. Mir reicht es, wenn sie ihre Arbeit gut machen. Guten Tag, bis morgen. Das ist die ideale Beziehung.«

»Ganz allgemein?«

»Ganz allgemein, mit aller Welt, und besonders mit den Angestellten.«

»Wo wohnt der Señor Vila, der ihn empfohlen hat?«

»Die genaue Adresse weiß ich nicht. Er wohnt am Rand der Trabantenstadt in einer kleinen alten Villa. Sie können es nicht verfehlen, er hat einen Garten hinter dem Haus. Bekomme ich Schwierigkeiten? Ich kann nur wiederholen, er war eine Aushilfskraft, arbeitete stundenweise und machte seine Sache sehr gut. Mehr weiß ich nicht.«

Lauren Bacall hatte ihr Versteck verlassen und betrachtete den Unbekannten mit unverschämten grünen Augen. Carvalho deutete eine Bewegung an, die die Solidarität eines Hundebesitzers mit einem anderen Hund ausdrücken sollte. Aber Lauren Bacall bellte empört, und erst ein erneutes Schnalzen ihres Herrchens ließ sie in ihr wachsames Exil zurückkehren.

»Wie ich sehe, haben Sie einen kompletten Zoo hier.«

»Es fängt damit an, daß man den Welpen eines Freundes annimmt, und am Ende hat man die reinste Arche Noah. Zu Hause gibt es auch noch einen Hamster.«

»Inés, weißt du, daß die Piula womöglich schwanger ist? Wenn das mal gutgeht!«

Die Frau verabschiedete sich von ihm, ohne sich vom Hörer zu trennen.

Der Besitzer brachte ihn zur Tür, blieb dort stehen und blickte ihm nach. Er mußte wieder den Knopf gedrückt haben, denn die Stimme von Kraus erklang erneut auf der ungeteerten Straße, kroch an den Wänden der bewohnten Schluchten empor, klopfte an geschlossene Fensterscheiben und wischte den Staub von den melancholischen Geranien, und ließ wie ein sanfter leichter Windstoß ein paar Markisen aufflattern, die auf drei Quadratmeter großen Minibalkonen überwintert hatten. Die Scheinwerfer der palmenartigen Neonlaternen markierten Lichtkreise, die sich immer weiter entfernten. Sie verstärkten die zunehmende Dunkelheit, in der San Magín versank, während ein kalter, feuchter Wind von Prat heraufkam und in Carvalhos Kopf Sehnsucht nach Decken und flackerndem Kaminfeuer erzeugte. Er sprang nun von Lichtkreis zu Lichtkreis und strebte einer Grenzlinie entgegen, die von weitem eine Inschrift am Himmel anzeigte, extra beleuchtet, das Ende des Paradieses ankündigend: *Sie verlassen San Magín. Bis bald!*

Es war eines der Landhäuser, deren architektonischer Vater unbekannt war, Wochenende für Wochenende von einer andalusischen Maurerkolonne in Schwarzarbeit hochgemauert. Der Erbauer war wohl ein kleiner Einzelhändler der vierziger Jahre gewesen, der seine ganzen Ersparnisse in ein Häuschen mit Garten gesteckt hatte, weit weg von der Stadt, um sich eines Tages von der Hektik der schweren Nachkriegszeit erholen zu können. An der Tür empfing ihn ein vierschrötiger, grauhaariger Mann in einem gesteppten Schlafrock und Wildlederpantoffeln, gefüttert mit Kaninchenfell. Im Haus roch es nach Béchamelsoße. Man hörte Kinder quengeln und Frauen schimpfen.

Vila führte ihn hinauf in sein Büro, ein kleines Zimmer, in dem alles so sauber aufgeräumt war, als sei es noch nie benutzt worden. Sie versanken in den beiden braunen Skaisesseln. Als er das Foto erblickte, rief Vila überrascht aus: »Señor Stuart Pedrell!«

»Kannten Sie ihn?«

»Warum sollte ich ihn nicht kennen? Ich habe die Bauarbeiten des ganzen Viertels geleitet. Anfangs war ich Vorarbeiter eines einzigen Blocks und bin dann zum Bauleiter aufgestiegen, weil ich das Vertrauen von Señor Planas gewonnen hatte. Mit Señor Stuart Pedrell dagegen hatte ich nichts zu tun. Er kam nie in die Nähe der Baustellen. Was für ein schrecklicher Tod! Ich weiß es aus der Zeitung.«

»Sagt Ihnen der Name Antonio Porqueres etwas?«

»Nein!«

»Wie es scheint, haben Sie diesen Herrn an einen Geschäftsmann des Viertels empfohlen.«

»Ach ja. Aber ich habe ihn nie persönlich kennengelernt. Señor Stuart Pedrell hatte mir von ihm erzählt. Eines Tages rief er mich an und sagte, er brauche eine Wohnung und Arbeit für einen Jugendfreund. Er bat mich, die Sache mit größter Diskretion zu behandeln. Ich habe diesen Señor Porqueres nie zu Gesicht bekommen.«

»Eine Wohnung?«

»Ja.«
»Haben Sie ihm eine beschafft?«
»Ja.«
»Wo?«
»Die Firma hat hier fünf oder sechs Etagen für sich reserviert. Sie werden manchmal von Leuten bewohnt, die für die Firma arbeiten. Eine dieser Wohnungen habe ich Señor Porqueres zur Verfügung gestellt.«
»Ohne ihn gesehen zu haben?«
»Für mich war der Wunsch von Señor Stuart Pedrell Befehl. Die Schlüssel deponierte ich beim Portier. Ich weiß aber nicht, ob dieser Herr dort noch wohnt. Señor Stuart Pedrell sagte, er würde die Miete direkt an die Zentrale überweisen.«
»Als Stuart Pedrells Tod bekannt wurde, haben Sie nicht nachgefragt, was aus Señor Porqueres geworden ist?«
»Wozu? Was hat denn das eine mit dem anderen zu tun? Außerdem hatte ich die Sache schon vergessen. Ich habe die Probleme von tausend Häusern im Kopf. Wissen Sie, wie viele Rohrleitungen täglich kaputtgehen? Wie viele Klos in einer Woche verstopft sind? Man könnte meinen, diese Häuser seien aus Pappe.«
»Haben Sie sie nicht selbst gebaut?«
»Ich habe nur ausgeführt, was mir aufgetragen wurde.«
»Ich komme im Auftrag von Señor Viladecans und Señora Stuart Pedrell. Ich muß unbedingt die Wohnung sehen, in der Señor Porqueres gelebt hat.«
»Sie können sich in meinem Namen an den Portier wenden, oder wenn Sie wollen, ziehe ich mich schnell um und begleite Sie.«
»Danke, das ist nicht nötig.«
»Ich gebe Ihnen ein kurzes Schreiben mit, das vereinfacht die Sache.«
Er begann drei- oder viermal von vorn, bis er eine befriedigende Formulierung gefunden hatte: ›Señor García, tun Sie, was der Herr verlangt, als hätte ich es selbst befohlen.‹

»Wenn Sie irgend etwas brauchen, wissen Sie ja, wo Sie mich finden. Wie geht es Señor Viladecans? Immer unterwegs bei den Gerichten. Ich weiß nicht, wie er das aushält. Jedesmal, wenn es hier Ärger gibt und ich aufs Gericht muß, bekomme ich Depressionen. Das ist unmenschlich, finden Sie nicht auch? Und die Señora Stuart Pedrell? Welch ein Schicksalsschlag! Welch ein harter Schicksalsschlag! Ich hatte ja immer nur mit Señor Planas zu tun, hören Sie, der hat Köpfchen. Es sah erst so aus, als hätte er von nichts Ahnung, dabei hatte er alles im Kopf, vom ersten Spatenstich bis zum letzten Sack Zement. Es ist schon ein großes Werk. Man kann alles mögliche daran kritisieren, nicht wahr, aber diese Leute haben vorher in Baracken oder zur Untermiete gewohnt, mehr schlecht als recht, und jetzt haben sie wenigstens ein Dach über dem Kopf. Und die Wohnungen wären nicht so schnell ruiniert, wenn diese Leute richtig damit umgehen würden. Aber sie benehmen sich, als wären sie immer noch in ihren Baracken. Alle Aufzüge sind kaputt, weil sie ständig mit Fußtritten bearbeitet werden. Mit der Zeit nimmt dieses Volk zwar etwas Kultur an, aber nur mit Mühe, nur mit Mühe! Es ist eine andere Lebenseinstellung, Sie verstehen schon.«

»Sie haben noch Glück gehabt, daß hier keine Zulus eingezogen sind.«

»Das ist gar nicht so witzig. Es gibt Neger hier, aus Guinea und anderen Ländern. Nicht in den Griff bekommt man das Problem mit den Untermietern. Manche Wohnungen sind genau für vier Personen gedacht, und zwar knapp, aber oft sind dann zehn Leute zusammengepfercht. Angeblich, damit sie die Raten bezahlen können, aber es ist genauso ihre lässige Einstellung. Wo fünfe reinpassen, passen auch zwanzig rein. Jetzt habe ich den Papierkorb voll anonymer Briefe, die sich über illegale chilenische und argentinische Untermieter beschweren. Wo kommen denn diese Leute alle her? Ich habe die Sache jedenfalls an Señor Viladecans weitergegeben. Die kommen als Flüchtlinge aus ihrer Heimat hierher und kriechen unter, wo sie nur können. Sie werden schon einen Grund gehabt haben, warum sie abhauen mußten. Niemand wird einfach so mir nichts, dir nichts verfolgt. Das können Sie mir glauben! Hier gibt es ständig nur Ärger. Die wissen ja nichts Besseres als zu protestieren. Alles ist ihnen zu wenig. Ich sage dann immer: Barcelona ist auch nicht an einem Tag erbaut worden, und mit der Zeit wird das hier wie in jeder anderen Stadt auch. Geduld! Aber das ist ein Wort, das die nicht kennen.«

Der Portier García hatte dafür um so mehr Geduld: Er kam aus seiner Portiersloge geschlurft, als müsse er sich erst ganz langsam an Licht und Luft der Außenwelt gewöhnen. Bedächtig nahm er das Schreiben entgegen. Er studierte es wie eine Abhandlung über Gastroenteritis und sagte zu guter Letzt: »Das heißt also ...«

»Das heißt also, daß ich die Wohnung sehen will, in der Señor Antonio Porqueres gewohnt hat. Ist sie wieder besetzt?«

»Sie ist noch genauso, wie er sie verlassen hat: Mir hat keiner etwas anderes gesagt. Ich bin hier blind, taub und stumm, außer, wenn ich Anweisungen von oben bekomme. Kommen Sie herein!«

Auf dem verglasten Tisch im Eßzimmer machte ein Junge mit den Händen seine Hausaufgaben, und mit den Augen verfolgte er den Film im Fernsehen. Der Portier beugte sich über die Schublade seines Tresens, als müsse er seine Nieren um Erlaubnis bitten. Auch die Arme unterstützten die träge Gymnastik, mit der er sich durchs Leben schlug.

»Hier ist der Wohnungsschlüssel.«

»Ich möchte auch den für den Hauseingang.«

»Bleiben Sie über Nacht?«

»Ich weiß es noch nicht.«

Es brauchte auch seine Zeit, bis er begriff, daß ihm Carvalhos Antwort keine andere Wahl ließ, als den Schlüssel auszuhändigen, aber er tat es nicht ohne Argwohn und hielt ihn mit den Fingern fest, bis Carvalho ihn sich schnappte.

»Es wird alles sehr schmutzig sein. Meine Tochter hat zwar

vor einem Monat mal saubergemacht, aber weil mir doch niemand irgend etwas gesagt hat ... Die Sachen von Don Antonio sind in seinem Zimmer und im Bad. Alles übrige war schon drin, als er es gemietet hat. Gehen Sie allein, ich komme nicht mit. Ich kann mich kaum noch bewegen.«

»Das sehe ich.«

»Es zieht. In dieser Portierswohnung zieht es dauernd.«

Es schien ein Ding der Unmöglichkeit, daß irgendein Luftzug in diese Krypta dringen konnte. Plötzlich schrie der Junge: »Acht mal vier macht zweiunddreißig.« Er schrieb es schnell auf das Papier, als gehe es um Leben oder Tod. Señor García schüttelte den Kopf und zischelte: »Dieser ewige Lärm! Das halte ich nicht aus!«

Der Aufzug war mit Blechstücken geflickt. Sein Boden war wie ein federndes Bett, das nicht wußte, ob es ihn zur Decke hochschnellen oder in die Tiefe stürzen lassen sollte. Carvalho hielt sich an den Wänden fest. Er gelangte in einen beige gestrichenen Korridor, den fettige Staubablagerungen noch dunkler erscheinen ließen. Das Licht der Zwanzig-Watt-Birnen, die hinter den vergitterten Lampenhaltern des Kellergeschosses brannten, machte ihn auch nicht heller. Acht angefaulte graue Holztüren verschlossen die acht Wohnungen. Vor der Nummer 7H blieb er stehen. Jemand hatte mit einem Schlüssel den Namen Lola in die Farbschicht geritzt. Die Tür verbog sich beim Öffnen wie eine Buchseite. Er riß ein Streichholz an, um den Zähler zu suchen. Er hing direkt in Augenhöhe vor ihm wie ein gewichtiges vollautomatisches Steuerpult. Er machte Licht in dem kleinen Vorflur, einem Nichts mit nackten, fleckigen Wänden. Dann gelangte er in ein Wohn- und Eßzimmer mit einer metallgerahmten Couchgarnitur, die kariert bezogen war. Der schwarze Anstrich war abgeblättert, die Schottenkaros fleckig und ausgebleicht. Eine Stehlampe mit Wachspapierschirm und gedrechseltem Fuß. An der einen Wand ein Hufeisen, an der anderen eine valencianische

Frau, die ihren Busen mit einem Fächer bedeckte. Ein Fähnchen mit dem Namen einer Benzinmarke. Eine halbvolle Streichholzschachtel und ein Aschenbecher mit Ascheresten mitten auf dem Tisch. In einer Vitrine vier Sherrygläser und zwei Bücher: *Der Sinn der Ekstase* von Alan Watts und *Die glücklichen Vierziger* von Barbara Probst-Salomon. In einem Karton neben dem Klappbett entdeckte er noch mehr Bücher: *Sozialgeschichte der Psychiatrie* von Klaus Dörner, *Francis Scott Fitzgerald* von Robert Sklar, *Les paradis artificiels* von Baudelaire, *Der Mann aus Gips* von Joseph Kessel, *Dialog zwischen Macchiavelli und Montesquieu in der Hölle* von Maurice Joly, zwölf bis dreizehn Schulungshefte mit den Titeln *Was heißt Sozialismus ... Kommunismus ... Imperialismus* usw., ein Buch des Paters Xirinacs in katalanischer Sprache, *Gesammelte Lyrik* von Cernuda und *Die Struktur der modernen Lyrik* von Friedrich. Als er das Bett herunterklappte, kamen gefaltete Laken und Decken zum Vorschein, die den üblen Geruch monatealter Feuchtigkeit verbreiteten. An der Wand des Schlafzimmers hing eine Karte des Pazifischen Ozeans und der Küsten Amerikas und Asiens, wobei Asien das Maul aufsperrte, um Amerika in den Hintern zu beißen. Wieder überall Zeitungsausschnitte mit Reißzwecken an die Wände gepinnt, vergilbt und fast unleserlich. Politische Notizen zum Moncloa-Pakt, tote Nachrichten von Ende 1977 und von 1978, auch wenn es in diesem Jahr weniger waren, als hätte Stuart Pedrell das erste Fieber überwunden, das ihn veranlaßt hatte, an diesen fremden Wänden Orientierungspunkte anzubringen. Im Schrank ein dunkelgrauer Anzug aus einer Schneiderei in Hospitalet, eine Kombination aus derselben Werkstatt, Unterwäsche, eine Krawatte, ein Paar Sommerschuhe aus Segeltuch und Bast. Die Wüste in der Küche war bewohnt von einem halben Dutzend Teller, die auf dem Ausguß standen, einer Kaffeekanne mit zwei Tassen, einer Dose mit verklebtem Zucker und einer anderen mit gemahlenem Kaffee, der die Farbe verloren hatte. Im ausgeschalteten Kühlschrank war eine Scheibe Schinken wie durch ein Wunder mumifiziert und unversehrt geblieben. Ein Glas französischer Essiggurken mit Pfefferkörnern gab dem Ganzen eine exotische Note. Es stand ganz hinten im Kühlschrank, neben einem halben Pfund ranziger Butter in Stanniolpapier. Im verglasten Wandschrank ein Päckchen amerikanischer Reis *Uncle Ben's*, ein Glas Instant-Gemüsebrühe, ein ungeöffnetes Paket Kaffee, zwei Dosen Bier, zwölf Flaschen Mineralwasser, eine halbvolle Flasche billiger, trockener Sherry, eine Flasche Weinbrand Fundador und eine Flasche Anis der Marke Marie Brizard.

Im letzten und kleinsten Zimmer der Wohnung fand er einen Karton mit Schuhcreme und Bürsten und einen anderen mit der Grundausstattung einer Hausapotheke: Aspirin, Jod, Tabletten, Pflaster, Wasserstoffsuperoxid, Alkohol, ein Hornhautschaber. Im Bad ein komplettes Handtuchset, eine Flasche Badeschaum von Legrain, Paris, ein Bimsstein, ein weißer Bademantel, orientalisch anmutende Pantoffeln, ein sehr abgenutzter Scheuerlappen. Noch dreimal ging er die ganze Wohnung durch und registrierte alles, was er sah.

Dann verließ er die Wohnung, ohne den Zähler abzuschalten. Auf der Straße suchte er eine Telefonzelle. Die Zellen in der Nähe waren beide demoliert. Er ging in das Lokal mit den Weinen aus Jumilla. Der weiße Besitzer war allein und saß vor einem vollen Glas Likör. Er blickte nicht auf, sagte aber ja, als Carvalho fragte, ob er telefonieren könne. Er rief Biscuter an und bat ihn, nach Vallvidrera hinaufzufahren und Bleda etwas zu fressen zu geben.

»Ich habe nichts für einen Hund.«

»In Vallvidrera findest du genug. Was hast du für mich gekocht?«

»Kabeljau in Cidre.«

»Wo hast du den Cidre aufgetrieben?«

»Der Besitzer des Lebensmittelgeschäfts an der Ecke ist aus Asturien.«

»Gib ihr Kabeljau in Cidre. Aber entferne die Gräten sorgfältig!«

»Dem Hund? Kabeljau in Cidre für den Hund?«

»Man muß allmählich ihren Gaumen erziehen. Hat jemand nach mir gefragt?«

»Immer dieselbe.«

»Das Mädchen?«

»Das Mädchen.«

»Ich komme morgen frühzeitig ins Büro.«

»Soll ich es ihr sagen, wenn sie wieder anruft?«

»Nein. Paß mir mit den Gräten auf. Nicht, daß der Hund eine in die Speiseröhre bekommt!«

»Muß das sein mit dem Kabeljau?«

»Mach, was du willst.«

»Kann ich Sie nicht irgendwo erreichen?«

»Ich habe leider meinen Kompaß nicht dabei, sonst könnte ich dir Längen- und Breitengrade durchgeben.«

Er schnitt Biscuter das Wort ab, als er noch einmal wegen Bledas Futter fragen wollte. Guten Appetit, Bleda. Erhebe dich durch eine gepflegte Küche zu der Welt der zivilisierten Menschen, und wenn ich sterbe, erinnere dich daran, daß ich dir eines Tages das Abendessen gab, das Biscuter mit Liebe für mich zubereitet hatte.

»Was bin ich schuldig?«

»Mir ist keiner etwas schuldig. Ich bin es, der bei aller Welt Schulden hat«, antwortete ihm der Mann, vor sich hin starrend.

Carvalho suchte in den Straßen nach einer offenen Bar. Er bekam ein Sandwich mit Thunfisch und verzehrte eine Portion Kartoffeltortilla. Dann erstand er eine Flasche trockenen Weißwein ohne Stammbaum, kehrte zurück in Stuart Pedrells Wohnung und stellte den Heizlüfter an. Er ging unter die Dusche, seifte sich mit dem Badeschaum von Legrain, Paris, ein und hüllte sich in den muffig riechenden Bademantel. Dann ging er in der Wohnung umher, bis er ihre Kälte wahrnahm, die Kälte eines Grabes ohne Leiche. Er prüfte die Sauberkeit der Laken und Decken und machte sich das Bett fertig. Die Flasche Wein leerte er, während er Seite um Seite die Bücher durchging, die

Stuart Pedrell von seinem Schiffbruch gerettet hatte. Ihre Auswahl zeugte von einem intellektuellen Hunger, der Carvalho krankhaft erschien. Er fand aber nicht mehr als ein Zettelchen zwischen den Seiten der *Gesammelten Lyrik* von Cernuda.

> *Ich erinnere mich, daß wir den Hafen erreichten*
> *Nach langer Irrfahrt – und Schiff und Mole verlassend, durch Gäßchen,*
> *In deren Staub sich Blütenblätter und Fischschuppen mischten,*
> *Gelangte ich zu dem Platz der Basare.*
> *Groß war die Hitze und gering der Schatten.*

Das Gedicht war überschrieben mit *Die Inseln* und erzählte die Abenteuer eines Mannes, der auf eine Insel kommt, dort mit einer Frau schläft und dann über die Erinnerung und das Verlangen nachdenkt. »Ist nicht die Erinnerung die Impotenz des Verlangens?« Carvalho schloß das Buch und machte das Licht aus. Er verkroch sich unter den Decken. Aus der Dunkelheit drang der Geruch abgestandener Luft auf ihn ein, entfernte Autogeräusche, eine Stimme, der tropfende Wasserhahn im Bad der Nachbarwohnung. Stuart Pedrell verbrachte in dieser Wohnung die Nächte eines langen Jahres. Er hätte nur wenige Kilometer zurückzulegen brauchen, um den Platz wieder einzunehmen, den er fünfzig Jahre lang eingenommen hatte. Statt dessen blieb er in dieser Dunkelheit, Nacht für Nacht, und spielte die Rolle eines Gauguin, der einem fanatischen Anhänger des sozialistischen Realismus in die Hände gefallen war, einem ignoranten Autor, der ihn für alle Sünden der herrschenden Klasse büßen ließ. Und dieser Autor war er selbst! Unfähig, seine Sprache abzuschütteln, hatte er sich selbst in Sprache verwandelt. Er lebte den Roman, den er nicht schreiben, und den Film, den er nicht drehen konnte. Aber für welches Publikum? Wer sollte am Ende applaudieren oder pfeifen? Er selbst. Er ist ein leidender Narziß, hatte der Marqués de Munt gesagt. Es bedurfte schon einer großen Portion Selbstverachtung, um Nacht für Nacht diese anonyme, dumpfe Einsamkeit zu ertragen. Carvalho hatte lange Zeit gebraucht, um einzusehen, daß es sich lohnte, allein für sich selbst zu kochen. Um so schwerer fiel es ihm zu begreifen, wie ein Mensch seine Rolle allein für sich selbst verfälschen kann, ohne die Möglichkeit, sich jemandem mitzuteilen. Hast du dich wenigstens im Spiegel betrachtet, Stuart Pedrell? Er sprang aus dem Bett, ging ins Badezimmer, machte Licht und schaute in einen Spiegel, der von Wasser- und Zahnpastaspritzern bedeckt war. Wie alt du bist, Carvalho! Er riß einen Streifen Klopapier ab und ging wieder zu Bett. Er dachte an die Witwe Stuart Pedrell, onanierte hastig, wie früher auf dem Schulabort oder hinter einem Baum, wischte sich mit dem Klopapier ab, ließ es zerknüllt zu Boden fallen und schlief ein, erfüllt von der Überraschung, wie sehr sich der Geruch von Sperma und von leeren Gräbern glich.

Nach zwei Stunden erwachte er wieder. Es dauerte eine ganze Weile, bis er wußte, wo er sich befand. Er versuchte, wieder einzuschlafen, aber der muffige Geruch und die Steifheit der Laken, die zu lange nicht benutzt worden waren, gingen ihm auf die Nerven. Er stand auf und machte sich Kaffee. Was kann man in San Magín um fünf Uhr morgens tun? Den Bus zur Arbeit nehmen. Nach einer halben Tasse Kaffee fiel ihm ein, daß Ana Briongos bald den Bus zur SEAT-Fabrik nehmen müßte. Er trank den Kaffee aus, überlegte hin und her, schließlich öffnete er das Glas mit den sauren Gurken, und probierte eine davon. Widerlich. Der Aufzug kam langsam zu ihm heraufgekrochen wie ein Wurm in seiner Höhle, in die er für immer eingesperrt ist. Die Gehwege waren leer, nur am Ende des Blocks bewegten sich einzelne menschliche Gestalten zielstrebig zum Ausgang des Viertels. Er ging schneller, um die Frühaufsteher einzuholen. Ein Junge, der die Kragen seiner schwarzer Lederjacke hochgeschlagen hatte, sagte ihm, daß die SEAT-Busse von dem

Platz mit dem Obelisken abfahren, jenem Obelisken mit der Inschrift *Eine neue Stadt für ein neues Leben*. Dort standen schon zwei blaue Busse, das Licht im Innern beleuchtete die Gesichter der ersten Fahrgäste und umgab sie mit einer häuslichen Wärme, die zur feindlichen Kälte des frühen Morgens in krassem Gegensatz stand.

»Sie nimmt immer den hinteren«, sagte ihm der Fahrer des ersten Busses. »Nein, sie ist noch nicht da. Dieses Mädchen fährt erst mit dem nächsten Bus, der geht in einer Stunde.«

»Wissen Sie vielleicht, wo sie wohnt?«

»Nein, aber sie kommt immer von dort drüben, aus dieser Richtung.«

Schweigend füllten sich die Busse, und Carvalho sah ihrer Abfahrt zu, als sei er der Besitzer von San Magín, der seine Argonauten ausschickt, um das Goldene Vlies zu holen. Sollte er durch das erwachende Viertel gehen oder in Stuart Pedrells Wohnung zurückkehren? Er wählte die dritte Möglichkeit und blieb da, wo er war. Aber nach einiger Zeit zwang ihn die Kälte, sich auf die Suche nach einer offenen Bar für die Früharbeiter zu machen. Dies beschäftigte ihn eine halbe Stunde. Umsonst. Immerhin lernte er dadurch ein neues Stück der Vorstadt kennen. Die Betonfronten begannen sich zu beleben. Hier und da gingen Lichter an. Hinter den Blöcken ging die Sonne auf, und ihr Glanz umgab Schultern und Haupt der grauen Dickhäuter mit einer strahlenden Aura.

Er kehrte zu seinem Ausgangspunkt zurück, damit er noch mit Ana Briongos reden könnte, falls sie früh genug kommen sollte. Die leeren Busse warteten. Jetzt kamen Arbeiter in größeren Gruppen an. Durch die Helligkeit aufgemuntert, unterhielten sie sich und lachten. Ana Briongos kam näher, wuchs und nahm die Gestalt einer kleinen, kräftigen jungen Frau mit großflächigen braunen Gesichtszügen an. Ihr Haar hatte ein Friseur des Viertels verschandelt. Am Aufschlag ihres rustikalen gefütterten Wildledermantels steckte eine alte Plakette *Für Meinungsfreiheit* und ein Emblem der Atomkraftgegner. Ruhig erwiderte sie den Blick des Mannes, der sie um sechs Uhr früh fragte, ob sie Ana Briongos sei.

»Ja. Und wer sind Sie?«

»Ich bin auf der Suche nach einem Verwandten, der verschwunden ist. Ich habe die halbe Stadt auf den Kopf gestellt und endlich herausgefunden, daß er hier gelebt hat. Erkennen Sie ihn?«

Sie betrachtete mit einem Auge das Foto, mit dem anderen Carvalho und wollte weitergehen.

»Bedaure. Mein Bus fährt gleich.«

»Erst in zehn Minuten. Ich verstehe, daß jetzt nicht die richtige Zeit ist. Ich würde gerne später mit Ihnen sprechen, vielleicht zur Essenszeit?«

»Ich esse in der Fabrik, wenn die Schicht zu Ende ist.«

»Und dann?«

»Habe ich zu tun.«

»Den ganzen Tag?«

»Ja.«

»Ich werde bei Schichtende auf Sie warten.«

»Ich habe Ihnen doch schon gesagt, daß ich diesen Mann nicht kenne.«

»Vielleicht haben Sie sich das Bild nicht richtig angesehen. Ich habe gehört, daß sie sich kannten und zusammen ausgingen, und ich weiß es von einem alten Gewerkschaftsveteranen, einem Kommunisten von der Sorte, die nicht lügt, außer wenn Moskau es befiehlt, jedenfalls hab ich das als kleiner Junge so gelernt.«

»Was bilden Sie sich eigentlich ein? Also gut, ich kenne ihn, und je eher wir diese Geschichte hinter uns bringen, desto besser.«

»Sie verpassen Ihren Bus.«

»Für das, was ich zu sagen habe, reicht die Zeit noch. Dieser Señor heißt Antonio. Er hat hier gewohnt. Wir haben uns kennengelernt, uns ein paarmal getroffen, und eines schönen Tages war er verschwunden. Das ist alles.«

»Er ist von hier verschwunden, aber in einer Baugrube wieder aufgetaucht. Erstochen.«

Sie wandte ihr Gesicht ab, um ihre Tränen zu verbergen, drehte Carvalho den Rücken zu und begann hemmungslos zu schluchzen. Eine Freundin ging schnell zu ihr hin.

»Was hast du?«

»Nichts, ich komme gleich.«

Sie hatte sich wieder umgedreht und blickte Carvalho in die Augen. Die paar Tränen hatten genügt, um ihre Nase zu röten, und ihre vollen Lippen zitterten, als sie sagte: »Heute abend um sieben hier auf dem Platz.« Sie setzte sich im Bus neben ihre Freundin und erklärte ihr etwas, das mit Carvalho zu tun hatte, denn das andere Mädchen hörte zu, nickte und beobachtete ihn mit besorgter Miene. Der Detektiv machte kehrt, überquerte den Platz und ging zum Eingang der U-Bahn, ließ sich vom Strom der Menschen mitziehen, die die ausgetretenen Metallstufen hinabgingen, ausgetreten von Millionen müder Schritte, die belastet waren von der Erkenntnis, daß ein Tag dem andern gleicht.

»Du hättest gleich in einer Bank anfangen sollen, als du noch jung warst. Da hättest du jetzt schon beinahe deinen Rentenanspruch.«

Das hatte ihm sein Vater ein paar Tage vor seinem Tod gesagt und damit das ewige Lamento wiederholt, mit dem er Carvalho seit dem Tag verfolgte, an dem dieser ihm klargemacht hatte, daß er ohne Lorbeerkranz aus der Universität, dem Gefängnis, seinem Land und schließlich aus dem Leben gehen würde.

»Und am besten noch bei der *Caja de Ahorros*. Da gibt es achtmal im Jahr Geld.«

Carvalho hörte sich diese Klagen mit Empörung an, bis er dreißig war, dann mit Gleichgültigkeit und in den letzten Jahren mit Zärtlichkeit. Sein Vater wollte ihm ein Testament mit Sicherheiten hinterlassen. Sicherheit, das hieß zweimal täglich U-Bahn oder Bus fahren, zur Arbeit hin und wieder zurück.

Carvalhos U-Bahn näherte sich dem Herzen der Stadt, er

stieg auf dem Paralelo aus, überquerte diese einsame, bucklige Straße und ging weiter zu den Ramblas.

Er begrüßte manche Ecken, die er kannte, als sei er von einer weiten Reise zurückgekehrt. Die häßliche Armut des Barrio Chino besaß eine historische Patina. Sie hatte nichts gemein mit der häßlichen Armut, die serienmäßig hergestellt wurde von serienmäßig hergestellten Spekulanten, serienmäßigen Herstellern der serienmäßig hergestellten Trabantenstädte. Lieber eine schmutzige Armut als eine mittelmäßige. In San Magín lagen keine Betrunkenen vor den Eingängen und wärmten sich an dem Luftzug, der aus finsteren Treppenschächten kam. Aber das war keine Errungenschaft des Fortschritts, sondern das glatte Gegenteil. Die Einwohner von San Magín konnten sich diese Selbstzerstörung einfach nicht leisten, sie mußten erst einmal das ganze Geld zurückzahlen, das ihre Wohnlöcher in dieser neuen Stadt für ein neues Leben gekostet hatten. Auf der Titelseite einer druckfrischen Zeitung stand, daß die USA 1980 ein Nullwachstum erreichen werden. Präsident Carter bestätigte es mit seinem Erscheinen auf der Titelseite. Er könnte auch der Filialleiter der *Caja de Ahorros* sein, jeden Tag von neuem erstaunt über die Tatsache, daß es auch zu seinem Aufgabenbereich gehört, Moskau zu bombardieren oder sich zu jeder Tageszeit mit *apple pie* zu überfressen. Was würdest du tun, wenn du Präsident der Vereinigten Staaten wärest? Du würdest Faye Dunaway flachlegen. Das wäre nur der Anfang. Falls sie dich lassen würde. Achtung, ich bin der Präsident! Faye würde ihn mit ihren wilden Augen ansehen und einen Kuß vortäuschen, um ihn dann heimtückisch in die Nase zu beißen und sie ihm abzureißen. Achtung, Sie haben soeben die Nase des Präsidenten der Vereinigten Staaten von Amerika verzehrt! Carvalho betrat leise sein Büro. Biscuter schnarchte auf dem Feldbett, das er jeden Abend aufschlug, wenn er die Speisen vorbereitet hatte, mit denen er Carvalho am nächsten Tag überraschen wollte. Er schlief auf der Seite, ein Auge stand offen. Die blonden, schlaffen Haarsträhnen standen von seinem Hinterkopf ab wie mißgebildete Hörner, die ihren richtigen Platz verfehlt hatten.

»Sind Sie's, Chef?« fragte er mehr mit dem offenen Auge als mit dem Mund, der zu schnarchen aufgehört hatte.

»Kein anderer. Du machst ein Konzert! Wie kann man nur so schnarchen!«

»Wenn ich wach bin, Chef ...« Und er schnarchte weiter. Carvalho stieg über das Bett und wollte Kaffee aufsetzen. Aber Biscuter stand schon neben ihm und rieb sich die wimpernlosen, vorquellenden Augen. Er lächelte ihn an wie ein häßlicher Engel, den man in ein gelbes Pyjamafutteral gesteckt hatte.

»Die ganze Nacht rumgetrieben, Chef? Sie machen es richtig. Die Verrückte hat wieder angerufen und Charo und eine Dame, die wie eine Dame sprach ... Ich hab ihren Namen auf dem Block notiert.«

Carvalho stellte fest, daß die damenhafte Stimme der Witwe gehörte. Sie lud ihn zu einem Aperitif im *Vía Véneto* ein.

»Was wird gefeiert?«

»Die Wahl von Señor Planas zum Vizepräsidenten der CEOE. Die Señora Stuart Pedrell hat sonst keine Zeit. Vergessen Sie nicht, eine Krawatte anzuziehen. Im *Vía Véneto* sind sie sehr genau.«

Die Sekretärin erinnerte ihn noch einmal daran, daß das Treffen um ein Uhr stattfinden sollte.

»Hast du irgendeine Krawatte, Biscuter?«

»Ja, ich habe eine, meine Mutter hat sie mir vor zwanzig Jahren geschenkt.«

»Die wird genügen.«

Biscuter kam mit einer länglichen Pappschachtel an. Sie war mit Mottenkugeln gefüllt, und darunter schlief die Krawatte, blau mit weißen Tupfen.

»Sie stinkt.«

»Ich hänge aber daran. Es ist ein Erinnerungsstück.«

»Häng dein Erinnerungsstück lieber vors Fenster und laß es ein wenig auslüften. Wenn ich mit diesem Duft auf die Straße gehe, werde ich sofort ins Krankenhaus gesteckt, wegen Ansteckungsgefahr.«

»Solche Sachen halten sich aber nur mit Mottenkugeln.«

Biscuter machte ein Fenster auf, spannte eine Schnur in die Öffnung und hängte die Krawatte daran auf, wobei er sie mit Wäscheklammern mehr liebkoste als festklemmte. Carvalho rief im Hause Stuart Pedrell an.

»Nein, bitte wecken Sie die Señorita Yes nicht. Sagen Sie ihr nur, daß ich angerufen habe. Ich erwarte sie um zwei Uhr im Restaurant *Río Azul* in der Calle Santaló.«

Kaum hatte er aufgelegt, begann das Telefon zu klingeln. Die Stimme eines lyrischen Tenors säuselte:

»Ist dort ein Privatdetektiv?«

»Jawohl, da ist einer.«

»Ich möchte Sie in einer vertraulichen Sache konsultieren.«

»Hat Ihre Frau Sie verlassen?«

»Woher wissen Sie ...?«

»Intuition.«

»Ich möchte nicht am Telefon darüber sprechen. Es ist eine sehr delikate Angelegenheit.«

»Kommen Sie in mein Büro, jetzt gleich.«

»In einer Viertelstunde bin ich da.«

Biscuter blickte ihn erstaunt an, als er auflegte.

»Wie haben Sie das erraten?«

»An der Stimme. Etwa neunzig Prozent dieser Stimmen gehören Ehemännern, denen die Frau davongelaufen ist. Wahrscheinlich, weil sie diese Stimme nicht mehr hören konnten.«

Biscuter ging einkaufen. Carvalho zeichnete geblümte Monster auf ein Blatt Papier. Der Mann klingelte sozusagen unhörbar. Ein zerknitterter Anzug hing um seine nicht weniger zerknitterte Gestalt. Die Glatze war mustergültig, und seine Stimme lag zwischen Tenor und Sopran. Es gibt Menschen, die sehen schon von Geburt an wie ein verlassener Ehemann aus, dachte Carvalho, obwohl, das schlimmste ist, überhaupt wie ein Ehemann auszusehen.

Schon nach der ersten Frage, die Carvalho ihm stellte, kamen ihm die Tränen. Als er herausgebracht hatte, daß seine Frau blond sei und Nuria heiße, brach er zusammen.

»Trinken Sie einen Schluck. Es ist *orujo*.«

»Ich trinke nicht auf nüchternen Magen.«

»Um diese Zeit muß man nicht nüchtern sein. Möchten Sie ein Sandwich? Vielleicht habe ich noch Kabeljau in Cidre.«

Der Mann hatte die zum Lüften aufgehängte Krawatte entdeckt und starrte sie mit einem Auge an, während er mit dem anderen Carvalho beobachtete.

»Ich bin ein bescheidener Brotfabrikant. Ich habe eine kleine Fabrik.«

Absolut widerlich. Wie konnte man nur eine Brotfabrik haben?

»Es liegt mir im Blut. Meine Eltern hatten eine Bäckerei in Sants, und ich bin in diesem Metier geblieben. Was soll ich sagen! Es ist mein Leben.«

»Ist Ihre Frau auch Bäckerin?«

»Sie hilft bei der Buchführung. Aber sie stammt aus einer besseren Familie. Ihr Vater war Richter.«

»Wissen Sie, wo sie jetzt ist?«

»Ich habe einen bestimmten Verdacht.«

»Wo?«

»Es ist sehr peinlich für mich.«

»Sie wissen nicht nur, wo, Sie wissen sogar, bei wem sie ist!«

»Ja. Verstehen Sie doch, es ist sehr peinlich für mich. Sie ist in einer der Straßen hier in dieser Gegend. Sie ist mit dem Señor Iparaguirre gegangen, einem baskischen Pelotaspieler, der sich als Wer-weiß-was aufspielt.«

»Als was?«

»Oh! Fragen Sie nicht! Verrücktes Zeug. Ich weiß nicht, was Frauen an solchen Typen interessant finden.«

»Aber als was spielt er sich auf? Sagen Sie es mir.«

»Als einer von der ETA. Sie verstehen schon. Er wohnte als Untermieter in einer Wohnung des Hauses, in dem sich die Zentrale meiner kleinen Fabrik befindet, und er hat sich immer gern mit mir oder meiner Frau unterhalten. Daß die Basken so mutig wären, daß die Basken dies, daß die Basken jenes. Die werfen ein paar Bomben, töten ein paar Unschuldige und fühlen sich gleich wie Kirk Douglas oder Tarzan.«

Er lachte weinerlich über seinen Scherz.

»Sie haben Glück, sie hätte auch mit einem von der GRAPO weggehen können.«

»Wieso Glück?«

»Mit der ETA ist es etwas besser. Das ist nun schon der zweite Fall, daß ein Ehemann an der Nase herumgeführt wird von einem, der sagt, er sei von der ETA.«

»Und es stimmt nicht?«

»Nein.«

»Was für ein Heuchler!«

»Zum Anbändeln ist jedes Mittel recht. Als ich jung war, brauchte man nur die Stimme etwas zu senken und von Politik zu reden: Schon hatte man Chancen. Heute sind die Frauen anspruchsvoller, sie verlangen stärkere Sensationen.«

»Aber meine Nuria hat sich nie um Politik gekümmert. Und hören Sie, ihr Vater, ein Rechter, ein Ultrarechter, war einer von den Richtern, die die Nationalen eingesetzt haben, und, *madre mía*, was die alles auf dem Gewissen haben. Wie kommt sie denn plötzlich auf so etwas? Ich übrigens auch nicht. Mich interessiert die Politik überhaupt nicht. Ich verdiene mein Brot auf anständige Weise.«

»Nun gut. Sie wissen also, wo sich Ihre Frau befindet und mit wem sie zusammen ist. Was wollen Sie nun von mir?«

»Daß Sie zu ihr gehen und ihr klarmachen, daß sie unrecht tut. Sie hat die Kinder verlassen. Zwei Mädchen.«

Wieder Tränen.

»Ich kann leider erst in ein paar Tagen für Sie tätig werden. Man muß ihnen Zeit lassen...«

»Aber wenn wir zu lange warten...«

»Was dann?«

»Das ist unmoralisch!«

»Das Unmoralische ist schon geschehen. Man muß der Sache Zeit lassen, um die Moral wiederherzustellen.«

»Ich zahle jede Summe.«

»Das hoffe ich.«

»Hier ist mein Personalausweis. Bitte betrachten Sie mich nicht nur als Ihren Kunden, sondern als Freund. Und was soll ich den Kleinen sagen?«

»Was haben Sie ihnen denn bis jetzt gesagt?«

»Daß ihre Mutter nach Zaragoza gefahren ist.«

»Warum nach Zaragoza?«

»Weil sie öfter dorthin fährt.«

»Was macht sie in Zaragoza?«

»Wir kaufen dort bei Großhändlern unser Mehl und verkehren auch privat mit ihnen. Ich weiß nicht recht, ich dachte schon, ich sollte ihnen sagen, daß ... In solchen Momenten fallen einem die unmöglichsten Dinge ein ...«

»Was wollten Sie ihnen sagen?«

»Daß sie tot ist.«

Seine Augen glühten, er blickte Carvalho wild, ja heroisch an, als zeige er ihm gerade den Dolch, mit dem er die Ehebrecherin erstochen hatte.

»Sie wird eines schönen Tages zurückkommen, und die Kinder würden einen riesigen Schreck davontragen. Bei den Pelotaspielern dauern die Affären nie lange.«

»Er ist kein Saisonspieler. Ich glaube, er hat einen festen Vertrag mit einem Verein in Barcelona.«

»Das ist ein launisches, flatterhaftes Volk. Sie sagten, sie sind in diesem Stadtteil?«

»Ja.«

»Woher wissen Sie das?«

»Vor zwei Monaten sprach der Baske plötzlich nicht mehr mit mir, und Nuria kam immer zu spät nach Hause oder ins Büro. Eines Tages hielt ich es nicht mehr aus und folgte ihr. Sie traf sich mit diesem Mann hier ganz in der Nähe. Auf dem Platz mit dem Denkmal. Sie gingen zu einer zwielichtigen Pension und stiegen die Treppe hoch. Ich fragte den Portier, ob der Baske hier wohnte, und er nickte. Ich nehme an, sie sind jetzt beide dort. Ich gebe Ihnen die Adresse und lege mein Schicksal in Ihre Hände, koste es, was es wolle! Ich weiß den Wert guter Arbeit zu schätzen. Wollen Sie einen Scheck? Zehntausend? Zwanzigtausend?«

»Es macht fünfzigtausend.«

»Fünfzigtausend?« wiederholte der Mann und schluckte, aber dann griff er nach seiner Brieftasche.

»Bezahlen Sie später. Eine Woche, nachdem Ihre Frau wieder zu Hause ist, dann können Sie mir das Geld bringen.«

Seine Höflichkeit war jetzt so überschwenglich wie vorher seine Niedergeschlagenheit. Als Carvalho die Tür hinter ihm schloß, sagte er zu sich selbst: Nuria, ich gebe dir noch ein paar Tage zur Erholung. Du hast Ferien von der Ehe verdient. In seinem Terminkalender vermerkte er den Tag, an dem er die arme Ehefrau aus den Klauen des Terroristen befreien mußte. Dann befreite er die Krawatte von ihrem Galgen und schnüffelte daran. Der Gestank hatte sich etwas verflüchtigt. Biscuter trat in dem Moment ein, als Carvalho mit der Krawatte kämpfte wie mit einer Schlange, die sich nicht um seinen Hals legen wollte.

»Biscuter, ich schaff's nicht.«

»Vorsichtig, Chef. Sie machen sie mir noch kaputt.«

Und Biscuter knüpfte ihm den Knoten mit virtuosen Künstlerfingern.

»Schauen Sie sich jetzt im Spiegel an. Sie steht Ihnen hundertprozentig.«

Der Zar war nicht anwesend, aber das Lokal hätte den Ansprüchen des Zaren fast aller russischen Länder Genüge getan. zweihundert oder dreihundert Männer mit Schlips oder Kragen, Gesichter kunstvoll modelliert von einem Bildhauer, der sich auf

Direktoren und Aufsichtsratsvorsitzende spezialisiert hatte. Fünfzig Frauen, die tagtäglich einen harten, unnachgiebigen Kampf gegen Zellulitis, Krampfadern und Verkehrspolizei führten. Etwa dreißig Kellner mit Tabletts servierten Kanapees. Gelangweilte Hände griffen zu, aber die Kinnbacken verschlangen unerbittlich kleine Stückchen vom Paradies, den Quadratmillimeter zu zweihundert Pesetas: Russischer Kaviar, asturischer Wildlachs, Datteln gebunden in Speckhaut, Tortilla mit aufgerichteten Scampi als Wappentier auf Mayonnaisefeld, Kalamata-Oliven, Püree von russischen Flußkrebsen an französischer Sauce, Häppchen mit Schinken aus *Cumbres Mayores*.

Die meisten bestellten alkoholfrei, während sie sich mit einer Hand über die Körpermitte strichen, an der ein Masseur seinen Klassenhaß ausgetobt hatte. Alkoholfreies Bier, alkoholfreien Wermut, alkoholfreien Wein, alkoholfreien Sherry, alkoholfreien Whisky ...

»Einen Whisky mit Alkohol«, bestellte Carvalho, und der Kellner holte eine Flasche Whisky mit Alkohol.

»Das ist alkoholhaltiger Whisky«, sagte er zu der Witwe, als stellte er ihr einen Fremden vor. Sie trug einen Turban aus mauvefarbener Seide, um die Ähnlichkeit hervorzuheben, die sie mit Maria Montez und Jeanne Moreau verband.

»Ich muß Sie unbedingt sprechen, leider war es zu keiner anderen Zeit möglich.«

»So finde ich Gelegenheit, Señor Planas zu gratulieren.«

»Das ist Ihr Problem. Mein Problem ist, daß ich darauf warte, von Ihnen über den Stand der Dinge informiert zu werden, und Sie lassen nichts von sich hören.«

»Es gibt praktisch nichts zu berichten. Ich kann nicht in ein paar Stunden ein Problem lösen, das seit über einem Jahr besteht.«

»Mit wem haben Sie gesprochen?«

Er verschwieg alles, was mit San Magín zusammenhing. Sie zeigte keine Bewegung, als er die Namen Lita Vilardell und Nisa Pascual erwähnte.

»Sergio Beser? Wer ist Sergio Beser?«

»Er hat sich auf *Die Regentin* spezialisiert, einen Roman von Clarín. Aber er ist auch ein Kenner der italienischen Literatur.«

»Warum haben Sie ihn aufgesucht?«

»Ich bin nicht allwissend. Lyrik ist nicht meine starke Seite, und Ihr Gatte war ein begeisterter Verehrer der Poesie.«

»Kommen Sie zur Sache. Was haben Sie erreicht?«

»Nichts und auch sehr viel.«

»Wann werde ich endlich etwas erfahren? Ich gehe davon aus, daß Sie mich als erste über alles in Kenntnis setzen. Lassen Sie die anderen Kandidaten oder Kandidatinnen aus dem Spiel, zum Beispiel meine Tochter. Nicht sie, sondern ich habe Sie engagiert.«

»Der Verbrecher kehrt immer zum Ort des Verbrechens zurück.«

Mit diesen Worten schaltete sich Planas in das Gespräch ein.

»Erwartet Señor Carvalho etwa, bei uns das zu finden, wonach er sucht?«

»Ich habe ihn kommen lassen. Es gab keine andere Möglichkeit, mit ihm zu reden.«

»Ich habe Ihnen immer noch nicht gratuliert.«

»Danke. Wie ich schon in meiner Antrittsrede sagte, dies ist ein Amt, dem man dienen muß, nicht eines, dessen man sich bedienen darf.«

»Du brauchst hier keine Rede zu halten.«

»Ich muß es mir so lange wiederholen, bis ich selbst daran glaube.«

Damit ging er hin, wo er hergekommen war, ein Glas Fruchtsaft in der Hand. Er wurde lange und ausgiebig umarmt von dem Marqués de Munt, der in der Admiralsuniform eines Landes ohne Flotte erschienen war. Der Marqués nahm Planas beiseite, um sich lächelnd und säuselnd mit ihm zu unterhalten, wobei der hochgewachsene, greise Marqués dem Wahlsieger die Hände auf die Schultern legte. Während des Gesprächs blickte sich Planas einen Moment lang nach Carvalho um, und der Blick des Marqués bekam eine gewisse kritische Härte, als er den Detektiv entdeckte.

»Man sieht sich nach uns um.«

»Na und?«

»Wenn in einem Film der Held zur Heldin sagt: ›Man sieht sich nach uns um‹, muß sie leicht errötend in ein kleines Lachen ausbrechen, ihn bei der Hand nehmen und mit ihm in den Park gehen.«

»Hier sieht sich jeder nach jedem um.«

»Ja, aber nicht offen. Ihre beiden Partner dagegen, Planas und der Marqués de Munt, tun es ganz offen, sie kommen sogar zu uns herüber.«

»Carvalho, Sie trinken keinen Weißwein? Haben Sie Ihre Marke hier nicht bekommen?«

»Sie trinken ja auch keinen.«

»Nein, ich trinke etwas Heterodoxes, das ich in Portugal entdeckt habe. Einen Portwein mit einem kleinen Eiswürfel und einer Scheibe Zitrone. Das ist besser als jeder Wermut. Seine Königliche Hoheit, der Graf von Barcelona, in dessen Rate zu dienen ich die Ehre hatte, verriet mir das Rezept während einer dieser endlosen Sitzungen in Estoril. Isidro, du mußt deine Diät absetzen, wenn auch nur für einen Augenblick, und davon kosten. Señor Carvalho, dieser Mann ist unmöglich. Wenn er Diät macht, macht er Diät, und wenn er Gymnastik treibt, treibt er Gymnastik.«

Mit dem Handrücken tätschelte er Planas' Wange, und diese Wange wich mit ebenso großer Natürlichkeit wie Schnelligkeit aus.

»Mima, du siehst bezaubernd aus. Du wirst von Tag zu Tag jünger. Als ich dich von weitem sah, dachte ich: ›Wer ist diese strahlende Schönheit?‹ Wer hätte es anderes sein können?«

»Señor Planas, Señor Ferrer Salat läßt Sie zu sich bitten.«

Es wurde still im Saal. Der Präsident der Unternehmerpartei sprach und beglückwünschte sich dazu, einen so effizienten, hartnäckigen und intelligenten Mann wie Isidro Planas an seiner Seite zu haben. Planas lauschte aufrecht, die Hände auf dem Rücken verschränkt, das Haupt hoch erhoben. Zwischendurch ließ er es auf die Brust sinken, vor allem dann, wenn er über Anspielungen oder ironische Seitenhiebe von Ferrer Salat grinsen mußte. Der Applaus war kurz, aber heftig, genau den Gegebenheiten des Ortes und den Umständen angemessen. Planas trat an das Rednerpult, sein Kopf schwankte hin und her, als kämen die Worte über eine hydraulische Pumpe aus seinem Innern.

»Ich werde mich bei niemandem dafür entschuldigen, daß es mich gibt. Wir Unternehmer müssen aufhören, uns für unser Dasein zu entschuldigen. Der größte Teil des Wohlstands, den wir erreicht haben, ist das Resultat unserer Mühe und Arbeit, und dennoch! Was sind das für Zeiten, in denen man das Gefühl hat, man muß sich dafür schämen, daß man Unternehmer war oder ist! Ich wiederhole: Ich werde mich bei niemandem dafür entschuldigen, daß ich geboren wurde, und ich bin zum Unternehmer geboren!«

Applaus. Munt benutzte die Gelegenheit, um sich zu Carvalho hinüberzubeugen und ihm ins Ohr zu flüstern: »Was für ein Demagoge!«

»Und ich werde mich nicht nur nicht dafür entschuldigen, daß ich lebe, sondern meinen Beitrag dazu leisten, daß wir alle das Selbstbewußtsein wiedergewinnen, das man uns nehmen will. Es gibt viele Selbstmorde im Schoß dieser Gesellschaft, die davon keine Ahnung hat. Sie weiß nicht, daß der Ruin der Unternehmerschaft den Ruin des Landes und der Arbeiterklasse bedeutet. Eine freie Gesellschaft ist immer eine Gesellschaft, der die Marktwirtschaft und das freie Unternehmertum ihr Gesetz diktieren. Das ist unser Gesetz, denn wir glauben an eine freie Gesellschaft. Die Freiheit darf nur dem Überleben geopfert werden, aber solange das eine mit dem anderen verbunden werden kann, ist es vorzuziehen, daß es so bleibt. Wie ihr wißt, habe ich mich bis jetzt noch nie um einen Posten beworben. Widerwille gegen die Politik? Mein Freund, der Marqués de Munt, würde es ein ästhetisches Unbehagen nennen. Ich sage nicht ja und nicht nein. Aber ich glaube, daß wir Unternehmer waren, sind und sein werden, unter welchem politischen Regime auch immer, und es ist unsere Aufgabe, einen allgemeinen Wohlstand zu schaffen, der allen zugute kommt und Frieden und Freiheit garantiert. Ich unterstelle mich bedingungslos den Befehlen unseres Präsidenten, und wenn ich mich von ihm mit einer Umarmung verabschiede, tue ich es mit dem Worten: ¡*Carles, si tu no afluixes, nosaltres no afluixarem, jo no afluixaré!*«

Im Applaus verhallte der Sarkasmus ungehört, mit dem der Marqués de Munt leise rief: ¡*No afluixis, Carles!*

»Sie sind unverbesserlich. Wir werden nie über die Rhetorik hinausgelangen. Und du, Mima? Willst du nicht für die Wahlen der Vereinigung weiblicher Unternehmer kandidieren?«

Die Augen der Witwe tadelten den Marqués milde. Carvalho fühlte auf seinen Schultern den alten, hohlen Arm des Marqués, roch sein Sandelparfum und fühlte sich verstrickt in ein Netz von Vertraulichkeiten und wohlerzogener Heuchelei.

»Sie sind mein Freund, Carvalho. Sind Sie mit Ihrer Untersuchung vorwärts gekommen? Ich habe noch einmal über unser Gespräch nachgedacht. Vielleicht war es gar nicht so dumm, was ich da über den Plan gesagt habe, an die Universität zu gehen. Mir fiel plötzlich ein, daß Stuart davon sprach, er wolle ein sehr großzügiges amerikanisches Stipendium beantragen, das es ihm erlauben würde, sich nach Belieben in den USA aufzuhalten, um Sozialanthropologie zu studieren, glaube ich. Er war begeistert vom Mittleren Westen. Aber das war vor dem Südseeprojekt. Nicht wahr, Mima?«

»Zwischen dem Stipendium und der Südseegeschichte hatte er noch den Plan, nach Guatemala zu gehen, um die Kultur der Maya zu erforschen.«

»Alle vierzehn Tage eine neue Idee! Aber das mit der Südsee war etwas anderes. Göttlich, Isidro, einfach göttlich!«

Planas ließ sich von dem Marqués umarmen.

»Ein Jammer, dieser Schlußsatz! Klingt wie eine der Empfehlungen, die Bella Dorita im *Molino* gab. *¡No afluixis, Carles!* Ist das das nationale Motto der Unternehmer?«

»Daß du dich immer über alles lustig machen mußt!«

»Über alles, nur nicht über das Fortbestehen meines Erbes. Das stimmt. *No afluixeu. No afluixeu.* Essen wir zusammen, Mima, Señor Carvalho? Mit dir rechne ich nicht mehr, Isidro, du wirst mit deinem Chef essen wollen, nehme ich an.«

»Ja, ein Arbeitsessen. Morgen fliegen wir nach Madrid zum Empfang bei Abril Martorell.«

»Dein Kreuzweg beginnt. Und was ist mit euch?«

»Ich habe eine Verabredung.«

»Ich esse mit dir, wenn du mich noch zwei Minuten mit meinem Detektiv allein läßt.«

»Ich darf die Beste aus der Gruppe mitnehmen. Das macht mich ungeheuer glücklich, Mima.«

»Sind Sie immer so?«

»Wie?«

»So verlogen.«

»Lassen Sie jeden sein Spiel spielen, wie er will. Ich möchte, daß Sie alle Ihre fünf Sinne auf das konzentrieren, was Ihre Aufgabe ist. Ich will so schnell wie möglich Ergebnisse sehen. Nichts und niemand darf Sie ablenken.«

»In fünf Minuten bin ich mit Ihrer Tochter verabredet.«

»Das meinte ich unter anderem.«

»Ich dränge mich ihr nicht auf.«

»Es gibt viele Arten, Kontakt zu suchen oder nicht zu suchen, aber nur eine, ihn zu vermeiden. Ich will alle achtundvierzig Stunden einen Bericht haben.«

»Über die Sache mit Ihrer Tochter?«

»Spielen Sie hier nicht den Witzbold.«

Yes wartete. Sie saß auf einem Stuhl, der vom Tisch weggerückt war, Knie und Füße zusammen, die Hände umklammerten die Stuhlkanten, und sie wartete auf ein Zeichen, das sie befreite und ihr erlaubte aufzustehen. Dieses Signal war Carvalhos Erscheinen. Sie erhob sich unsicher. Dann stürzte sie hastig auf ihn zu und küßte ihn auf die Wangen. Carvalho nahm sie am Arm, machte sich von ihr los und setzte sich an den Tisch.

»Endlich!« sagte sie, als sei er aus einem langen Krieg heimgekehrt.

»Ich komme gerade von deiner Mutter und ihren Geschäftspartnern.«

»Was für ein Horror!«

»Es gibt Schlimmeres. Deine Mutter hat mich im Verdacht, ein Sittenstrolch zu sein, der dich verführen und im Orient verkaufen will.«

»Und – bist du einer?«

»Noch nicht. Ich möchte, daß zwischen uns alles ganz klar ist. In einer Woche etwa ist meine Arbeit zu Ende. Ich werde deiner Mutter meinen Bericht abliefern, kassieren und mich mit einem neuen Auftrag beschäftigen, wenn ich einen bekomme. Du und ich, wir werden keine Gelegenheit mehr haben, einander zu sehen. Geschweige denn eine Beziehung aufrechtzuerhalten. Wenn du es gut findest, in dieser Woche ab und zu mit mir ins Bett zu gehen, würde mir das sehr gut gefallen. Aber mehr nicht. Auch in Zukunft nicht. Es gehört nicht zu meinen Aufgaben, mich um sensible Jugendliche zu kümmern.«

»Eine Woche. Nur eine Woche! Ich möchte die ganze Zeit mit dir zusammen sein.«

»Du hast in deinem Leben noch nie etwas Schlimmes erlebt, das merkt man dir an.«

»Und es ist nicht meine Schuld, daß mir nie etwas Schlimmes passiert ist, wie du sagst. Wer ist in deinen Augen überhaupt gut genug? Wen läßt du überhaupt gelten? Die Leute, die von Geburt an leiden? Eine Woche. Dann gehe ich und falle dir nie mehr auf die Nerven, das verspreche ich.«

Sie hatte über den Tisch weg Carvalhos Hand ergriffen, und der Kellner mußte sich räuspern, um ihre Aufmerksamkeit wieder auf die Karte zu lenken.

»Irgendwas.«

»In einem China-Restaurant kann man nicht irgendwas bestellen!«

»Bestell du etwas für mich.«

Carvalho wählte eine Portion gebratenen Reis, zwei Frühlingsrollen, Abalonen, Riesenkrabben und Kalbfleisch in Austernsauce. Yes hatte den Kopf auf die Hand gestützt, während sie lustlos im Essen herumstocherte. Carvalho überwand den Ärger, der ihn stets in Gesellschaft eines lustlosen Essers überkam, und glich ihre Versäumnisse aus.

»Meine Mutter will mich wieder nach London schicken.«

»Ausgezeichnete Idee.«

»Wozu? Ich kann die Sprache, und das Land kenne ich auch gut genug. Sie will mich nur aus dem Weg haben. Für sie ist alles perfekt. Mein Bruder auf Bali macht ihr keinen Ärger, gibt weniger Geld aus als hier und steckt seine Nase nicht ins Geschäft. Die beiden andern fahren jeden Tag Motorrad, und die Schule sitzen sie nur ab. Zwei nutzlose Fleischklopse, die man getauft hat. Der Kleine gehört ganz ihr, sie hat ihn im Griff, und er macht, was sie will. Nur ich bin ihr im Weg, genau wie früher mein Vater.«

Carvalho aß weiter, als spreche sie nicht mit ihm.

»Sie hat ihn umgebracht.«

Carvalho kaute langsamer.

»Das sagt mir meine Intuition.«

Carvalho kaute wieder schneller.

»Diese Familie ist schrecklich. Mein ältester Bruder ging weit fort, weil er das alles nicht mehr aushielt.«

»Was hielt er denn nicht mehr aus?«

»Ich weiß nicht. Er ging nach Bali, als ich noch in England war. Dieses Getue, als sei sie eine Diva! Ihre gespielte Selbstsicherheit! Genauso hat sie meinen Vater behandelt. Sie hat ihm seine Abenteuer nie verziehen, weil sie zu feige war, selbst welche zu haben. Weißt du warum? Weil sie meinem Vater sonst hätte verzeihen müssen. Nein, nein, lieber blieb sie weiter tugendhaft und schimpfte, forderte, verdammte. Mein Vater dagegen war ein zarter, phantasievoller Mensch.«

»Die Langusten sind ausgezeichnet.«

»Er lernte Klavier spielen, ohne daß er einen Lehrer brauchte, und er spielte so gut wie ich, sogar besser.«

»Dein Vater war genauso egoistisch wie jeder andere auch. Er lebte sein Leben, das ist alles.«

»Nein. Das stimmt nicht. Man kann nicht mit dem Gedanken leben, daß alle Menschen Egoisten sind, daß alle ein Haufen Scheiße sind.«

»Ich habe es geschafft, mit dem Gedanken zu leben. Ich bin überzeugt davon.«

»Bin ich auch ein Haufen Scheiße?«

»Eines Tages wirst du es sein. Ganz bestimmt.«

»Und die Menschen, die du geliebt hast, waren sie auch ein Haufen Scheiße?«

»Das ist eine Fangfrage. Wir müssen freundlich umgehen mit denen, die mit uns freundlich umgehen. Das ist ein ungeschriebenes Gesetz. Normalerweise leben wir, als wüßten wir nicht, daß alles und alle ein Haufen Scheiße sind. Je intelligenter einer ist, desto weniger vergißt er das, desto mehr ist er sich dessen bewußt. Ich kenne niemand, der wirklich intelligent ist und die anderen liebt oder ihnen vertraut. Er hat höchstens Mitleid mit ihnen. Dieses Gefühl kann ich gut verstehen.«

»Aber die anderen müssen nicht unbedingt schlecht oder invalide sein. Ist es das, wonach du die Leute einteilst?«

»Es gibt auch noch Dumme und Sadisten.«

»Sonst nichts?«

»Arme und Reiche, und Leute aus Zaragoza und Leute aus La Coruña.«

»Und wenn du ein Kind hättest?«

»Solange es ein schwaches Geschöpf wäre, hätte ich Mitleid mit ihm. Wenn es dein Alter erreichte, würde ich es allmählich studieren, ausspionieren, um den Zeitpunkt nicht zu verpassen, wenn das junge Opfer seine Metamorphose erlebt und die ersten Gehversuche als Täter macht. Wenn es ein Täter wird, würde ich mich bemühen, ihm soweit wie möglich aus dem Weg zu gehen. Wenn es ein erfolgreicher Täter würde, würde es mich nicht brauchen. Wenn es ein Opfer würde, würde es mir mit Zinseszinsen die Hilfe zurückzahlen, die ich ihm geben könnte. Es würde sie mit der ungeheuren Freude zurückzahlen, die es mir machen würde, es weiterhin zu beschützen.«

»Dich sollte man sterilisieren.«

»Nicht nötig. Dafür sorge ich schon selbst. Das erste, was ich von meinen Partnerinnen verlange, ist ein Zertifikat, daß sie eine Spirale oder ein Diaphragma tragen oder die Pille nehmen, und wenn sie nicht gerade ihre Tage haben, ziehe ich mir eben ein Kondom über. Davon habe ich immer eine Packung in der Tasche. Ich kaufe sie bei *La Pajarita*, einem Präservativgeschäft in der Calle Riera Baja. Dort habe ich sie zum erstenmal gekauft, und dabei bleibe ich. Ich bin ein Gewohnheitstier. Willst du einen Nachtisch?«

»Nein, danke.«

»Ich auch nicht. Dadurch spare ich dreihundertfünfzig oder vierhundert Kalorien. Planas hat mich mit seiner Diätsucht angesteckt.«

Yes rümpfte die Nase.

»Du kannst Planas nicht leiden?«

»Überhaupt nicht. Er ist das Gegenteil von meinem Vater.«

»Und der Marqués de Munt?«

»Der ist eine Operettenfigur.«

»Du überraschst mich. Du bist sehr hart mit anderen Menschen.«

»Sie waren Bekannte meines Vaters. Sie haben ihn in diesem mittelmäßigen Leben, in diesem mittelmäßigen Teufelskreis festgehalten.«

»Dein Vater hatte in der letzten Zeit Freundinnen in deinem Alter.«

»Na und? Hat er sie vielleicht bezahlt? Irgend etwas haben sie an ihm gefunden. Du weißt nicht, wie mich das freut!«

»Wer oder was hat deinen Vater getötet?«

»Alle: Meine Mutter, Planas, der Marqués, Lita Vilardell ... er hatte sie alle so satt, genau wie ich.«

»Dasselbe könnte deine Mutter sagen.«

»Nein. Sie ist jetzt glücklich. Alle Welt bewundert sie. Wie intelligent! Wie mutig! Sie macht es besser als ihr Mann! Klar macht sie es besser. Sie hat nichts, was sie ablenkt. Sie ist wie ein Jäger, der nur seine Beute sieht. Sie weiß nicht, was Leben, was Genießen ist.«

Sie ergriff Carvalhos Hand, die die Zigarre hielt, und ein Stückchen Asche fiel in den duftenden Jasmintee.

»Nimm mich mit nach Hause zu dir. Einen Tag. Heute.«

»Du bist wie verrückt nach meinem Haus.«

»Es ist wunderbar. Das erste Haus, das ich kenne, in dem meine Mutter sich nicht wohlfühlen würde.«

»Man merkt, daß du noch nie in den Häusern warst, die dein Vater für andere gebaut hat. Ich erwarte dich heute nacht bei mir. Aber erst spät!«

»Die Kirchenglocken haben doch gar nicht geläutet. Und du hier! Welche Ehre!« Charo war gerade dabei, sich zu schminken. Sie gab ihm die Tür nicht frei.

»Ich glaube, wir kennen uns irgendwoher.«

»Läßt du mich jetzt rein oder nicht?«

»Wer könnte es schon verhindern wollen, daß der große Pepe Carvalho eintritt! Ich war halb tot vor Ungeduld, daß der Herr zurückkommt, von einer Expedition zum Nordpol, könnte man meinen. Gibt es viele Eisbären am Nordpol?«

Carvalho nahm das Zimmer in Besitz mit der Automatik langer Gewohnheit. Er hängte sein Jackett an denselben Stuhl wie immer, ließ sich in seine angestammte Sofaecke fallen und zog automatisch den Aschenbecher zu sich heran.

»Seit fünfzehn Tagen haben diese Wände Euer Ehren nicht mehr gesehen. Er wird wohl Papst von Rom geworden sein, habe ich mir gedacht, wo die Päpste doch heutzutage so oft sterben und mein Pepe so ein Jesuit ist. Du bist wirklich ein Jesuit.«

»Charo...«

»Jesuit ist viel zu wenig. Ein Oberjesuit. Wenn man Charo braucht, läßt man sie kommen. Wenn Charo nicht mehr gebraucht wird, ab mit ihr in die Rumpelkammer. Aber Charo muß immer da sein, immer wenn der Señor gerade etwas braucht. Ich schwöre dir, Pepe, daß es mir bis hier steht. Noch viel höher als bis hier.«

»Entweder du beendest jetzt die Szene, oder ich gehe.«

Charo stand breitbeinig da, die Hände in die Hüften gestemmt, die Wut stand ihr ins weißgrundierte Gesicht geschrieben. Sie warf den Kopf in den Nacken und schrie mit geschlossenen Augen: »Geh hin, wo du hergekommen bist! Ich bin an allem schuld, ich Idiot, immer ich!«

Carvalho erhob sich, griff nach seinem Jackett und ging zur Tür.

»Jetzt geht er! Diesem Herrn darf man nicht mal die Meinung sagen, er ist ja so leicht beleidigt. Und ich, darf ich nie beleidigt sein? Wo willst du hin? Glaubst du, du kannst jetzt einfach gehen? Nein, jetzt bleibst du hier!«

Sie stürzte zur Tür und schloß sie ab. Dann begann sie zu schluchzen und suchte Trost bei Carvalho. Obwohl er seine Arme nur zögernd öffnete, barg sie weinend ihren Kopf an seiner Brust.

»Ich bin so allein, Pepe! Immer allein. Ich habe mir Gedanken gemacht, Gedanken, die mir angst machen, Pepe, das schwör ich dir. Du willst nichts mehr wissen von mir, weil ich eine Nutte bin. Ich habe immer befürchtet, daß es mit uns nicht lange gutgeht.«

»Charo, seit acht Jahren sind wir zusammen!«

»Es war aber nie so schlimm wie in letzter Zeit, Pepe. Du hast eine andere. Ich spüre es!«

»Ich hatte immer mal wieder eine andere.«

»Wer ist es? Wieso brauchst du überhaupt noch andere? Ich habe andere Typen, weil ich davon lebe. Aber du?«

»Hör auf mit dem Theater, Charo. Wenn ich das gewußt hätte, wäre ich nicht gekommen. Ich habe einen schwierigen Fall am Hals und bin dauernd unterwegs.«

»Gestern nacht warst du nicht zu Hause.«

»Nein.«

»Hast du dich rumgetrieben?«

»Nein, nicht was du denkst. Ich habe in einer Gruft geschlafen.«

»In einer Gruft?«

»Der Tote war fort.«

»Du bleibst bei mir, Pepe!« Sie lachte unter Tränen.

Pepe machte sich von ihr los und ging zur Tür.

»Ich wollte dich eigentlich fürs nächste Wochenende einladen, aber wenn du nicht willst, vergiß es.«

»Ich und nicht wollen? Ein ganzes Wochenende? Wohin denn?«

»Ich habe von einem Restaurant in der Cerdanya gehört. Ein Rentnerehepaar hat es eröffnet, und die Frau kocht ausgezeichnet. Bei der Gelegenheit könnten wir ein wenig nach Frankreich rüberfahren. Ein bißchen Käse einkaufen und Pâté.«

»Und ich kaufe mir eine Creme gegen Pickel. Guck mal, wie häßlich ich bin, überall bekomme ich Pickel!«

»Ich ruf dich am Freitag um zwölf Uhr an. Wir können abends losfahren.«

»Freitag abend habe ich viel zu tun, das weißt du doch!«

»Also, dann Samstag früh.«

»Nein, nein, Pepe, am Freitag. Die Arbeit muß auch mal ruhen.«

Sie küßte ihn auf den Mund, als wollte sie ihn austrinken, und ließ ihn gehen. Dabei streichelte sie ihn fast bis zum letzten Moment, als seine Füße schon auf den Treppenstufen standen. Die Gesichter der Witwe Stuart und ihrer Tochter schoben sich über das von Charo. Auf der Straße begannen die Prostituierten ihre Jagd zu einer Tageszeit, die vor der Krise undenkbar gewesen wäre. Was für ein Markt! Alte, betrunkene Nutten standen neben jungen, die eben erst ihre moralischen Vorurteile über Bord geworfen hatten. Sie hatten mehr Zynismus in den Augen als die alten.

»Ich mach dich glücklich, Süßer, wie wär's?«

Hausfrauen, die gerade ihren Abwasch gemacht hatten und für ein paar Stunden auf den Strich gingen, mußten dauernd auf die Uhr sehen, wann es wieder Zeit war, für Mann und Kinder das Abendessen vorzubereiten. Sie tarnten sich, indem sie vor Schaufenstern herumstanden, in denen es nichts zu sehen gab. Er hatte Charo vor einem Schaufenster voller Koffer kennengelernt. Sie hatte damals schon den Sprung geschafft von der festen Arbeit im Puff zum Callgirl, das auf eigene Rechnung im Dachgeschoß eines Neubaus mitten im Barrio Chino arbeitete. Carvalho war betrunken und fragte sie nach dem Preis, worauf sie sagte, er sei im Irrtum.

»Wenn ich mich geirrt habe, bin ich bereit, noch viel mehr zu bezahlen.«

Carvalho sah zum erstenmal die Wohnung, die des öfteren sein Zuhause werden sollte, bis neunzehn Uhr, wenn Charo begann, ihre festen Kunden zu empfangen. »Würde eine Wohnung im Barrio Alto nicht besser zu dir passen?« Dort war die Miete höher, und den Kunden gefiel diese Mischung aus alltäglichem Dreck und technischem Fortschritt. Barrio Chino und Telefon. »Das nächste Mal ruf mich an. Ich möchte nicht auf der Straße angesprochen werden. Ich bin noch nie auf den Straßenstrich gegangen. Ich bin nicht eine von denen!« Carvalho gewöhnte sich an die Schizophrenie des Mädchens, an ihre Doppelrolle einer eifersüchtigen Verlobten bei Tag und einer Telefonhure bei Nacht. Am Anfang schlug er ihr vor, damit aufzuhören, aber sie versicherte ihm, sie tauge zu nichts anderem.

»Wenn ich als Tippse arbeite, dann begrabscht mich der Chef genauso, und wenn ich heirate, nimmt mich mein Mann, der Schwiegervater, der Onkel und die ganze Sippschaft. Lach nicht! In meinem Dorf treibt es jeder mit den verheirateten Frauen, und die Schwiegerväter am allermeisten. Macht es dir etwas aus, daß ich in diesem Metier arbeite? Nein? Also, dann laß mich. Ich liebe nur dich und basta. Wenn du mich brauchst, dann werde ich keine Müdigkeit vorschützen.« Sie sprach nie von ihrer Arbeit oder ihren Klienten. Carvalho mußte ihr nur einmal aus der Klemme helfen. »So ein alter Bock will mir beim Kacken zusehen, und wenn ich es nicht mache, bedroht er mich mit einer Pistole.« Carvalho wartete an der Treppe auf ihn und goß ihm eine Flasche Urin über den Kopf, als er kam. »Wenn du nochmal kommst, mache ich dasselbe mit Scheiße, aber bei dir zu Hause, vor deiner Frau.«

Es gab in letzter Zeit zu viele Frauen in seinem Leben. Die Witwe, die sich in einer Welt behauptete, in der Männer wie Planas und ihr Gatte das Sagen hatten. Das neurotische Mädchen, das plötzlich die Welt von Schmerz und Tod entdeckt hatte. Charo, die ihm die Rechnung präsentierte für alles, was sie an Sex und gemeinsam verbrachten Stunden investiert hatte. Die nächste würde Ana Briongos sein, der er ihre Geheimnisse von Liebe und Tod im Fall Stuart Pedrell entreißen mußte. Und zu guter Letzt Bleda. Die Vorstellung von Bleda rührte ihn, wie sie allein im Garten in Vallvidrera Geräusche und Gerüche verfolgte und überall ihr Schnäuzchen hineinsteckte, um den Dingen auf den Grund zu gehen. Sie war die Schwächste von allen. Er hatte noch über eine Stunde Zeit bis zu dem Treffen mit Ana Briongos. Als er im Auto saß, fuhr er automatisch in Richtung Vallvidrera, und auf halbem Weg wurde ihm erst klar, daß er das nur aus Sehnsucht nach dem Hündchen tat, er hatte sogar Lust, es mit nach San Magín zu nehmen. Du würdest ein schönes Bild abgeben, Pepe Carvalho. Du würdest in die Geschichte eingehen als Pepe Carvalho und Bleda, ähnlich wie Sherlock Holmes und Dr. Watson. Seine Schwäche irritierte ihn, und er kehrte um. Bledas Mandelaugen verfolgten ihn kilometerweit. Ich bin ein Rassist. Für ein menschliches Wesen hätte ich das Opfer gebracht, und schließlich und endlich, wer hat das bestimmt, daß ein Mann und eine Frau menschliche Wesen sind und ein Hund nicht? Er würde sie Abitur machen lassen. Er würde sie auf das Französische Gymnasium schicken und sagen: Machen Sie aus meiner Hündin eine Messedirektorin oder die Vorsitzende der Nationalen Vereinigung der Hunde in leitender Position. Kosmonaut. Bleda könnte Kosmonautin werden oder zum Bolschoi-Theater gehen oder Generalsekretärin der PSUC werden. Kein Hund hat je in San Magín gebaut. Kein Hund hat je einen Bürgerkrieg angefangen.

Das Mädchen erwartete ihn. Ihre Figur war von einem dicken Mantel verhüllt, der nur ihre kurzen, kräftigen Beine sehen ließ. Sie mußte sein Kommen gespürt haben, denn sie wandte sich genau in dem Moment um, als Carvalho sein Auto neben ihr zum Stehen brachte.

»Wollen Sie einsteigen?«

Ana Briongos stieg ein, ohne Carvalho anzusehen. Dann saß sie da, im Hintergrund glitt San Magín vorbei, sich selbst ständig wiederholend, als sei es eine weltumspannende, unendliche Stadt.

»Unterhalten wir uns doch hier, in einer Bar. Haben Sie eine Wohnung?«

»Ja, mit zwei anderen Mädchen zusammen.«

»Und Ihre Familie?«

»Meiner Familie geht es gut. Und Ihrer?«

»Entschuldigung. Ich weiß nicht, welche Höflichkeiten in der Arbeiterklasse üblich oder nicht üblich sind.«

»Es gibt vieles, was Sie und die anderen Bullen über die Arbeiterklasse nicht wissen.«

»Ich bin kein Bulle.«

»Die Geschichte von dem verschwundenen Verwandten kaufe ich Ihnen nicht ab.«

»Das ist in Ordnung. Aber ich bin kein Bulle. Die Familie des Toten hat mich mit der Untersuchung beauftragt. Es ist ein

Job wie jeder andere. Haben Sie noch nie einen Krimi gelesen?«

»Ich habe andere Sachen zu lesen.«

»Gramsci las Kriminalromane und entwickelte sogar eine Theorie darüber. Kennen Sie Gramsci?«

»Ein Italiener.«

»Sehr gut. Einer der Gründer der KPI.«

»Was geht mich das an, was der gelesen hat?«

Sie hatte die politischen Forderungen immer noch am Mantelaufschlag. *Atomkraft – nein Danke* und *Meinungsfreiheit*, dahinter eine Theatermaske, der ein roter Strich brutal den Mund verschloß. Es hatte oft darauf geregnet, einige Buchstaben waren schon verwischt, und die Plakette war rissig.

»Ich kann hier im Auto nicht reden. Gehen wir zu Julios Hütte. Bei der Kirche.«

Julios Hütte war ein altes Gartenlokal, das ohne Zweifel aus dem Kulissenvorrat von Metro-Goldwyn-Mayer stammte. Tische mit rotkariertem Wachstuch, *chorizos*, Schinken und Knoblauch in Bündeln. Die Fußballmannschaften FC Barcelona, Español und Granada posierten auf Fotos für die Nachwelt. Die Kneipe war erfüllt vom Klappern der Dominosteine und Stimmen, die sich durch Qualm und Zigaretten nach draußen kämpften. Die hölzernen Sonnendächer vor der Hütte warteten auf den Sommer, auf den Ansturm der Großfamilien, die der Enge ihrer Behausungen entflohen und die staubige, verschwitzte Kühle am Rand ihres Viertels suchten. Carvalho bemerkte, daß die Freundin, die morgens Ana Briongos begleitet hatte, ein paar Tische weiter mit einem Mann saß und sie nicht aus den Augen ließ. Ana bestellte einen Kaffee, Carvalho einen Pfefferminzlikör mit Eiswürfeln. Das Mädchen blickte verblüfft auf Carvalhos Getränk.

»Ich dachte immer, das sei nur etwas für den Sommer oder für Frauen, die es an den Eierstöcken haben.«

»Wer hat keine Probleme mit den Eierstöcken? Also, Mädchen, jetzt reden wir mal klar und deutlich.«

»Warum duzen Sie mich? Also doch ein Bulle. Nur Bullen duzen einen sofort.«

»Du kannst mich auch duzen.«

»Ich sage Sie zu Ihnen und Sie sagen Sie zu mir.«

»Wie hieß Ihr Freund?«

»Meinen Sie Antonio? Das wissen Sie doch schon. Er hieß Antonio Porqueres.«

»Erste Lüge. Weiter: War er Buchhalter?«

»Wieso Lüge? Er hieß Antonio Porqueres und war Buchhalter oder arbeitete als solcher in der *Casa Nabuco*.«

»Zweite Lüge. Wollen Sie wirklich behaupten, Sie hätten nicht gewußt, wer er in Wirklichkeit war?«

»Wenn er einen anderen Namen hatte, ist mir das auch egal. Ich kannte ihn als Antonio und basta.«

»Wie haben Sie ihn kennengelernt?«

»Bei einer politischen Veranstaltung. Das war Ende 1977. Wir mußten einige öffentliche Veranstaltungen organisieren, um den Genossen den Abschluß des Moncloa-Paktes zu erklären. Das fand damals keiner richtig, nur wir redeten voller Zuversicht und versuchten, die anderen davon zu überzeugen, daß er auf lange Sicht gesehen der Arbeiterklasse nützen würde und so weiter. Wir sagten eben das, was man uns aufgetragen hatte. Später wurde klar, daß es ein Schwindel war, wie alles übrige. Ich hielt eine Rede bei einer Veranstaltung im Kino Navia, das ist das Kino hier. Am Schluß kam Antonio zu mir her und diskutierte mit mir. Er war gegen den Moncloa-Pakt. Was lachen Sie?«

»Konnte er Sie überzeugen?«

»Mehr oder weniger. Er war ein Mann, der zuhören konnte, der reden konnte, ohne den anderen zu überfahren. Er war nicht wie die übrigen, die ich kenne. Ich verachte keinen und verstehe mich gut mit meinen Leuten, weil es eben meine Leute sind. Aber er hatte gute Manieren, Kultur, er war gebildet, hatte Reisen gemacht und viel gelesen.«

»Er war wohl vom Mars gekommen und direkt hier gelandet. Haben Sie ihn nicht danach gefragt?«

»Er erzählte mir, seine Frau sei gestorben und er sei lange Zeit im Ausland gewesen. Er war müde und wollte einfach nur da sein, beobachten und die neue Etappe des Landes miterleben.«

»Kamen Sie sich näher?«

»Wir kamen uns näher.«

»Ganz nahe?«

»Was zum Teufel wollen Sie wissen? Ob wir miteinander geschlafen haben? Na klar haben wir das!«

»Und plötzlich ging er fort. Ohne sich zu verabschieden?«

»Und plötzlich ging er fort. Ohne sich zu verabschieden.«

»Und Sie haben nichts unternommen, waren nicht einmal überrascht?«

»Ganz genau. Er war gegangen, wie er gekommen war.«

»Die Frauen werden es nie lernen. Sie glauben immer noch an den ausländischen Matrosen, groß und blond wie das Bier.«

»Ich glaube nicht an Matrosen. Ich weiß schon, worauf Sie hinauswollen. Da täuschen Sie sich. Auch hier in San Magín hat sich einiges geändert! Ein Mann und eine Frau können sich kennenlernen, sich gut verstehen, zusammen leben und genausogut wieder auseinandergehen, ohne Probleme. Sie glauben wohl, diese Freiheit könnten sich nur die Bürgerlichen leisten!«

»Und Sie bleiben dabei, daß er Antonio Porqueres war und niemand anderes?«

»Ich habe Ihnen gesagt, was ich weiß.«

»Sie wissen wenig, so hat es jedenfalls den Anschein. Ihr Freund war in Wirklichkeit Señor Carlos Stuart Pedrell. Schon mal gehört?«

»Ja, schon mal gehört.«

»Wissen Sie, wer das ist?«

»Ich hab mal was in der Zeitung gelesen, da kam sein Name vor. Ein Industrieller?«

»Ein Industrieller. Der Erbauer von San Magín.«

Die Augen von Ana Briongos reichten nicht aus, um ihre

Überraschung zu verbergen. Sie wollte etwas sagen, brachte aber kein Wort heraus.

»Sie haben mit einem zusammengelebt, der für dieses Paradies mitverantwortlich ist.«

»Es ist kein Paradies, aber es geht uns hier besser als in den Baracken. Sie wissen nicht, wie schlimm das war. Ich habe meine Kindheit dort verbracht. Antonio ...«

Sie hatte sich zurückgelehnt, der Mantel öffnete sich und enthüllte eine üppige Brust in einem Kleid aus dünnem Wollstoff. Und darunter wölbte sich fast übergangslos ihr schwangerer Bauch, der nun von seiner Tarnung befreit war. Instinktiv wollte sie den Mantel schließen, unterließ es aber in dem Bewußtsein, daß es dafür zu spät war. Sie sahen einander an. Die Trauer, die aus ihren Augen sprach, tränkte schließlich die von Carvalho.

»Wird es ein Mädchen oder ein Junge?«

»Hoffentlich ein Mädchen. Ein Arschloch weniger auf dieser Welt.«

»Und wenn es ein Junge wird?«

Sie zuckte die Schultern, ihr Blick wich aus, schweifte über die Reihen aufgehängter Schinken, *chorizos*, Kuhglocken und Knoblauchknollen, die wie uniformiert aussahen, denn auf allen hatte sich der Staub und der Qualm der billigen Zigaretten niedergeschlagen.

»Ist Señor Stuart Pedrell der Vater?«

»Ich bin die Mutter und der Vater.«

»Kam Ihnen nie der Gedanke, daß Antonio Porqueres ein anderer war, als er vorgab?«

»Ich habe es immer vermutet, aber es war mir egal.«

»Er ließ Sie immer an seiner rechten Seite gehen, brachte manchmal Blumen mit, hatte mehr gelesen als Sie, benutzte zwei- bis dreitausend Wörter mehr als Sie und konnte den Zauber eines Aprilmorgens in Paris beschreiben. Hat er Ihnen nie gesagt, daß der April der grausamste Monat von allen ist? Hat er nie gesagt, er wolle lesen, bis die Nacht einbricht, und im Winter in den Süden fahren?«

»Was wollen Sie mir da unterjubeln? Die Rolle des unschuldigen Mädchens, das geschändet und verlassen wurde? Ich habe ihm erklärt, wofür wir kämpfen. Ich habe erzählt, wie es im Kellergeschoß in der Vía Layetana und im Frauengefängnis von La Trinidad zugeht.«

»La Trinidad. Ein seltsamer Zufall. Auf einem Bauplatz im Stadtteil La Trinidad wurde seine Leiche gefunden.«

Anas Gesicht zeigte, daß sie ihm nicht glaubte.

»Er hatte mehrere Messerstiche bekommen. Wie es aussieht, haben zwei Hände zugestochen. Eine schwach, unschlüssig, die andere gezielt, mörderisch.«

»Es gefällt Ihnen wohl, das so genau zu beschreiben.«

»Sie warfen ihn in den Keller einer verlassenen Baustelle, über den Bauzaun wahrscheinlich. Aber er ist woanders ermordet worden. Man fand ihn ausgeblutet. Um ihn herum war kaum ein Tropfen Blut. Er ist von einem anderen Ort dorthin geschafft worden. Dieser andere Ort ist San Magín. Seine Mörder suchten das andere Ende der Stadt, vielleicht wußten sie nicht einmal, wie sehr ihnen sein falscher Name helfen würde. Oder sie wußten es doch. Sie müssen mir helfen. Sie müssen doch etwas wissen, was mir auf die Spur hilft.«

»Vielleicht war es ein Raubüberfall?«

»Trug er immer viel Geld mit sich herum?«

»Nein, nicht mehr als nötig. Mit dem wenigen, was er hatte, war er sehr großzügig und überlegte dauernd, was er mir schenken könnte. Blumen, nein. Es gibt keine Blumen in San Magín. Darin haben Sie sich geirrt.«

»Eines Tages erschien er nicht zu Ihrer Verabredung. Was taten Sie?«

»Ich wartete ein paar Stunden. Dann ging ich zu seiner Wohnung. Er war nicht da. Aber alles sah aus, als würde er gleich zurückkommen.«

»Hatten Sie einen Schlüssel?«

»Ja.«

»Und am nächsten Tag gingen Sie wieder hin?«

»Und am übernächsten.«

»Und Sie hinterließen ihm keine Nachricht für den Fall, daß er zurückkam?«

»Ja ... nein ..., ich hinterließ nichts. Wozu? Mir war sofort klar, daß er nicht wiederkommen würde.«

»Wußte er von dem Kind?«

»Ja.«

»Glauben Sie, daß er wegen des Kindes fortgegangen sei?«

»Zuerst dachte ich nicht daran, weil ich ihm sehr klar gesagt hatte, daß es allein mein Kind sein würde. Aber dann begann ich nachzudenken. Vielleicht fühlte er sich schuldig? Aber was rede ich da! Ich rede, als wäre er fortgegangen, dabei ist er in Wirklichkeit ermordet worden.«

»Kamen Sie nicht auf die Idee, die Krankenhäuser anzurufen, oder die städtische Polizei? Haben Sie sich nicht gewundert, daß seine Wohnung nach Wochen immer noch unberührt war?«

»Ich bin dort nicht mehr hingegangen. Außerdem gab es wenige persönliche Dinge von ihm dort. Es war eine Mietwohnung. Nicht mehr als ein paar Bücher. Alles andere war von der Firma oder vom Vormieter.«

»Sie wissen, was passiert, wenn ich zur Polizei gehe und ihnen von Stuart Pedrells Doppelleben in San Magín erzähle. Sie werden über Sie herfallen. Sie sind die einzige, die etwas Näheres darüber weiß.«

»Damit habe ich Erfahrung. Seit ich vierzehn bin, weiß ich, wie man mit der Polizei umgehen muß. Ich habe nichts zu verbergen.«

»Es gibt immer einen dunklen Punkt, und die Polizei weiß das.«

»Ich kenne meine Rechte. Ich komme immer durch, machen Sie sich keine Sorgen. Gehen Sie ruhig zur Polizei und erzählen Sie ihnen, was Sie wissen. Wenn Sie wollen, gehe ich selbst hin.«

»Das kann ich nicht zulassen. Ich mache rein private Nachforschungen im Auftrag der Witwe.«

»Die Witwe. Was ist sie für eine Frau?«
»Älter als Sie und viel reicher.«
»Haben sie und ihr Mann sich gut verstanden?«
»Nein.«
»Er sah immer traurig aus.«
»Und Sie haben ihm die Freude am Leben wiedergeschenkt.«
»Einen Dreck habe ich. Glauben Sie denn, ich bin blöd? Ich habe das Gefühl, Sie meinen, Sie hätten es hier mit einem Stamm von Wilden zu tun!«

»Letzte Frage für heute: Erinnern Sie sich an gar nichts, was mich auf die Spur des Mörders bringen könnte?«

»Letzte Frage für heute und für immer. Und meine letzte Antwort: Nein.«

»Wir sehen uns noch«, sagte Carvalho und erhob sich unwillig.

»Hoffentlich nicht.«

»Und sagen Sie Ihrer Freundin und deren Begleiter, sie sollen sich beim nächstenmal besser tarnen.«

»Sie hatten keinen Grund, sich zu tarnen. Sie sind hier, weil sie einfach Lust dazu hatten, und ich auch.«

Carvalho fuhr mit dem Auto zu Señor Vila. Der saß im Kreise seiner Enkel vor dem Fernseher und sah sich eine Sendung mit Pferden an. Er erhob sich und bat ihn wieder nach oben in sein Büro.

»Sie haben doch sicher die Daten der Leute hier im Viertel.«
»Nicht von allen. Aber von fast allen.«
»Bestimmt haben Sie auch eine Kartei.«
»Señor Viladecans hat mich beauftragt, eine anzulegen. Es gibt eine Verwaltungskartei und eine mit dem, was man so hört. Die Verwaltungskartei ist praktisch komplett, die andere nicht so sehr.«

»Was hört man denn so?«
»Wenn die Leute in dunkle Geschichten verwickelt sind.

Schließlich muß man wissen, woran man ist. Das ist hier ein Dschungel.«

»Ich muß alles über Ana Briongos wissen.«

»Das kann ich Ihnen ohne Kartei sagen. Sie ist eine Rote, macht aber hier keinen Ärger mehr. Seit Monaten nicht. Seit fast einem Jahr sieht man sie kaum noch. Ich habe gehört, sie sei verlobt.«

»Wo wohnt sie, wer sind ihre Freunde, wie sind die Familienverhältnisse? Sagen Sie mir alles, was Sie darüber wissen.«

»Ich will mal nachsehen.«

Ein kleines Schränkchen, das nach Hausapotheke aussah, enthielt mehrere Kartons voller Karteikarten. Vila wühlte darin herum, zog schließlich drei oder vier Kärtchen heraus und hielt sie weit von sich weg, um sie besser lesen zu können.

»Ohne Brille sehe ich gar nichts.«

Die Adressen von Ana Briongos und ihren Eltern. Sechs Geschwister. Die Familie stammt aus Granada, der älteste Sohn ist dort geboren, die anderen irgendwo in Barcelona, wo die Zugewanderten wohnen, der Jüngste in San Magín. Der Vater ist Platzanweiser in einem Kino in La Bordeta. Die Mutter Putzfrau in demselben Kino. Der Älteste ist verheiratet, arbeitet in einer Pfeifenfabrik in Vic. Dann kommt Ana, dann Pedro Larios.

»Warum heißt er nicht Briongos, sondern Larios?«

»Er ist kein richtiger Bruder. Mehr kann ich Ihnen nicht sagen. Ein Mädchen arbeitet als Friseuse in San Magín. Die beiden Kleinen gehen zur Schule.«

Die Karteikarte von Ana enthielt eine lange Liste politischer Aktivitäten, bei Pedro Larios Briongos stand ein Hinweis auf einen Motorraddiebstahl mit vierzehn Jahren.

»Was wissen Sie noch über diesen Jungen?«

»Das ist keine Kriminalkartei. Ich schreibe hier nur auf, was ich so höre.«

Carvalho notierte sich einige Daten.

»Absolute Diskretion!«

»Keine Sorge. Haben sie etwas ausgefressen?«

»Ich glaube nicht. Reine Routine.«

»Es ist mir unangenehm, die Leute zu kontrollieren. Aber heute ist diese Kontrolle nötiger denn je. Das mit der Freiheit ist ja schön, aber es muß eine verantwortliche und vor allem überwachte Freiheit sein. Hat es etwas mit dem Mieter zu tun, nach dem Sie mich neulich gefragt haben?«

»Wahrscheinlich.«

»Ich lehne jede Verantwortung ab. Es war ein direkter Befehl von Señor Stuart Pedrell, er ruhe in Frieden. Ich muß mit Señor Viladecans darüber sprechen.«

»Im Moment bitte nicht. Ich muß ihn selbst informieren.«

»Wie Sie wollen. Trinken Sie ein Gläschen?«

»Was bieten Sie mir an?«

»Was Sie wollen. Calisay, Magenbitter, Cognac, Anis, Aromas de Montserrat.«

Er trank ein Glas Aromas de Montserrat und sah sich die traurige Geschichte von der Frau eines mexikanischen Gutsbesitzers an, die von ihrem Mann verlassen wurde, weil ihm seine Pferde wichtiger waren.

»Opa, was ist ein *xarro*?«

»Ein Cowboy mit einer Pistole.«

»Ein Cowboy aus dem Wilden Westen?«

»Nein, aus Mexiko. Sie wollen alles wissen in diesem Alter, und man weiß nicht immer eine Antwort auf ihre Fragen.«

»Fast nie.«

»Das ist wahr, was Sie da sagen, sehr wahr.«

»Wie ich höre, hat die Familie Briongos es nicht gern gesehen, daß ihre Tochter in politische Auseinandersetzungen verwickelt war?«

»Stimmt. Weiß der Himmel, warum das Mädchen so geworden ist. Seit sie laufen kann, macht sie Ärger. Schon zu Francos Zeiten, man sollte es nicht glauben. Und sie hat Schläge gekriegt, weil sie sie gesucht hat. Eines Tages diskutierte ich mit ihr, als es um die hirnrissige Forderung nach einer Ambulanzklinik ging. Sie sagte, ich sei früher Faschist gewesen. Gar nichts war ich. Ich habe im Bürgerkrieg ein paar Schüsse abgegeben, für die Roten, weil mich der Krieg eben auf dieser Seite erwischt hat, aus keinem anderen Grund. Ich sagte zu ihr, sie sei streitsüchtig, und die Menschen würden sich nur miteinander verstehen, wenn man redet, nicht wenn man schreit. Und da sagt sie mir doch tatsächlich, ich sei ein Faschist. Von Franco habe ich nicht profitiert. Was heißt nicht. Er hat mir Ruhe und Arbeit gegeben. Man kann viel gegen Franco sagen, aber zu seiner Zeit hätte es so etwas nicht gegeben. Keiner will mehr arbeiten. Jeder, der gerade aus dem Süden, aus Almería oder sonstwoher gekommen ist, glaubt, er brauche sich nur zu bücken und ein Stück Papier aufzusammeln, und schon hat er tausend Pesetas verdient. Hören Sie, ich bin auch nicht für die Diktatur, aber das hier ist das reinste Chaos, und wenn wir so weitermachen, gibt es eine Katastrophe. Ich habe wie ein Tier gearbeitet, um im Alter meine Ruhe zu haben. Keiner hat mir etwas geschenkt. Meine Kinder sind verheiratet und haben eine gute Arbeit. Gesundheit. Ein bißchen Geld für die Zeit, wenn ich nicht mehr arbeiten kann. Was will ich mehr? Also was kümmern mich die paar Idioten, die den Mond vom Himmel holen wollen? Nein. Die Eltern sind nicht so. Anständige Leute. Fleißig. Ich habe mit dem alten Briongos geredet und gesagt, er soll seiner Tochter Gehorsam beibringen. Mal fordert sie eine Ambulanzklinik, ein andermal sollen Schulen gebaut und die Straßen asphaltiert werden. Kinder, Kinder, hört mir auf! Auch wenn ich noch soviel Geld hätte. Außerdem habe ich hier nichts zusagen. Zum Glück verhält sie sich seit Monaten ruhig. Man sieht, daß die Verlobung ihr gutgetan hat. Ich sage immer: Gott schütze uns vor unbefriedigten Weibern!«

Er zwinkerte Carvalho zu, als wollte er sich für sein anzügliches Wort entschuldigen, hob die Ellbogen wie Flügel, mit denen er zum Flug ansetzen wollte, und sein Lachen klang mehr wie ein Niesen. Das störte die Enkel, und sie schimpften, weil sie der traurigen Geschichte nicht richtig folgen konnten, der

Geschichte von der schönen Mexikanerin, die wegen ein paar Pferden verlassen wurde.

Señor Briongos roch nach Omelette, und die Ölspuren, die er mit einem Taschentuchzipfel von seinem Kinn zu wischen versuchte, stammten ebenfalls von einem Omelette. Er sah aus wie ein verarmter Croupier von einem Mississippidampfer, der mindestens ein Magengeschwür hat. Ausgelaugt, kahlköpfig, dieselben großen Augen wie seine Tochter. Er sprach mit weit ausholenden Gesten, als würde er Carvalho in einem riesigen Schloß empfangen und seiner Familie und der Dienerschaft befehlen, sich auf ihre Gemächer zurückzuziehen. Das Zimmer war dasselbe wie das Wohn- und Eßzimmer von Porqueres mit der karierten Couchgarnitur. Es blieb kaum Platz zwischen dem gigantischen Fernseher mit Zimmerantenne, dem neoklassischen, schwülstigen Eßtisch, den Stühlen, der Büffetvitrine und den zwei großen grünen Kunstledersesseln, in denen zwei Jungen und ein Mädchen saßen, das die Finger der einen Hand in eine Dose steckte.

»Macht den Fernseher aus und geht in euer Zimmer. Ich habe mit diesem Señor zu sprechen.«

Der drohende Blick des Vaters erstickte jeden Protest der Kinder im Keim. Die mexikanische Schönheit hatte beschlossen, reiten zu lernen, um so ihren Mann, den *xarro*, begleiten zu können. Die dicke Frau des Hauses begann das schmutzige Geschirr vom Tisch zu räumen, ihr Haar war stümperhaft mit platinblonden und braunen Strähnen eingefärbt.

»Ist das Mädchen wieder in Schwierigkeiten? Ich muß Ihnen gleich sagen, ich habe nichts damit zu tun. Sie lebt ihr Leben und ich das meine.«

»Ach Gott, ach Gott«, klagte die Frau, ohne ihre Arbeit zu unterbrechen.

»Diese Tochter hat uns nur Kummer und nie Freude bereitet. Es liegt nicht daran, daß wir ihr nicht den rechten Weg gezeigt hätten. Was kann man denn mehr verlangen von Eltern, die so viele Kinder haben und beide arbeiten müssen?«

»Zu viele Bücher und schlechte Gesellschaft«, schrie die Frau aus der Küche herüber.

»Lesen ist nichts Schlechtes, es kommt darauf an, was man liest. Aber mit der schlechten Gesellschaft hat sie recht. Los, was hat sie getan, sagen Sie es schon! Ich bin auf das Schlimmste gefaßt.«

»Keine Bange, sie hat nichts angestellt. Ich wollte nicht direkt über sie sprechen, sondern über einen Freund von ihr, mit dem sie letztes Jahr zusammen war.«

»Sie hat jede Menge Freunde gehabt, so viele, daß ich rot werde vor Scham. Ich weiß nicht, wofür ich mich mehr schäme, daß sie sich dauernd in politische Streitereien einläßt, oder daß sie mit jedem ins Bett geht, der ihr gefällt, seit sie herausgefunden hat, daß das Ding da nicht bloß zum Pissen gut ist. Verzeihen Sie, aber meine Tochter bringt mich noch zur Verzweiflung.«

»Er war schon älter. Ein Mann namens Antonio Porqueres.«

»Ach so, der Musiker! Er fragt nach dem Musiker, Amparo!«

»Ach so, der Musiker!« schrie Amparo aus der Küche.

»War er Musiker?«

»Wir nannten ihn so, weil er eines Tages hier auftauchte und die ganze Zeit von Musik quatschte. Ich hatte mir eine Platte von Marcos Redondo gekauft, er sah sie und fing an, von Musik zu reden. Als er ging, war der Teufel los. Sole, das Mädchen, das vorher hier saß, ist ein großer Witzbold. Sie fing an, alles durch den Kakao zu ziehen, was er gesagt hatte. Wir haben uns bepißt vor Lachen, bepißt! Das war ein komischer Vogel! Sie brachte ihn mit, weil sich ihre Mutter nicht mehr aus dem Haus traute, denn das ganze Viertel fragte: ›Hat sie jetzt einen festen Verlobten?‹ und sie hatte ihn noch nie nach Hause mitgebracht. Ich bin zur Bushaltestelle gegangen und habe ihr die Meinung gesagt: Bring den Mann wenigstens einmal mit zu uns, wenn es auch nur deiner Mutter zuliebe ist! Und eines Tages brachte sie ihn mit. Dann verschwand er und hinterließ ihr das, was er ihr nun hinterlassen hat.«

»Wissen Sie denn, was er ihr hinterlassen hat?«
»Ich hab ja Augen im Kopf.«
»Ach Gott, ach Gott!« jammerte Amparo in der Küche.
»Ich bin noch einmal zur Bushaltestelle gegangen und habe ihr die Meinung gesagt: Du mußt jetzt allein zurechtkommen. Ich will nichts damit zu tun haben. Mit Pedrito habe ich schon genug durchgemacht.«
»Wer ist Pedrito?«
»Mein Sohn. Es ist eine lange Geschichte. Als Ana schon geboren war, ging ich eine Zeitlang auf Montage nach Valencia. Meine Familie blieb zu Hause und dann, Sie wissen schon, wie das eben so geht.«
»Der Señor muß überhaupt nicht wissen, wie das so geht. Es gibt auch Männer, die wissen, was ihre Pflicht ist.«
»Halt den Mund und kümmere dich um deine eigenen Sachen. Also, ich hatte ein Verhältnis mit einem Mädchen dort, und sie starb mir nichts, dir nichts, im Kindbett. Das ganze Dorf war gegen mich, und ich mußte das Kind mitnehmen. Dabei war sie mit allen Männern dort im Bett gewesen. Ich kam also nach Hause mit dem Jungen, und Amparo – sie ist eine Heilige! – hat ihn aufgenommen. Eine Schande, daß er so ein Nichtsnutz geworden ist. Schlechter Samen. Weiß der Himmel, wer sein Vater ist, von mir ist er nicht, das sehe ich immer deutlicher. Aber lachen Sie nur über das mit dem Samen. Ana ist ganz bestimmt von mir, und Sie sehen ja, was aus ihr geworden ist! Weder Ana noch Pedro haben jemals Gehorsam gelernt. Nicht, daß es an Schlägen gefehlt hätte! Schließlich haben wir Pedrito ins Erziehungsheim gegeben. Amparo wollte es so, es ging einfach nicht mehr mit ihm. Wir konnten nicht mehr. Er ist sofort ausgerissen. Wir haben ihn wieder hingebracht. Er ist wieder ausgerissen. Und so geht es bis heute.«
»Wohnt er bei Ihnen?«
»Nein!« schrie die Frau aus der Küche mit schneidender Stimme. »Das kommt nicht in Frage, solange ich da bin.«

»Er ist nicht wirklich böse, er hat keine schlechten Gefühle, der Junge.«

»Er hat überhaupt keine Gefühle, weder gute noch schlechte.«

»Übertreib nicht.«

»Ich will nichts mehr von diesem Bastard hören, sonst sehe ich rot, das weißt du!« Sie stand drohend in der Tür, als wollte sie sich gleich auf sie fallen lassen und sie erdrücken.

»Kann ich mit Ihrem Sohn sprechen?«

»Wieso?«

»Wieso?« wiederholte die Frau, die jetzt resolut im Zimmer stand.

»Vielleicht hatte er ein anderes Verhältnis zu diesem Mann.«

»Er hatte gar kein Verhältnis zu ihm. Er hat ihn nicht einmal gesehen, als er hier war.«

»Fragen Sie Ana, die sagt Ihnen das gleiche.«

»Fragen Sie Ana.«

Ihr habt Angst. Ich weiß nicht, ob es diese Angst vor allem Unbekannten ist, die jeder hat, der sich sein Leben lang durchschlagen mußte. Jedenfalls habt ihr Angst.

»Pedro hat mit keinem von uns Kontakt.«

»Mit keinem.«

»Wir haben ihn seit Monaten nicht gesehen. Ich könnte Ihnen nicht mal sagen, wo er wohnt.«

»Er lebt sein eigenes Leben. In dieser Familie lebt jeder sein eigenes Leben, nur wir nicht. Wir hängen noch an den anderen. Stimmt's, Amparo?«

Die Frau ging mit finsterem Blick in die Küche, und er erhob sich. Das Gespräch war beendet. Carvalho gab ihm ein paar Telefonnummern.

»Wenn Ihr Sohn hier auftauchen sollte, sagen Sie ihm bitte, daß ich ihn sprechen möchte.«

»Der kommt sowieso nicht. Da bin ich fast hundertprozentig sicher.«

Er begleitete ihn zur Tür.

»Man glaubt, man hat das Beste für seine Kinder getan, und dann gibt es zwei Möglichkeiten: Entweder sie danken es einem nicht, oder man hat etwas falsch gemacht. Ich bin schon mit der Tochter nicht fertig geworden. Was sollte ich mit dem Sohn machen? Er ist ein Rebell. Wenn ich ihm ein paar klebte, schaute er mich nur trotzig an. Ich klebte ihm noch ein paar, und er schaute immer noch trotzig. Mit Amparo war er noch schlimmer. Eines Tages warf er ein eingeschaltetes Bügeleisen nach ihr, dieser Bastard! Ihn ins Heim zu stecken war vielleicht nicht das richtige. Aber was sollten wir denn tun? Aus dem Heim sind sehr ordentliche Männer hervorgegangen. Er hatte dort vielleicht eine Chance, sich zu bessern und später mal eine Familie zu gründen. Es stimmt nämlich nicht, daß er im Innern böse ist. Im Grunde liebt er uns. Als ich ihn das letzte Mal rausgeworfen hatte, kam er heimlich her und brachte den Kleinen Bonbons. Vielleicht wird doch noch etwas aus ihm.«

Wenn er das Glück hat, daß sein Sohn seinem Blick nicht trotzig standhält, wenn er ihn schlägt.

»In seinem und in Ihrem eigenen Interesse, bestellen Sie ihm, daß er sich bei mir melden soll!«

»Was soll das heißen?«

»Finden Sie ihn!«

Bromuro, der Schuhputzer, versuchte lustlos, mit einem Zahnstocher die Kalamaresstücke zu harpunieren, die in einer bräunlichen dünnen Brühe schwammen. Alle Haut seines verbrauchten Gesichts hing schlapp herab, und er bot seine von Altersflecken und Mitessern übersäte Glatze den trotteligen Blicken des Kellners, der über den Tresen hinweg beobachtete, wie oft Bromuros Zahnstocher sein Ziel verfehlte.

»Du fängst nichts ...«

»Was soll ich denn auch fangen? Ist doch nichts drin außer Wasser. Ich weiß gar nicht, wieso ihr das Kalamares in Soße nennt. Das ist das Mittelmeer mit ein bißchen Tomatensoße.

Nicht mal das Essen macht mehr Spaß. Gib mir noch ein Glas Wein. Damit wenigstens der Suff funktioniert. Aber vom richtigen, nicht vom gepanschten!«

Carvalho streifte Bromuros Schulter.

»Pepiño, Mensch! Eine Katastrophe, wie du in letzter Zeit rumläufst. Schau dir mal deine Schuhe an! Soll ich sie dir ...?«

»Iß erst mal deine *tapa* auf.«

»Ach was, *tapa*! Das ist so was wie der Untergang der Titanic. Noch nie hab ich soviel Soße für so wenig Kalamares gesehen. Junge, bring uns die ganze Flasche und zwei Gläser in die Ecke dort!«

Carvalho nahm Platz, und Bromuro beugte sich über seine Schuhe.

»Ich wollte mit dir sprechen.«

»Schieß los!«

« Bist du über Messerstecher auf dem laufenden?«

»Aber immer! Hier im Viertel kenn ich alle Banden, und das will was heißen, denn es gibt jeden Tag neue. Jeder, der ein bißchen Mumm hat, macht sich heute selbstständig.«

»In den Vorstädten? La Trinidad, San Magín, San Ildefonso, Hospitalet, Santa Coloma ...«

»Hör schon auf! Es gibt keinen, der da den Überblick hat. Du bist nicht auf der Höhe der Zeit, Pepiño! Dies Regionen haben heute alle Autonomie. Es ist nicht mehr wie früher, wo man alles erfuhr, was in Barcelona passierte, hier auf dieser Meile, wo ich mich bewege. Die Zeiten sind vorbei. Für mich ist einer aus Santa Coloma ein Ausländer. Ist das deutlich genug ausgedrückt?«

»Und du hast keine Möglichkeit, was rauszukriegen?«

»Keine, gar keine. Wenn es um Taschendiebe oder typische Gangster vom alten Schlag geht, von damals, aus meiner oder deiner Zeit, kriege ich jede Information. Aber nicht, wenn es um Messerstecher geht. Die sind ganz eigen, arbeiten auf eigene Faust, haben ihre eigenen Gesetze. Die sind jung, und du weißt ja, wie sie ist, die Jugend von heute. Eigenbrötler. Fehlt nur noch, daß sie Kinostars werden. Aus dem Kino, das sage ich dir, die sind wie aus dem Kino!«

»Was hast du da?«

»Einen Anstecker gegen Atomkraft.«

»Was, in deinem Alter mischt du dich noch in die Politik ein?«

»Ich war einer der ersten mit diesen Sachen. Die vergiften uns! Wir atmen und essen Scheiße. Das Gesündeste ist das, was wir scheißen, denn unser Körper behält das Schlechte bei sich und scheidet das Gute aus. Sollen sie ruhig über mich lachen und mich Bromuro nennen, weil ich seit vierzig Jahren predige: Die schütten Brom ins Brot und ins Wasser, damit wir keinen Ständer kriegen, damit wir nicht anfangen, wie verrückt herumzuvögeln!«

»Und was hat das mit Atomkraftwerken zu tun?«

»Also, das ist ein und dasselbe. Jetzt wollen sie uns den Arsch aufreißen, aber im großen Stil, ein ganzes Volk ausrotten. Ich lasse keine Demonstration aus.«

»Du bist ein Öko!«

»Ökoscheiße. Trink Wein, Pepe, und mach dich nicht über mich lustig, ich gehe bald über den Jordan. Mir geht's verdammt schlecht, Pepiño. Am einen Tag tut mir die eine Niere weh, am nächsten die andere. Da, faß mal an! Spürst du nicht eine Beule? Ich weiß Bescheid, weil ich mich genau untersuche. Ich bin ein Tier und mache es wie die Tiere. Was macht eine Katze, wenn sie krank ist? Geht sie zur Sozialklinik? Neee. Sie geht auf den Balkon und frißt eine Geranie. Was macht ein Hund? Wir sollten uns ein Beispiel an den Tieren nehmen! Also, ich untersuche mich, und das da ist vor zwei Wochen angeschwollen. Wetten, du weißt nicht, wieso?«

»Nein.«

»Weil ich wochenlang von Herzmuscheln aus der Dose gelebt habe. Ein Schwager von mir ist Geschäftsführer in einer Konservenfabrik in Vigo, und der schickt mir ab und zu ein Paket mit Büchsen. Ich war knapp bei Kasse und hab mir gesagt: Bromuro, jetzt werden die Büchsen aufgegessen; diese Meerestiere, das gibt Kraft. Und dann habe ich diese Büchsen gegessen, bis ich diese Beule entdeckte. Die Sache ist ganz klar. Ich hab nur Brot mit Tomate und diese Büchsenmuscheln gegessen. Brot und Tomate esse ich schon immer und hab noch nie 'ne Beule bekommen. Also, sag selbst: woher kommt sie?«

»Von den Herzmuscheln.«

»Du sagst es.«

»Bromuro, du läßt mich hängen. Ich dachte, du hilfst mir mit den Messerstechern.«

»Ich bin wieder an allem schuld! Diese Stadt ist nicht mehr das, was sie mal war. Früher war eine Nutte eine Nutte und ein Gauner ein Gauner. Heute gibt's Nutten an allen Ecken, und jeder ist ein Gauner. Eines Tages erzählt mir noch einer, du hättest ein Schinkengeschäft in die Luft gejagt, und ich glaub's! Das Böse kennt keine Gesetze mehr, keine Ordnung, keine Organisation. Früher unterhielt man sich mit ein paar Typen, dann wußte man Bescheid. Heute geht das nicht mal, wenn man mit hundert spricht. Erinnerst du dich an meinen Freund, den hübschen Zuhälter, den *Goldenen Hammer*? Neulich haben sie ihn zu Tode geprügelt. Wer? Die Konkurrenz? Die aus Marseille? Nee. Ein paar aus Guinea haben sich zusammengetan, und die wollen Krieg. Das hätte es früher nicht gegeben. Da hatte man noch mehr Respekt. Wir sind ein schlimmes Volk. Alle verrückt. Wir brauchen eine harte Hand. Männer wie Muñoz Grandes müßten her, mein General bei der Blauen Division. Das war einer, der sich Respekt zu verschaffen wußte. Und anständig! Paquito hat seiner Witwe ein gutes Polster hinterlassen, aber Muñoz Grandes verließ diese Welt so, wie er sie betreten hatte. Wieso interessierst du dich für Messerstecher?«

»Weil sie einen mit ihren Messern erstochen haben. Den Mann einer Klientin.«

»Also, da seh ich Probleme auf dich zukommen. Ein Mord mit dem Messer ist viel schwerer aufzuklären als einer mit der Pistole. Wer hat schon kein Messer!«

Es ist ein kalter Tod. Du siehst die Augen des Todes. Sie kommen her zu dir, bleiben stehen, und schon hast du den Tod in dir drin, der sich eiskalt in dein Fleisch bohrt. Carvalho berührte das Springmesser, das er stets in der Tasche trug, ein Tier, das zeitlebens den Tod zwischen den Zähnen hält, bis es ihn plötzlich mit seiner ganzen aufgestauten Wut losläßt.

»Paß auf mit den Messerstechern, Carvalho! Die sind alle verrückt und jung ... Sie haben nichts zu verlieren ...«

»Ich werde es beherzigen. Da, nimm! Laß die Herzmuscheln sein und kauf dir ein Steak!«

»Ein Tausender für nichts! Nein, Pepe, das will ich nicht.«

»Du beschaffst mir ein andermal wieder Informationen.«

»Außerdem vertrage ich kein Fleisch, mein Magen ist kaputt, und Fleisch füllt ihn mir mit Hormonen und Wasser. Man kann nicht mal mehr atmen. Ich kaufe mir zwei Flaschen Wein davon, vom guten, von dem, den du auch trinkst. Das gibt Kraft und bringt die Bakterien um.«

»Viel Glück bei deinem Kampf für eine Welt ohne Atomkraft!«

»Vom Glück ist nichts in Sicht. Alles wird nuklear, sogar die Fieberzäpfchen. Und sie werden uns die ganzen nuklearen Zäpfchen in den Hintern stecken. Hast du die Politiker gesehen? Die schlucken alles. Alle sagen ja zu den Atomkraftwerken. Aber ja doch! Sie sollen mit Zustimmung des Volkes gebaut werden, die Demokratie-Orgie darf nicht gestört werden. Ein Muñoz Grandes muß her. Sogar ein Franco, das sage ich!«

»Es war Franco, der die ersten Atomkraftwerke gebaut hat.«

»Weil Muñoz Grandes tot war. Warum sonst?«

Er telefonierte mit Biscuter, um ihm mitzuteilen, daß er direkt nach Vallvidrera fahren wollte, und erwischte dann, nach langer telefonischer Verfolgung, Viladecans endlich im Büro von Planas.

»Ich möchte noch einmal mit dem Polizisten reden, den Sie mir geschickt haben.«

»Nutzen Sie diesen Kontakt nicht zu oft!«

»Es ist nicht zu oft. Ich muß ihn unbedingt sprechen.«

»Mal sehen, was ich tun kann. Seien Sie morgen zwischen zehn und elf Uhr in Ihrem Büro. Wenn ich ihn erreiche, schicke ich ihn um diese Zeit zu Ihnen. Warten Sie, Señor Planas will Ihnen noch etwas sagen.«

»Carvalho, hier Planas. War es unbedingt nötig, den ganzen Hühnerstall in San Magín aufzuscheuchen?«

»Sie haben ja sehr zuverlässige Mitarbeiter. Niemand hat mir verboten, in San Magín Nachforschungen anzustellen.«

»Im Moment wäre jede Beziehung zwischen Stuart Pedrells Tod und unseren Geschäften sehr nachteilig für uns. Ich möchte persönlich mit Ihnen darüber sprechen. Paßt es Ihnen morgen? Wir könnten zusammen essen. Um zwei Uhr im *Oca Gourmet*.«

Yes war über den Gartenzaun gesprungen. Sie saß auf der Treppe und zog Bleda spielerisch an den Ohren.

»Zieh sie nicht an den Ohren! Sie sind sehr empfindlich, und ich will nicht, daß sie geknickt werden und schlapp nach unten hängen«, sagte Carvalho, bevor er die Tür öffnete. Bleda setzte mit ihrer Zunge die Arbeit des Schuhputzers Bromuro fort und wollte dann mit den Hosenbeinen weitermachen, aber Carvalho hob sie hoch, hielt sie in Augenhöhe und fragte sie, was sie den ganzen Tag getrieben habe. Das Tier dachte mit hängender Zunge über die Antwort nach.

»Ich bin auch noch da.«

»Ich hab dich schon gesehen.«

»Schau mal, was ich zum Essen mitgebracht habe.«

»Das kann ja schrecklich werden. Was hast du gekocht? Eine Vichysoise mit Kokain?«

Yes hielt ihm einen Bastkorb hin, als wäre er ein Köder.

»Es sind wunderbare Sachen darin. Vier Sorten Käse, die du bestimmt noch nie probiert hast, Hühnerleberpâté von einer alten Frau aus Vic, die du auch nicht kennst, und Wildschweinwurst aus dem Tal von Arán.«

»Wo hast du das alles her?«

»Jemand hatte mir neulich von einer Fromagerie in der Calle Muntaner erzählt. Hier habe ich dir die Adresse aufgeschrieben.«

Carvalho schien den gastronomischen Teil des Abends zu billigen und ließ das Mädchen eintreten.

»Ich hab dir sogar ein Buch zum Verbrennen mitgebracht. Ich weiß nicht, ob es dir gefällt.«

»Mir ist jedes Buch recht.«

»Es ist das Lieblingsbuch meiner Mutter.«

»Soll es brennen!«

»Es heißt *Die Ballade vom traurigen Café*.«

»Das alles soll brennen, die Ballade, das Café und die Traurigkeit, und sogar der Bucklige, der darin vorkommt.«

»Hast du es gelesen?«

»Als du noch gar nicht auf der Welt warst. Los, zerreiß es!«

Als Carvalho mit einem Arm voll Feuerholz zurückkam, stand Yes vor dem Kamin und las in dem Buch.

»Ein schönes Buch. Es ist zu schade zum Verbrennen.«

»Wenn du mal so alt bist wie ich, wirst du mir dankbar sein, daß du ein Buch weniger gelesen hast, und vor allem das da. Das stammt von einer armen, unglücklichen Frau, die nicht einmal mit Schreiben überleben konnte.

»Gnade!«

»Nein. Auf den Scheiterhaufen damit!«

»Ich tausche es gegen eins von deinen Büchern, gegen das, was du am meisten haßt. Ich tausche es gegen zwei, nein drei. Ich verspreche dir, ich bringe dir von zu Hause zehn Bücher mit, die du verbrennen kannst.«

»Mach doch, was du willst!«

»Nein, nein, ich zerreiß es.«

Sie tat es und warf die toten Seiten auf die alte Asche. Carvalho entfachte das Kaminfeuer, und als er sich umdrehte, entdeckte er, daß Yes den Tisch gedeckt hatte.

»Fehlt nur noch das Kokain.«

»Das kommt später. Es wirkt viel besser nach dem Essen.«
Carvalho holte eine Flasche roten Peñafiel.

»Erkläre mir, was es mit der Wildschweinwurst auf sich hat.«

»Der im Laden hat es mir gesagt. Sie heißt auf katalanisch *xolis de porc senglar*. Sie ist sehr selten und schwer zu bekommen, es war die einzige, die er hatte.«

Cabrales, Schafskäse aus Navarra, Chester und ein Frischkäse aus dem Maestrazgo. Yes freute sich über Carvalhos Lob.

»Wir hatten ein Dienstmädchen, die sagte immer: Wer für eine Sache taugt, taugt zu allem.«

»Dieses Dienstmädchen war dumm.«

»Jetzt, nachdem du gegessen hast und das Raubtier in dir satt ist, will ich dir von meinem Plan erzählen. Wenn du mit deiner Arbeit fertig bist, wenn du sie überhaupt zu Ende führen willst, setzen wir uns ins Auto und fahren weg: Italien, Jugoslawien, Griechenland, Kreta. Die Insel kann im Frühling herrlich sein. Wenn es gut läuft, überqueren wir den Bosporus und fahren weiter in die Türkei, nach Afghanistan...«

»Wie lange?«

»Das ganze Leben.«

»Für dich ist das zu lange.«

»Wir mieten uns irgendwo ein Haus und warten.«

»Warten worauf?«

»Daß etwas geschieht. Und wenn etwas geschieht, reisen wir weiter. Ich möchte ganz gern meinen Bruder in Bali besuchen. Er ist ein guter Junge. Aber wenn du dazu keine Lust hast, fahren wir nicht nach Bali, oder wir fahren hin, ohne ihn zu besuchen.«

»Und wenn wir ihm auf der Straße begegnen?«

»Dann tue ich so, als ob ich ihn nicht kennen würde. ›Yes! Yes!‹ – ›Sie verwechseln mich mit jemand!‹ – ›Bist du nicht meine Schwester Yes?‹ – ›Nein, nein, ich bin die Schwester von niemand.‹«

»Dann behauptet er, daß seine Schwester eine Narbe unter der linken Brust hat und will sofort nachsehen.«

»Das wirst du natürlich nicht zulassen.«
»Und Bleda?«
»Nehmen wir mit.«
»Und Biscuter?«
»Nein! Wie schrecklich! Den lassen wir hier.«
»Und Charo?«
»Wer ist Charo?«
»Praktisch meine Frau. Sie ist eine Nutte, und wir sind seit acht Jahren zusammen. Wir haben an diesem Tisch gegessen und in diesem Bett gevögelt. Erst vor ein paar Tagen.«
»Es war nicht nötig, mir zu sagen, daß sie eine Prostituierte ist.«
»Es stimmt aber.«
Yes erhob sich abrupt, so daß der Stuhl hinter ihr umkippte. Sie ging in Carvalhos Schlafzimmer und schloß sich ein. Der Detektiv ging zum Plattenspieler und legte *Himno de Riego* auf. Die Flammen versuchten vergeblich, den Kamin hinauf zu entfliehen. Carvalho lehnte sich im Sofa zurück und schaute ihnen zu. Nach einiger Zeit legten sich die Hände von Yes auf seine Augen.
»Warum wirfst du mich immer hinaus?«
»Weil du gehen mußt, je schneller, desto besser.«
»Warum muß ich gehen? Warum je schneller, desto besser? Ich will doch nur mit dir zusammen sein.«
»Du willst ein Leben lang unterwegs sein mit mir.«
»Ein Leben lang, das kann eine Woche sein, zwei Jahre, fünf Jahre. Wovor hast du eigentlich Angst?«
Er erhob sich, um *Himno de Riego* noch einmal aufzulegen.
»Diese Musik ist sehr passend.«
»Es ist die passendste, die ich habe.«
Er entkleidete sie Stück für Stück und drang in sie ein, als wolle er sie auf den Teppich nageln. Sie umschlang ihn zärtlich. Ihre vom Feuerschein geröteten Körper ermatteten in der Hitze und Feuchtigkeit, und als sie sich voneinander lösten, war jeder wieder allein mit der Zimmerdecke und seiner Sehnsucht.

»Ich hatte schon immer große Angst davor, zum Sklaven meiner Gefühle zu werden, weil ich genau weiß, daß ich soweit kommen könnte. Ich bin nichts für Experimente, Yes. Du mußt dein eigenes Leben leben.«

»Was für ein Leben hast du für mich ausgesucht? Muß ich einen Erben heiraten, einen reichen natürlich? Kinder kriegen? Den Sommer in Lliteras verbringen? Ein Liebhaber? Zwei? Hundert? Warum kann ich mein Leben nicht mit dir zusammen verbringen? Wir müssen ja nicht unbedingt reisen. Wir könnten immer hierbleiben. In diesem Zimmer.«

»Als ich vierzig wurde, dachte ich darüber nach, was mir noch bevorsteht: Meine Schulden abzahlen und die Toten begraben. Ich habe dieses Haus abgezahlt und meine Toten begraben. Du kannst dir nicht vorstellen, wie müde ich bin. Jetzt muß ich entdecken, daß ich keine größeren Schulden mehr machen kann. Ich könnte sie nicht mehr zurückzahlen. Der einzige Tote, den ich noch begraben muß, bin ich selbst. Ich habe kein Interesse daran, eine *amour fou* mit einem Mädchen zu leben, die zwischen Liebe und Kokain keinen Unterschied macht. Für dich ist das wie Kokain. Schlaf heute nacht hier. Morgen früh gehst du, und wir werden uns nie mehr wiedersehen.«

Yes erhob sich. Vom Boden aus sah Carvalho die exakten Linien und Rundungen ihres Körpers und die sanfte Feuchtigkeit ihres Geschlechts, an dem ein gefräßiges Tier geleckt hatte. Ihre planetarischen Hinterbacken entfernten sich zur Tür. Einen Moment lang wandte sie sich um und strich ihr Haar hinters Ohr zurück. Dann betrat sie das Schlafzimmer und machte die Tür hinter sich zu. Carvalho wartete ein wenig, dann ging er ihr nach und fand sie, wie sie gerade eine Prise Kokain schnupfte. Sie lächelte ihm zu aus den Tiefen eines weißen Traums.

»Können Sie mich nicht endlich mit dieser Sache in Ruhe lassen? Ich hatte Ihnen doch gesagt, daß ich mich nicht exponieren möchte.«

»Ich muß unbedingt mit Ihnen sprechen.«

»Ich bin doch nicht Ihr Diener! Das habe ich auch schon Viladecans gesagt Er hat mir einmal einen Gefallen getan, und ich habe mich dafür revanchiert. Ein Polizist ist kein Diener.«

Er ging nervös in Carvalhos Büro auf und ab.

»Es wäre mir sehr unangenehm, wenn einer meiner Kollegen erfahren würde, daß ich mit einem Hosenschlitz-Schnüffler zu tun habe. Ich will Sie nicht beleidigen, aber so nennen wir Leute aus Ihrer Branche.«

»Ich weiß, ich weiß. Also, ganz kurz: Ich nehme an, daß Sie bei der Untersuchung der Umstände von Stuart Pedrells Tod als erstes die *navajeros*, die Messerstecherbanden, unter die Lupe genommen haben.«

»Wir haben getan, was wir konnten. Es heißt, daß in dieser Stadt auf jeden Einwohner eine Ratte kommt. Genauso kommt auf jeden Einwohner ein *navajero*. Wir haben ein paar Banden registriert, aber jeden Tag entstehen neue.«

»Haben Sie keinen Tip aus der Szene bekommen?«

»Wir haben den Hinweis bekommen, daß keine der bekannten Banden mit seinem Tod zu tun hat. Das brachte uns natürlich nicht viel weiter. Ich sage Ihnen doch, es gibt jeden Tag neue Banden. Man macht es ihnen ja leicht. Wissen Sie, daß der Richter, der darüber entscheidet, ob jemand gemeingefährlich ist, ein Roter ist? Sobald wir sie zu ihm schicken, läßt er sie laufen. Er nimmt sie nicht mal unter die Lupe. Dieser Job kotzt mich mit jedem Tag mehr an. Jetzt darf nur noch in Anwesenheit eines Anwalts verhört werden. Wie wollen Sie aus einem Gauner überhaupt etwas herausbekommen, ohne ihm ein paar Ohrfeigen zu verpassen? Die da oben, die die Gesetze machen, sollten mal mit diesem Pack zu tun haben. Immerhin haben die Anwälte mehr Angst als Pflichtgefühl und lassen sich bei uns kaum blicken.«

Seine Stimmung hatte sich gehoben, und er war etwas ruhiger geworden. Hinter der Sonnenbrille blickten seine Augen hämisch auf Carvalho: »Sie wollen doch nicht etwa, daß ich den Fall für Sie aufkläre? Jetzt sind Sie dran!«

»Haben Sie alle Stadtteile unter die Lupe genommen?«

»Vor allem La Trinidad und Umgebung. Dann mobilisierten wir überall unsere Gewährsleute. Es war schwierig, der Sache auf den Grund zu gehen, gegen den Druck der Familie. Wir durften zum Beispiel das Foto von Stuart Pedrell nicht veröffentlichen. Viladecans hat da oben einen langen Arm. Es ist alles nicht mehr das, was es einmal war. Ich sage Ihnen im Vertrauen, ich mache diesen Job nicht mehr lange mit. Aber bevor ich gehe, lege ich noch ein paar Rote um, und dann können sie mich suchen, solange sie wollen. Die schaffen ja eine Gesellschaft von Krüppeln. Sehen Sie her.«

Er zog einen Packen Geldscheine aus der Tasche.

»Vierzigtausend Eier. Ich habe sie immer griffbereit, falls es mich packt. Das reicht, um nach Paris zu fliegen und ein paar Tage auszuhalten, bis ich bei einer Söldnertruppe angemustert habe. Wenn es mich packt, schlage ich zu, und dann auf nach Rhodesien.«

»Rhodesien hat inzwischen eine schwarze Regierung.«

»Rhodesien auch? Alles löst sich auf. Dann gehe ich nach Südafrika, die haben es noch im Griff, dort läuft so etwas nicht.«

»Zu welchen Schlußfolgerungen sind Sie denn im Fall Stuart Pedrell gekommen?«

»Daß es irgendwann herauskommen wird, wer es war. Wenn man es am wenigsten erwartet, fängt man den dicksten Fisch. Man hängt ihm eine ganz große Sache an, und um dich weich zu kriegen, gesteht er ein Ding, das er gedreht hat. Das ist der Moment, wo alles rauskommt. Aber nur mit Gewalt, das versteht sich von selbst. Eines Tages geht der Mörder ins Netz. Systematisch hängen wir ihm das größte unaufgeklärte Verbrechen an. Er wird schwach und rückt mit etwas raus, das plausibel klingt. Man tut sich sozusagen gegenseitig einen Gefallen. Mir gefällt mein Beruf. Ich werde nie etwas anderes behaupten, aber es wird immer schwieriger. Die Roten hassen und fürchten uns. Sie wissen, daß wir das Rückgrat der Gesellschaft sind, und wenn sie uns fertigmachen, dann haben sie das Sagen. Mit dieser Hand hier habe ich einen von diesen Abgeordneten ins Gesicht geschlagen, die heute so wichtig tun. Sie kamen mit dem Auftrag, dem Präsidenten der Diputation ein Schreiben zu übergeben, ohne daß sie eine Genehmigung hatten. Damals lebte der Alte noch. Der Typ wurde frech, und ich scheuerte ihm eine, woran er sich heute noch erinnern wird. Kennen Sie keinen Verleger, der Mumm hat? Ich rede Klartext. Ich habe ein Tagebuch, da steht alles drin, was ich mache, sehe und mitkriege. Wir sind von einer Verschwörung umzingelt. Sie würden vor Schreck umfallen, wenn ich Ihnen die Namen von hohen Tieren aus unserem Lande nennen würde, die beim KGB auf der Gehaltsliste stehen. Eine Bekannte bewahrt das Tagebuch für mich auf, falls mir was zustoßen sollte. Wenn Sie sich trauen, es einem Verleger mit Mumm anzubieten, kriegen Sie eine Kommission.«

»*Fuerza Nueva* hat einen Verlag.

»Die haben sich kaufen lassen. Die Regierung toleriert sie, damit sie die Jugend verdummen. Was machen die schon? Ab und zu eine Versammlung, ein paar Schlägereien, und damit hat sich's doch schon. So halten sie die Jungs dumm und verhindern, daß sie wirklich alles in die Luft jagen. Ich werde es veröffentlichen, wenn ich in Südafrika oder in Chile bin: *Spanien unter roter Herrschaft*. Wie finden Sie den Titel? Das Pseudonym habe ich schon: Boris le Noir. Klingt gut. Von klein auf habe ich mir selbst Comicgeschichten erzählt, und ich war immer Boris le Noir.«

»Ich mache Sie darauf aufmerksam, daß Boris ein russischer Name ist.«

»Es gibt auch Russen, die keine Kommunisten sind. Die große Mehrheit der Russen sind keine Kommunisten. Bei denen herrscht eine eiserne Diktatur. Aus einer faschistischen Diktatur entkommt man, aber aus einer kommunistischen? Nennen Sie mir eine einzige! Ich weiß nicht, wie die Leute so blind sein können! Die werden sich schließlich alles unter den Nagel reißen. Sie fangen damit an, daß sie die Männer kastrieren und die Frauen vermännlichen. Sie dringen überall ein. Es gibt nördlich vom Äquator schon keine männlichen Länder mehr. Passen Sie auf, was ich beobachtet habe: Die Länder, wo Demokratie und Kommunismus alles kaputtmachen, liegen im Norden, die Länder, wo das Individuum noch kämpfen kann und männlich ist, im Süden. Zum Beispiel Chile, Argentinien, Rhodesien, Südafrika, Indonesien. Es stimmt immer. Hören Sie auf mich! Wenn Sie noch den Wunsch haben, im Kampf zu fallen, mit einer Pistole in jeder Hand und den Eiern da, wo sie hingehören, hauen Sie ab und lassen Sie sich bei einer Söldnertruppe anheuern!«

»Denken alle Kollegen so wie Sie?«

»Nein. Die Truppe ist auch schon angefault. Da schießen die Sozialisten in letzter Zeit wie Pilze aus dem Boden. Wo wart ihr denn vor vier Jahren? frage ich sie, und keiner hat eine Antwort. Denen fehlt der Sinn fürs Abenteuer, das sind Bürohengste, verstehen Sie? Aber das Gespräch mit Ihnen hat mich aufgebaut. Ich glaube, ich gehe heute nacht zum Bahnhof, zur *Estación de Francia*. Und was soll ich mit dem Buch machen?«

»Nehmen Sie es mit und ergänzen Sie die eine oder andere Beobachtung über dieses Gebiet.«

»Keine schlechte Idee. Aber wenn ich es verliere? Ich mache eine Fotokopie und lasse sie bei meiner Freundin. Ich will Ihnen einen guten Rat geben: Verbrennen Sie sich nicht die Finger an dem Fall mit diesem Typen. Denken Sie sich irgendeine plausible Erklärung aus, liefern Sie die der Familie und kassieren Sie ab. Die haben nicht das geringste Interesse daran zu erfahren, was wirklich los war. Die wollten den Typ loswerden, das rieche ich. Alle.«

Er ließ seine Zunge von innen gegen die Wange schnalzen, rückte seine Sonnenbrille zurecht und ging.

»Ich weiß nicht, wie Sie so etwas aushalten, Chef. Wie Sie solche Typen überhaupt ertragen können!«

»Er ist ganz in Ordnung. Es wird nicht lange dauern, dann

liegt er da, durchlöchert wie ein Sieb. Der bringt es nie zum Generaldirektor.«

»Er will es ja nicht anders. Jetzt will er Neger umlegen, weil er an die Roten nicht rankommt. Der hat sie nicht alle.«

»Biscuter, ich habe eine Aufgabe für dich, für die nächsten drei Monate.«

»Zu Befehl, Chef.«

»Die chinesische Küche ist die gesündeste von allen. Schmeckt gut und macht nicht dick. Ich möchte, daß du alles tust, um gut chinesisch kochen zu lernen.«

»Soll ich Ratten und Schlangen braten?«

»Nein, die kannst du weglassen. Aber alles andere. Jeden Morgen gehst du ein paar Stunden ins Restaurant *Cathay*. Der Chef dort ist mein Freund, er bringt dir alles Nötige bei.«

»Jetzt, wo ich endlich die Spezialitäten von Rioja im Griff habe!«

»Die chinesische Küche ist die Küche der Zukunft.«

»Danke, Chef, es ist mir eine Ehre und ein Ansporn. Man darf im Leben nicht stillstehen. Seit ich für Sie koche, habe ich bemerkt, daß ich zu etwas nütze bin, und ich will gerne meine Kenntnisse erweitern.«

»Wenn du deine Sache gut machst, kann es durchaus sein, daß ich dir einen Aufenthalt in Paris bezahle, damit du lernst, wie man Saucen macht.«

»Ich lasse Sie hier nicht allein!«

»Wer sagt denn, daß ich allein hierbleiben will? Ich könnte auch nach Paris fahren und mich dort eine Zeitlang niederlassen.«

»Junge, Junge, das wär schon was, Chef, echt korrekt. Ich kann heute nacht bestimmt nicht schlafen, wenn ich daran denke!«

»Schlaf, Biscuter, schlaf ruhig. Was zählt, ist, daß wir einen Plan haben, der unser ganzes Leben ändern könnte.«

»Und Charo?«

»Kommt mit nach Paris.«

»Und der Hund?«

»Sowieso.«

»In eine Stadtwohnung? Wissen Sie, daß der Hund dann viel zu fett wird?«

»Wir mieten ein Häuschen außerhalb, an einem Flußufer, an einer Schleuse, und schauen zu, wie die Kähne vorüberziehen.«

»Wann, Chef, wann?«

»Ich weiß es noch nicht. Aber du bist der erste, der es erfährt!«

»Es stört Sie doch hoffentlich nicht, daß ich mich Ihrer Verabredung angeschlossen habe!«

Der Marqués de Munt trug eine Tweed-Kombination, und unter seinem Kinnbart und Adamsapfel ringelte sich ein wildgewordenes Halstuch. An seiner Seite saß Planas und schwenkte in seinem Glas ein Getränk, das bestimmt keinen Alkohol enthielt.

»Isidro hat mich darum gebeten.«

Planas schaute ihn überrascht an.

»Ein Essen zu zweit artet immer in einen doppelten Monolog aus. Erst die Anwesenheit eines Dritten ermöglicht ein wirkliches Gespräch.«

»Ich dachte, Sie seien heute in Madrid zur Audienz bei einem Minister?«

»Dort war ich schon.«

»So ist er, unser Isidro. Eines Tages hatten wir morgens um neun Uhr vereinbart, uns zum Mittagessen zu treffen. Wir trafen uns, und ich erfuhr, daß er in der Zwischenzeit in London gewesen war.«

»Señor Carvalho, ich will direkt zur Sache kommen.«

»Isidro, Isidro. Man kommt erst beim zweiten Gang zu geschäftlichen Dingen.«

»Ich will aber jetzt sofort zur Sache kommen.«

»Dann warte zumindest, bis wir den Aperitif genommen haben. Schließen Sie sich meinem Vorschlag an? Klar. Wie sagte doch Bertolt Brecht: Erst kommt das Essen, und dann kommt die Moral.«

Carvalho schloß sich nicht nur diesem Vorschlag des Marqués an, sondern auch dem, zum Aperitif einen Weißwein zu nehmen. Zwei Kellner gratulierten Planas zu seiner Ernennung. Er antwortete ihnen mit einem mißmutigen »*Gracias*«, ohne daß sich die finstere Miene aufhellte, mit der er Carvalho empfangen hatte.

»Einen grünen Salat und frischen Fisch *a la plancha.*«

»Isidro, warum bestellst du nicht Salat *a la plancha* und einen grünen Fisch? Du hättest die gleiche Menge Kalorien und würdest unsere visuelle Phantasie nicht so irritieren!«

»Jedem Irren sein Thema.«

»Er ist ein unmöglicher Mensch. Jetzt tut er alles, um sich die Jugendlichkeit seiner Muskulatur und seiner Eingeweide zu erhalten. Haben Sie ihn schon mal nackt gesehen? Ein griechischer Athlet. Jeder Muskel zeichnet sich genau ab. Und seine inneren Organe sind noch viel besser. Seine Leber ist so zart wie die eines jungen Ziegenbocks.«

»Mach dich ruhig lustig. Wer zuletzt lacht, lacht am besten.«

»Was du da sagst, ist kaum amüsant und noch weniger sachdienlich. Ich mit meinen über siebzig Jahren bin noch sehr gut erhalten, und ich habe auf keinen Genuß verzichtet.«

Carvalho bestellte sich eine Scampi-Mousse und Wolfsbarsch mit Fenchel. Der Marqués nahm Schnecken in Burgunder und bestellte dann ebenfalls den Wolfsbarsch.

»Jetzt, wo Ihr Magen etwas gefüllt ist, kann ich wohl beginnen. Es war mir sehr unangenehm, erfahren zu müssen, daß Sie in San Magín herumgeschnüffelt haben. Wenn Sie unbedingt etwas finden müssen, finden Sie es von mir aus überall, ich wiederhole, überall, nur nicht in San Magín.«

»Niemand hat mein Gebiet eingegrenzt. Weder Viladecans noch die Witwe.«

»Ich hatte es dir doch gleich gesagt! Viladecans weiß in letzter Zeit nicht mehr, wo sein Platz ist. Gestern wollte er mir doch tatsächlich Vorwürfe machen, weil ich mich rundweg weigere, San Magín abreißen zu lassen. Was glaubt der Junge eigentlich?«

»Ich habe kaum das Mißvergnügen, ihn zu kennen. Das ist deine Sache.«

»Aber wenn es Komplikationen gibt, betrifft es dich genauso. Carvalho, wir sind an einem kritischen Punkt angekommen. Die Revision der Gebäude von San Magín konnten wir verhindern, ebenso die Versuche einiger Journalisten, einen sogenannten Immobilienskandal dazu zu benutzen, um meinen Aufstieg zu behindern. Ich habe einen Posten erreicht, auf dem ich mir keinen Skandal leisten kann.«

»Ich schließe mich dem an, was Isidro gesagt hat, Señor Carvalho. Wenn ich ein Stadtplaner wäre, würde ich den Abriß von San Magín empfehlen. Aber das ist leider nicht möglich. Ein Skandal würde nur dazu dienen, Señor Planas und mir zu schaden. Ich habe damals meinen ganzen Einfluß geltend gemacht und vom Präsidenten der Regionalplanungskommission fast unmögliche Genehmigungen erhalten. Ein klarer Fall von Spekulation, den ich nicht verbergen will, dessen ich mich auch nicht schäme. Das Wirtschaftswunder der Franco-Zeit war ein Bluff. Wir haben alle mit dem einzigen spekuliert, was wir hatten: Grund und Boden. Weil es unter diesem Boden keine Bodenschätze gibt, lohnt es sich nicht, ihn zu erhalten. Unser Land ist schlecht dran. So viel Land und so wenig Bodenschätze. Und jetzt beginnt auch noch das Meer zu verfaulen. Haben Sie den Nachgeschmack bemerkt, den dieser Wolfsbarsch hatte? Der Wolfsbarsch ist der größte Schmutzfink unter den Meeresfischen. Er hängt sich an die Schiffsrümpfe und schluckt alles, sogar Erdöl.«

»Ich gebe Ihnen einen guten Rat, Carvalho, und wenn ich jemandem einen Rat gebe, dann ist es mehr als nur ein Rat.«

»Isidro!«

»Unterbrich mich nicht! Ich rede jetzt nicht vom Essen, sondern von der rauhen Wirklichkeit. Schließen Sie so bald wie möglich Ihre Nachforschungen ab, und geben Sie der Witwe eine plausible Erklärung. Ich zahle Ihnen dieselbe Summe wie sie ... Sie können doppelt kassieren.«

»Isidro! Das sagt man erst beim Kaffee, wenn nicht sogar erst nach einigen Gläsern Marc de Champagne!«

»Hätten Sie dasselbe gesagt?«

»Im Prinzip ja. In einem anderen Ton und selbstverständlich nach dem Marc de Champagne! Aber die Schlüsse aus dem, was ich gesagt hätte, wären denjenigen ohne Zweifel sehr nahe gekommen, die Sie jetzt gerade ziehen.«

»Haben Sie das mit der Witwe abgesprochen?«

»Nein, wir müssen das unter uns ausmachen. Die Witwe ist nur an einer Erklärung interessiert, die es ihr erlaubt, in Ruhe Stuart Pedrells Erbe anzutreten. Glauben Sie, daß Ihre Erklärung beruhigend ausfallen wird?«

»Wahrscheinlich.«

»Dann gibt es nichts mehr zu besprechen. Señor Carvalho hat kein Interesse daran, sich selbst und uns das Leben schwerzumachen, solange er das mit seiner Berufsehre vereinbaren kann. Oder irre ich mich?«

»Nein. Nein, Sie irren sich nicht. Ich fühle mich verpflichtet, meinem Klienten die Wahrheit mitzuteilen, die ich herausgefunden habe und die er braucht. Alles, was darüber hinausgeht, interessiert mich nicht.«

»Siehst du, Isidro?«

»Aber die Sache ist heiß. Was hatten Sie in San Magín zu suchen? Wer ist Antonio Porqueres? Hat er etwas mit dem Verschwinden von Stuart Pedrell zu tun?«

»Ja. Mehr sage ich nicht. Ich werde es zu geeigneter Zeit meiner Klientin mitteilen.«

»Vergessen Sie das Angebot nicht, das ich Ihnen gemacht habe. Ich könnte auch Ihr Klient werden.«

»Ein Detektiv, der ein doppeltes Spiel spielt, Señor Carvalho! Würde Sie so etwas nicht reizen?«

»Nein.«

»Das hatte ich erwartet, Isidro. Gib dich mit Señor Carvalhos Versprechen zufrieden, daß alles in der Familie bleibt.«

»Ich habe kein Vertrauen zu Versprechungen, die gratis gemacht werden.«

»Isidro Planas, wie er im Buche steht.«

»Was man gratis bekommt, kommt einen am Ende teuer zu stehen. Und du hörst auf zu lachen! Gestern abend hast du nicht gelacht. Du hast dich genauso aufgeregt wie ich.«

»Das war gestern.«

»In Wirklichkeit willst du allen und jedem überlegen sein. Mich führst du nicht hinters Licht, indem du den gelangweilten Aristokraten spielst.«

»Isidro, Isidro ...«

Der Marqués tätschelte ihm den Rücken. Planas erhob sich abrupt und schleuderte die Serviette auf den Tisch, so daß ein Glas zerbrach. Er beugte sich zu dem Marqués herab, damit seine erstickte Stimme an den Nachbartischen nicht zu hören war.

»Ich hab die Schnauze voll von dir, kapiert? Bis hier oben!«

»Sag nichts, was du bereuen könntest!«

»Ich war immer derjenige, der sich exponiert hat. Du tust so, als wärst du jenseits von Gut und Böse, und der andere strich mit angewiderter Miene das Geld ein. Immer, wenn es etwas Schmutziges zu erledigen gab, mußte ich es tun. Wer hat denn ständig geschuftet wie ein Pferd?«

»Du, Isidro. Aber vergiß nicht, daß das so abgemacht war. Du warst ein armer Teufel, der es ohne unser Geld im Leben zu nichts gebracht hätte. Du würdest heute noch in irgendeinem Laden stehen und Scheuerlappen verkaufen!«

»Mir allein habt ihr doch euren Reichtum zu verdanken! Nur mir! Und nun bin ich endlich soweit, daß ich euch zum Teufel jagen kann. Ich brauche euch nicht mehr!«

Er ging zur Tür und hörte nicht mehr, wie der Marqués hinter ihm herrief:

»Könntest du wenigstens das Essen bezahlen? Ich habe kein Geld bei mir.«

Der Marqués entschied sich für ein Champagnersorbet zum Nachtisch. Carvalho wählte Birnen in Wein.

»Er ist äußerst erregt. Das ist die Nähe der Macht. Heute morgen ist er nicht von einem Minister empfangen worden, sondern von einem Superminister. Sein Drang nach Macht kann ihn noch ruinieren. Es ist die Achillesferse jedes Kämpfers. Aber nehmen Sie das ernst, was er gesagt hat! Im Prinzip schließe ich mich dem an. Ich bin eitel, was meinen Ruf angeht, und es wäre mir sehr unangenehm, wenn die Zeitungen mein Paßfoto bringen würden mit der Überschrift: *Bande von Immobilienspekulanten.*«

Plötzlich stand Planas wieder am Tisch. Zerknirscht murmelte er: »Verzeih mir.«

»Du kommst im richtigen Moment, wie immer, Isidro. Ich habe kein Geld bei mir. Du mußt bezahlen oder es von deinem Konto abbuchen lassen.«

Ein General und ein Oberst waren umgebracht worden, aber nichts würde den irreversiblen Weg zur Demokratie aufhalten. Das sagten alle. Selbst einige Generäle und Obristen. Die Sozialisten und Kommunisten hatten die ganze Nacht gearbeitet, die Ramblas und ihre Nebenstraßen waren übersät von Wahlplakaten. *Diesmal kannst du gewinnen*, versprachen einige. Wurde aber auch Zeit, murmelte Carvalho. *Du bist das Zentrum der Stadt*, verkündete die Regierungspartei von pomadierten Plakaten, auf denen sich pomadierte Archetypen selbst als das Zentrum der Stadt bezeichneten. Ein paar Abende zuvor war ein schwuler Betrunkener oder ein betrunkener Schwuler die Ramblas heruntergetorkelt und hatte verkündet: »Bürger, macht euch nichts vor! Das Zentrum der Stadt ist die Plaza de Catalunya!«

Zwei frühmorgendliche Transvestiten gingen spazieren, kostümiert als Eugenia de Montijo, die Spanierin, die mehr als Königin war.

Der Wiederaufbau Kataloniens geht über die Demokratisierung der Rathäuser, behauptete oder verkündigte ein bärtiger Parteiführer auf der Titelseite einer Zeitschrift. Aber keine Partei versprach, das niederzureißen, was der Faschismus aufgebaut hatte. Es ist der erste politische Führungswechsel, der die Ruinen respektiert. Jedes Jahrhundert produziert seine eigenen Ruinen, und unseren ganzen Ruinenbestand verdanken wir Franco. Deine Muskeln sind zu schwach, um so viele Ruinen abzutragen. Über Nacht müßte ein Wunder geschehen. Die Stadt würde erwachen, befreit von der Korruption, mit ein paar Lücken mehr, die Vorstädte wären eine herrliche Schutthalde, und die Bürger könnten den Neuaufbau auf den Ruinen des Alten beginnen. Vielleicht hätte Yes dann nicht die Sehnsucht, als einsamer Satellit die Welt zu umrunden, Charo wäre mit ihrer Arbeit zufrieden, Biscuter zufrieden mit seinen Kenntnissen der Küche von Rioja, und ihm selbst würde es gefallen, seiner täglichen Routine nachzugehen, zu arbeiten, zu sparen, zu essen, zwei- bis dreimal täglich die Ramblas auf und ab zu gehen und sich nachts nutzlos an der Kultur zu rächen, die ihn vom Leben getrennt hatte ... Wie würden wir lieben, wenn wir nicht aus Büchern gelernt hätten, wie man liebt? Wie würden wir leiden? Zweifellos weniger. Er würde in einen Kurort für Rekonvaleszenten gehen und dort Yes kennenlernen. Eine Liebesgeschichte zwischen Fangopackungen und Schalen mit Kräutertee. Ein Kurort in den Bergen, wo es jeden Nachmittag regnet und der Donner alle endgültig zum Schweigen bringt. Diesen Kurort nie mehr verlassen. Die Jahreszeiten in ihrem Zyklus miterleben, vertraut werden mit dem schwachen Licht, sich an kleinen Wegmarken orientieren, sich dankbar in die Wärme der Decken kuscheln und jede Minute den eigenen Körper spüren. Die Beziehung zu Yes wäre bittersüß und ewig. Die Wildkräuter würden ihn so verjüngen, daß er an der Seite von Yes immer jung bleiben würde. Um zu verhindern, daß sie eines Tages den Kurort verließ und dem Lockruf der Pfade des Ostens folgte, dem Ursprung und dem Stillstand der Sonne entgegen.

Auch heute war Charo wieder dabei, sich zu schminken. Sie umarmte ihn und lächelte erfreut, als Carvalho sich aufs Sofa fallen ließ und durch seine Haltung kundtat, daß er Zeit hatte. Sie sagte, sie sei gleich mit Schminken fertig, dann könnten sie miteinander schlafen.

»Heute nicht. Spar dir deine Energien fürs Wochenende!«

»Dieses Wochenende – also, ich darf gar nicht daran denken! Wir gehen nicht aus dem Zimmer. Den Schlüssel werfen wir zum Fenster hinaus, wie im Kino.«

»Ich möchte in dem Restaurant essen, von dem ich dir erzählt habe.«

»Du darfst dir fünf Mahlzeiten am Tag zubereiten, aber zwischen den Mahlzeiten kommst du ins Bett!«

Sie nahm seine Hände und legte sie sich auf Gesicht und Schultern, damit er sie streichelte. Carvalho streichelte sie lange genug, um sie nicht zu verärgern.

»Du bist traurig. Was ist mit dir los?«

»Die Verdauung.«

»Ach, das kenn ich. Nach dem Essen wird mir kalt, und ich schimpfe mit mir selbst, daß ich wieder zu viel gegessen habe. Manchmal fange ich sogar an zu heulen.«

Als sie ins Badezimmer ging, nutzte er die Gelegenheit, um sich zu verabschieden. Sie kam wieder heraus, an einem Auge hatte sie falsche Wimpern.

»Du gehst schon.«

»Ich muß die Arbeit zu Ende bringen. Ich möchte den Fall morgen abgeschlossen haben und dann in Ruhe wegfahren.

»Es ist gefährlich.«

»Nein.«

In der Zwischenzeit war ein Anruf gekommen. Biscuter hatte es auf dem Notizblock notiert und hinzugefügt, er habe erfahren, daß seine Mutter in den Mundet-Heimen sei, und er wolle sie besuchen. Carvalho hatte nicht einmal gewußt, daß Biscuter eine Mutter hatte.

Auf dem Notizblock stand: »Señor Briongos sagt, daß sein Sohn heute um neun Uhr am Eingang des Kinos Navia in San Magín auf sie wartet. Die Tochter von Señor Briongos hat auch angerufen und gesagt, Sie sollen nicht hingehen, sondern sich mit ihr in Verbindung setzen.«

Carvalho nahm sein Messer aus der Hosentasche. Er drückte die Feder, und die Klinge fuhr schnalzend heraus. Das Messer und Carvalho sahen einander an. Es schien den Befehl zum Angriff zu erwarten. Der Mensch schien sich vor ihm zu fürchten. Er klappte es wieder zusammen und steckte es ein. In einer Schachtel schlief der Revolver wie ein kaltes Reptil. Carvalho nahm ihn heraus und überprüfte ihn. Er zielte auf die Wand. Dann nahm er die Patronen aus einer anderen Schachtel und lud sorgfältig. Als er die Trommel einrasten ließ, war das schlafende Reptil wach, kampfbereit, tödlich. Er sicherte, um seiner Mordlust Zügel anzulegen, und steckte den Revolver in die Tasche mit dem ausdrücklichen Befehl, sich ganz ruhig zu verhalten. Er wärmte ihm diesen Teil des Körpers. Dem nächsten Karton entnahm er einen eisernen Schlagring und schob ihn über die Finger. Er öffnete die Hand und schloß sie wieder. Sein Arm schnellte gegen einen unsichtbaren Feind vor. Dann nahm er den Schlagring wieder ab und steckte ihn in die andere Jackentasche. Fertig. Die unbesiegbare Armada. Er nahm den Weißwein aus dem Kühlschrank, besann sich aber anders und ging auf die Suche nach der Flasche *orujo*. Davon leerte er zwei Gläser. Mit den Fingern aß er ein wenig von dem Stockfisch nach Maultiertreiberart, den ihm Biscuter zubereitet hatte, direkt aus der Kasserolle. »Bis gleich!« sagte er zu den vier Wänden und vertrieb sich die Zeit damit, gemächlich die Treppe hinabzusteigen und hier das Klopfen des Bildhauerhammers zu hören, dort das lärmende Treiben des Friseursalons und die schallgedämpfte Trompete des Jungen in Lila. Unterwegs begegneten ihm zwei Homosexuelle im Kostüm von Erstkommunikanten oder zwei Erstkommunikanten, die schwul waren. Romeo und Julia mit Schnurrbart auf der Flucht vor den Capulets oder den Montescos.

»Pepe, Pepe, lauf nicht weg!«

Bromuro holte ihn ein, die Schuhputzkiste umgehängt.

»Ich geb dir einen aus! Was du willst! Dir verdanke ich es, daß ich reich geworden bin!«

»Ich hab eine Verabredung.«

»Dann mach's ihr zweimal von vorn und zweimal von hinten, mit einer Empfehlung von mir!«

»Es ist nicht diese Art von Verabredung.«

»Schade. Wir Männer haben so wenig, dabei brauchen sie so viel. Hast du das mal überlegt?«

»Irgendwann mal.«

»Und du findest das nicht zum Heulen? Als ich noch bei der Division war, unter Muñoz Grandes, hab ich mal sechs Nummern in einer Nacht geschafft. Und sie, sie hätte gut und gern noch mal sechs vertragen! Dabei war das meine Rekordnacht. Sie sind uns überlegen, Pepe. Von hier an abwärts sind sie uns überlegen.«

Er überließ Bromuro seiner Melancholie eines unzulänglichen Machos, setzte sich ins Auto und fuhr bedächtig nach San Magín. Als er die oberen Stadtteile erreichte, sah er sich umringt von Autos mit Frauen am Steuer, die ihren Nachwuchs von der Schule abholen wollten. Er machte sich die Straflosigkeit des Spanners zunutze und sie die der Flüchtenden. Die Witwe Stuart hatte diese Wege Tag für Tag zurückgelegt, um ihre Kinder abzuholen. Dann waren sie herangewachsen und fortgegangen, nach Bali oder in die Vorhölle.

Ana Briongos kam in dem blauen Bus und atmete erleichtert auf, als sie Carvalho an der Haltestelle entdeckte. Sie sprang als erste heraus und eilte auf ihn zu.
»Danke, daß Sie gekommen sind.«
Sie ging los. Man konnte beinahe hören, wie die in ihrem Kopf angesammelten Worte rumorten. Sie sah Carvalho an und wartete auf ein Zeichen anzufangen, aber der schlenderte ebenso nachdenklich neben ihr her, als hätte er noch den ganzen Nachmittag und den ganzen Abend Zeit, spazierenzugehen und zu schweigen.
»Warum waren Sie bei meinen Eltern?«
»Das ist nun schon das zweite Mal an diesem Tag, daß ich mir Vorwürfe anhören muß, und alles wegen diesem Stadtteil. Schreibt doch an den Eingang: *San Magín, die verbotene Stadt.*«
»Sie wissen ja gar nicht, was Sie mit diesem Besuch angerichtet haben und noch anrichten können!«
»Der Schaden war schon angerichtet.«
»Meine Eltern sind zwei arme Irre, die sich wegen jeder Kleinigkeit vor Angst in die Hosen machen. Sie haben schon immer nur Angst gehabt.«
Carvalho zuckte die Schultern.
»Treffen Sie sich nicht mit meinem Bruder!«
»Wieso?«
»Es lohnt sich nicht.«
»Das weiß ich erst, wenn ich mit ihm gesprochen habe.«
»Mein Bruder ist kein normaler Junge. Er ist unberechenbar wie ein Kind, wie ein gewalttätiges Kind. Sein ganzes Leben lang war er der Prügelknabe. Wenn es Schläge gab, hat er sie bekommen. Meine Mutter hat ihn schon immer gehaßt. Sie ist böse, so schäbig böse, wie arme Leute sein können. Etwas anderes hat sie nicht. Es ist das einzige, was ihr Charakter, Persönlichkeit verleiht. Und mein Vater hat sich sein ganzes Leben lang von ihr unter Druck setzen lassen. Er mußte dafür büßen, daß Pedro unehelich ist.«

»Ein schönes Bild!«

»Mit sieben Jahren kam er ins Heim. Er hatte eine Nachbarin beklaut, um sich irgendeinen Blödsinn zu kaufen. Zwei Jahre später kam er zurück und war noch schlimmer als vorher. Mit neun Jahren! Die Regale der Buchhandlungen sind voll von Büchern, die die Erwachsenen auffordern, ihre Kinder mit Respekt zu behandeln. Mit neun Jahren war mein Bruder ständig die Zielscheibe für den Riemen von meinem Vater und die Schuhe oder Besen von meiner Mutter. Mit elf Jahren kam er wieder ins Heim. Ist Ihnen das Fürsorgeheim *Wad Ras* ein Begriff?«

»Ich gehöre zu einer anderen Generation. Uns drohte man damals mit der Besserungsanstalt *Durán*.«

»Trotz allem hat er die Familie immer sehr geliebt. Er hat sich immer als einer von uns gefühlt. Die paar Pesetas, die er hat, gibt er für meine Eltern oder für meine Geschwister aus. Er ist jetzt achtzehn Jahre alt. Erst achtzehn!«

»Nur vier oder fünf Jahre jünger als Sie.«

»Er ist ein ganz anderer Mensch als ich. Lassen Sie ihn in Frieden. Er mag getan haben, was er will. Sein ganzes Leben rechtfertigt ihn.«

»Was hat er denn getan?«

»Was wollen Sie? Sie sind ein mieser Knecht der Reichen und stecken Ihre Nase in eine Welt, die nicht die Ihre ist.«

»Wie Stuart Pedrell. Wie Ihr Antonio Porqueres. Er hat auch die Nase in eine Welt gesteckt, die nicht die seine war.«

»Ich kassiere kein Geld dafür, daß mir Antonios Tod weh tut. Und es tut weh. Hier.« Sie zeigte auf ihren Bauch. »Aber es war Schicksal.«

»Was ist passiert?«

»Warum gehen Sie nicht fort? Für Sie ist es ein leichter Sieg über ein paar schwache Opfer. Finden Sie das gut?«

»Ich passe, denn Sie beschreiben meine Rolle, wie sie ist. Ich bin der Knecht meiner Herren, genau wie Sie. Aber ich habe kein Vergnügen daran, daß es Opfer gibt, ob sie schwach sind oder stark. Die Opfer sind die logische Konsequenz.«

»Es sind Personen, Menschen, die ich liebe. Die man kaputtmachen kann. Manchmal erinnere ich mich an Pedro, als er noch klein war und nicht wußte, daß er eine Schuld trägt, die Schuld an der Demütigung meiner Mutter. Ich sehe noch sein Kindergesicht vor mir, und plötzlich verändert es sich, entstellt von der ganzen Brutalität, mit der man ihn behandelt hat.«

»Mein Zusammentreffen mit Ihrem Bruder ist ein Teil der Logik. Ich werde bis zum Ende gehen. Bei jedem Fall gehe ich bis zum Ende. Bis zu meinem Ende. Ich schließe den Fall ab, dann entscheidet mein Klient. Die Polizei übergibt sie dem Richter. Mein Richter ist mein Klient.«

»Eine hysterische Alte, die jede Menge Geld hat und nicht weiß, was Schmerz ist.«

»Sie hat zwar Geld, aber sie ist nicht alt. Und jeder Mensch weiß, was Schmerz ist. Sie reden und haben viele Vorteile auf Ihrer Seite. Sie gehören zu der sozialen Klasse, die recht hat, und das lassen Sie die ganze Welt spüren.«

»Ich wollte ihm gute Ratschläge geben. Pedrito, mach dies nicht! Pedrito, mach das nicht! Sobald ich aus dem Haus war, wurde ich unruhig. Was macht Pedro? Und wenn ich zurückkam, hatte er immer etwas angestellt. Sie haben immer einen Grund, einen Vorwand gefunden, um ihn zu beschimpfen und fertigzumachen. Ich hab ihn von der Schule abgeholt, damit er sofort nach Hause kommt und unterwegs nichts anstellt. Als die Polizei kam und ihn wegen des Motorrads abholte, was glauben Sie, wie die ihn behandelt haben? Wissen Sie, wie sie auf der Polizeiwache und im Knast mit normalen Delinquenten umgehen?«

»Ich habe diese Welt nicht erschaffen, auch nicht diese Gesellschaft. Ich will nicht das schlechte Gewissen des Ganzen sein. Diese Rolle ist ein paar Nummern zu groß für mich. Ich nehme an, Sie haben mich nicht nur herbestellt, um mir die traurige Geschichte Ihres Bruders zu erzählen.«

»Ich wollte verhindern, daß Sie mit ihm zusammentreffen.«

»Das schaffen Sie aber nicht!«

»Sie wissen, was dann passiert.«

»Ich kann's mir denken!«

»Reicht es Ihnen immer noch nicht? Können Sie die Sache nicht auf sich beruhen lassen? Erzählen Sie Ihrer Klientin, was Sie wollen. Sie hat auch ein Interesse daran, daß ich schweige.«

»Das können Sie untereinander ausmachen.«

Sie packte seinen Arm und schüttelte ihn.

»Seien Sie doch nicht so blöd! Etwas Schreckliches kann passieren! Wenn ich reden würde, Ihnen alles erzählen würde ... Würden Sie dann hierbleiben und nicht zu meinem Bruder gehen?«

»Ich will, daß er mir alles erzählt. Es ist seine Angelegenheit. Machen Sie sich nichts vor! Ihre Gewissensbisse würden Sie nie mehr in Ruhe lassen.«

Carvalho ging weiter, und sie blieb, zur Salzsäule erstarrt, an der Kreuzung stehen, eine Hand nach Carvalho ausgestreckt, die andere versuchte im leeren Raum der Manteltasche Halt zu finden. Dann lief sie los, um Carvalho einzuholen. Schweigend gingen sie nebeneinander her.

»Wie leicht wäre es, einfach von hier wegzugehen!«

»Dieses Viertel und seine Bewohner würden Sie begleiten. Jede Schnecke schleppt ihr Haus mit sich.«

»Ich will gar nicht weg von hier. Auch wenn es wie eine Lüge klingt, ich würde mich in einer anderen Umgebung nicht zurechtfinden.«

»Wenn es ein Junge wird, seien Sie nicht verzweifelt! Es gibt auch Männer, die Großes geleistet haben. In Zukunft werden die Männer besser sein als die Frauen. Ganz bestimmt.«

»Mir ist es egal, ob Mädchen oder Junge. Ich werde es so oder so lieben.«

»Einer meiner ersten Berufe war Grundschullehrer. Es war eine Schule im Stadtviertel, einem alten Viertel mit Geschichte, aber mit denselben Leuten, wie sie hier wohnen. Einer meiner Schüler war ein dunkelhäutiger, trauriger Junge. Mit den Gesten eines alten Weisen. Er sprach immer, als wollte er sich entschuldigen. Eines Tages lernte ich bei Schulschluß seine Mutter kennen. Es war eine dunkelhäutige, traurige Frau. Mit den Gesten einer alten Weisen. Sie sprach immer, als wollte sie sich entschuldigen. Sie war sehr schön, obwohl sie weißes Haar hatte. Das Kind hätte aus jeder Stelle ihres Körpers herausgekommen sein können. Aus dem Arm, aus der Brust, aus dem Kopf. Sie hatte ein uneheliches Kind zu einer Zeit, als es dafür keine Entschuldigung gab. Der Krieg war schon zu lange vorbei, um als Alibi zu gelten.«

»Und was geschah?«

»Nichts. Ich verließ die Schule und sah sie nie wieder. Aber ich denke oft an sie und habe manchmal das seltsame Gefühl, daß das Kind weiße Haare hatte. Ich war damals noch jung und onanierte häufig. In manchen Nächten dachte dabei an diese Frau.«

»Sie Schwein!«

»Die Natur ist, wie sie ist.«

Er trug Jeans und eine schwarze Kunststoffjacke voller falschsilberner Beschläge: Ringe, Reißverschlüsse, Nieten aus Metall vom Mond, aber von einem Mond aus dem Ausverkauf. Stiefel mit hohen Absätzen, um den sehnigen Körper größer erscheinen zu lassen, die Hände in den schräggeschnittenen Jackentaschen, der Stehkragen umgeschlagen, der lange Hals gebogen, um den Anschein zu erwecken, als wäre der Kopf ständig auf der Hut vor der gefährlichen Wirklichkeit, kurze, dünne, glänzende Haare um das junge Pferdegesicht. Er sah Carvalho an und neigte den Kopf zur Seite, als gefiele es ihm gar nicht, was er sah. Mit einer Schulterbewegung bedeutete er Carvalho, ihm zu folgen.

»Hier können wir nicht reden. Gehen wir zu einem ruhigen Platz.«

Er ging hastig, ruckartig, jeder Schritt war wie ein Peitschenhieb.

»Es ist nicht mehr weit!«

Carvalho antwortete nicht. Pedro Larios schaute sich ab und zu nach ihm um und grinste.

»Wir sind gleich da.«

Als sie um die Ecke bogen, legte sich die Dunkelheit und Verlassenheit der Rückseite von San Magín auf sie. Gegen den Mond zeichnete sich die Silhouette der Kirche ab. Aus einem Musikautomaten in der Nähe ertönte die Stimme von Julio Iglesias. Carvalho und Pedro Larios blieben im Lichtkegel einer Straßenlaterne stehen, die leicht im Wind schaukelte. Pedro hatte die Hände immer noch in den Taschen. Grinsend blickte er nach rechts und links, zwei Jungen kamen aus der Dunkelheit und nahmen Carvalho in die Mitte.

»In Gesellschaft redet es sich leichter.«

Carvalho taxierte die kräftige Gestalt zu seiner Linken. Er schaute ihm in die Augen. Sie waren trübe, als wollten sie nicht sehen, was sie sahen. Mit den Händen wußte er nicht wohin. Der andere war fast noch ein Kind. Er schaute Carvalho an und zog die Nase kraus, wie ein Hund vor einer Beißerei.

»Können Sie nicht mehr sprechen? Zu Hause bei meinem Vater, da konnten Sie es doch. Viel zu viel.«

»Haben die beiden dir geholfen?«

»Geholfen bei was?«

»Den umzubringen, der mit deiner Schwester gegangen ist.«

Pedro blinzelte unsicher. Die drei sahen sich an.

»Völliger Quatsch.«

»Treib's nicht zu weit, Alter! Paß auf, was du sagst!« zischte der Kleine.

»Also, ich weiß nicht, was mein Vater dir gesagt hat, aber das, was ich dir sagen will, das gilt. Ich hab was gegen Schnüffler. Und du bist ein ganz großer Schnüffler!«

»Er hat 'ne richtige Schnüffelnase!« bestätigte der Kleine.

»Los, machen wir endlich Schluß!« stieß der Große hervor.

»Ich hab was gegen Typen, die ihre Nase in Sachen reinstecken, die sie nichts angehen. Meine Kumpels hier auch.«

Sie traten zwei Schritte auf ihn zu. Carvalho stand in Reichweite ihrer Arme, hinter sich die Mauer einer Baustelle. Der Kleine zog als erster das Messer und fuchtelte damit vor Carvalhos Gesicht herum. Dann zog Pedro ebenfalls das Messer, das ihm sozusagen schon in der Tasche aufgegangen war. Der Große ballte die Fäuste, nahm die Schultern zurück und zog den Kopf ein. Der Kleine stieß mit dem Messer nach Carvalhos Gesicht. Der wich aus, indem er einen Schritt zurückwich, und der Große stürzte sich auf ihn, während Pedro frontal angriff. Die Faust des Großen traf kraftlos sein Gesicht. Carvalho versetzte dem Kleinen einen Fußtritt, daß er sich krümmte und aufheulte. Mit den Händen wehrte er den Angriff des Großen ab und stieß ihn gegen Pedro, der auf ihn zukam. Seine Hand erreichte den Revolver nicht mehr. Der Kleine ging fluchend auf ihn los und stach blindlings mit dem Messer zu. Da packte er ihn an einem Arm und verdrehte ihn so lange, bis man ein Knacken und einen Aufschrei hörte.

»Das Dreckschwein hat mir den Arm gebrochen!«

Die anderen sahen den lang und schlaff herabhängenden Arm des Kleinen. Pedro griff blindlings an, während der Große zurückwich. Das Messer schnitt in Carvalhos Wange. Der Große faßte Mut und griff ebenfalls an. Carvalho legte beide Fäuste zusammen und stoppte ihn mit einem Rückhand-Schwinger. An seinen Knöcheln blitzte der Schlagring. Platzwunden erschienen auf dem eckigen Gesicht des langen Kerls. Carvalho stürzte sich auf ihn und bearbeitete ihm das Gesicht und den ganzen Kopf mit beiden Händen. Im Fallen umklammerte der Junge Carvalhos Beine und riß ihn ebenfalls zu Boden.

»Bring ihn um! Mach ihn fertig, Pedro!« schrie der Kleine. Pedro suchte in dem Knäuel der beiden Körper die richtige Stelle für sein Messer. Carvalho richtete sich über seinem Gegner auf, packte den Hals des Großen von hinten und hielt ihm das Messer vors Gesicht.

»Bleibt weg, oder ich mache ihn fertig!«

»Gib's ihm, Pedro, bring ihn um!«

Der Große versuchte zu sprechen, aber Carvalho drückte ihm den Hals zu.

»Der Kleine soll abhauen. Los, du Scheißkerl, mach, daß du wegkommst!«

Pedro winkte ihm zu gehorchen. Der Kleine verschwand aus dem Lichtkreis und begann, aus der Dunkelheit mit Steinen zu werfen.

»Du triffst doch uns, blöder Hund!«

Die Steinwürfe hörten auf, Carvalho lockerte seinen Griff, gab dem Jungen einen Stoß, daß er sich umdrehte, und als er ihn von vorne hatte, drosch er rasend vor Wut auf sein Gesicht, Brust und Magen ein. Als er auf die Knie ging, bearbeitete Carvalho seinen Kopf so lange mit den Fäusten, bis er am Boden lag. Dann sprang er über ihn weg und stand vor Pedro. Der Messerstecher hielt ihn mit seiner Waffe auf Distanz und wich vor seinem Vorstoß zurück. Der Detektiv nahm den Schlagring ab, als er vorrückte, zog den Revolver aus der Tasche, stellte sich breitbeinig auf, hob den rechten Arm mit dem Revolver, unterstützte ihn mit der linken Hand und zielte Pedro mitten ins Gesicht. Er wollte sprechen, aber er war außer Atem, seine Brust und die Wunde im Gesicht brannten.

»Auf den Boden! Leg dich hin, oder ich schieß dir die Rübe ab! Wirf das Messer her! Aber vorsichtig!«

Das Messer löste sich aus Pedros Hand. Dann legte er sich hin, stützte sich aber auf die angewinkelten Arme, um Carvalho beobachten zu können.

»Los, runter auf den Boden, Säugling! Arme und Beine auseinander!«

Pedro lag da wie ein dunkles X unter dem Lichtkegel. Der Große versuchte, kriechend in die Dunkelheit zu entkommen. Carvalho ließ es zu. Langsam näherte er sich Pedro, während er versuchte, tief durchzuatmen und die rote Wolke zwischen seinen Schläfen zu vertreiben. Er stieß ihn mit dem Fuß an.

»Beine weiter auseinander!«

Der Gefallene gehorchte. Carvalho begann außer sich vor Wut auf ihn einzutreten. Der andere wich zuckend aus, wie ein elektrisiertes Tier, doch die Tritte trafen seinen Magen, seine Nieren und suchten eifrig sein Gesicht. Am Boden liegend, hörte Pedro aus Carvalhos halboffenem Mund das Keuchen eines erschöpften und wutschnaubenden Tieres. Ein Tritt gegen die Schläfe betäubte ihn, von jetzt an spürte er die Tritte nur noch schwach, er brauchte sich nicht mehr zu verteidigen, er ergab sich wieder einmal in sein Unglück. Carvalho zog seinen Kopf an den Haaren hoch, bis er auf die Knie kam und schließlich aufstand. Er sah das Gesicht des Detektivs und das Blut auf der Wange ganz nahe vor sich. Der packte ihn am Jackenaufschlag, schob ihn vorwärts zu der Wand und schleuderte ihn mit einem Stoß gegen die Ziegel. Wieder hörte Pedro hinter seinem Rücken den Detektiv wie ein erschöpftes, atemloses Tier keuchen, als schrie die Luft beim Atmen vor Schmerz auf. Er hörte auch, wie er hustete und sich übergab. Als er versuchte, sich umzudrehen, verweigerte sein Körper den Gehorsam. Seine Beine zitterten und sein Gehirn sagte ihm, daß er verloren hatte. Wieder spürte er die feuchte Hitze von Carvalhos Körper. Die Stimme des Detektivs klang nun fast heiter.

»Los, jetzt gehen wir zur Wohnung deiner Schwester. Denk an meinen Revolver. Es ist sowieso ein Wunder, daß ich dich nicht kaltgemacht habe, du Scheißkerl!«

Pedro setzte sich in Bewegung. Als sie belebte Straßen erreichten, drückte er sich auf Carvalhos leisen Befehl, aber auch aus eigenem Antrieb dicht an die Hauswände. Er mußte übel zugerichtet sein und wollte nicht, daß er so gesehen wurde.

»Es ist nicht tief.«

Ana Briongos zog Carvalhos Verletzung mit Merkurochrom nach. Ihre Wohngenossinnen hatte sie weggeschickt. Pedro ließ sich auf ein offenes Klappbett fallen. Carvalho sagte dem Mädchen, sie solle ihn nicht einschlafen lassen. Sie beugte sich über ihren Bruder. Als sie seine Fingergelenke prüfte, heulte er auf.

»Dieser Finger ist gebrochen, und sein Körper sieht aus wie eine Landkarte. Toll, wie Sie das geschafft haben, und alles ganz alleine! Kunststück, gegen einen Jungen.«

»Er hatte seine Komplizen dabei.«

Ana wußte nicht, wo anfangen. Sie säuberte die Schwellungen im Gesicht ihres Bruders mit Wasserstoffperoxid. Als sie ihm die Jacke ausziehen wollte, weigerte er sich stöhnend. Die Tür ging auf, und der Vater trat ein.

»Pedro, mein Junge, was haben sie mit dir gemacht!«

Er blieb abrupt stehen, als er Carvalho entdeckte.

»Guten Abend.«

»Einen wunderschönen guten Abend.«

Dann klagte er mit erstickter Stimme:

»Mensch, Pedro, ich hab's dir gleich gesagt! Ich hab's gleich gesagt!«

Ihm kamen die Tränen, und er blieb mitten im Zimmer stehen, als könnte er nicht beides zugleich, weinen und weitergehen.

»Deswegen hättest du nicht zu kommen brauchen, Papa.«

»Ist er verletzt?«

»Nur eine Tracht Prügel. Er wollte es ja nicht anders.«

Der Vater sah Carvalho an wie einen Gott, von dem sein Schicksal abhing.

»Was haben Sie mit ihm vor?«

Carvalho setzte sich. Die ganze Szene rückte einen Moment lang weit weg von ihm. Ana war eine Krankenschwester und versorgte einen Verletzten, mit dem Carvalho nichts zu tun hatte. Der alte Briongos stand in der Tür einer fremden Wohnung und wagte nicht zu fragen, ob er eintreten dürfe. Carvalho hatte Durst und hörte plötzlich seine eigene Stimme um Wasser bitten. Ana brachte es ihm. Es war kalt, schmeckte aber nach Chlor.

»Gib dem Señor einen Schnaps! Dann kommt er wieder zu Kräften.«

Der alte Briongos wartete immer noch auf seinen göttlichen Richterspruch. Carvalho erhob sich, nahm einen Stuhl, ging damit zu dem Bett, wo Pedro lag, und setzte sich zu ihm.

»Wenn du nicht sprechen kannst, dann hör mir zu, und sag nur ja oder nein!«

»Wenn ich will, kann ich sprechen.«

»Um so besser. Ihr drei seid also zu Stuart Pedrell gegangen und habt ihn umgebracht. Du und deine beiden Kumpels.«

»Wir wußten nicht, daß er so hieß.«

»Ihr seid also zu ihm gegangen und habt ihn umgebracht. Warum?«

»Haben Sie nicht gesehen, was er meiner Schwester angetan hat?«

»Du Schwachkopf! Du Idiot!« schrie Ana verzweifelt.

»Sie wollten es nicht. Sie wollten nicht soweit gehen.«

Der alte Briongos versuchte zu vermitteln.

»Wir wollten ihm nur einen Denkzettel verpassen. Aber der Typ spielte sich auf. Er legte mir die Hand auf die Schulter, das Ekel, und fing an, mir gute Ratschläge zu geben. Quisquilla, der Kleine, dem Sie den Arm gebrochen haben, stach zuerst zu. Mir rutschte plötzlich der Arm aus, und ich stach auch zu.«

Der alte Briongos hatte das Gesicht mit den Händen bedeckt und zitterte. Ana blickte ihren Bruder an:

»Du Schwachkopf! Wer hat gesagt, daß du das tun sollst?«

»Du bist doch meine Schwester!«

»Verstehen Sie ihn bitte, Caballero! Sie ist seine Schwester!«

Mit ausgebreiteten Armen schien der alte Briongos diese Geschwisterliebe in ihrer ganzen Unermeßlichkeit umfassen zu wollen.

»Wenn er nicht so viel gequasselt hätte, wäre ihm nichts passiert. Aber er fing an, mich vollzuquatschen. Daß ich dies tun sollte, daß ich das tun sollte. Meine Schwester wäre ein freier Mensch, und er wäre nicht der einzige Mann in ihrem Leben. Das hat er gesagt, Ana. Ich schwör's dir!«

»Na und, du Idiot! Stimmt es etwa nicht?«

»Und ihr habt das alles gewußt und euch zu Komplizen eines Mörders gemacht?«

»Ich kann doch meinen eigenen Sohn nicht anzeigen!«

»Und Sie?«

»Es half ja sowieso nichts mehr!«

Der alte Briongos nahm seinen letzten Mut zusammen und sagte:

»Er war ein Störenfried. Er gehörte nicht hierher.«

»Sei still, Papa!«

»Ihr habt ihn dann in eine Baugrube geworfen und liegenlassen, am anderen Ende der Stadt.«

»Kein Mensch hat ihn in irgendeine Baugrube geworfen.«

Carvalho blickte erstaunt von Pedro zu den beiden anderen, die seine Worte zu bestätigen schienen.

»Sag das noch mal!«

»Kein Mensch hat ihn auf eine Baustelle geworfen und dort liegengelassen. Er war schwer verletzt, aber er ging selbst weg.«

»Pedro kam nach Hause und sagte, er hätte Antonio schwer verletzt. Mein Vater und ich haben ihn die ganze Nacht überall gesucht und nicht gefunden.«

»Natürlich. Er hat die U-Bahn genommen, weil er lieber auf einer Baustelle in La Trinidad sterben wollte. Das soll ich glauben?«

»Sie brauchen überhaupt nichts zu glauben. Aber das ist die reine Wahrheit.«

In Briongos' Augen leuchtete eine letzte Hoffnung auf.

»Finden Sie heraus, was danach geschah!«

»Stuart Pedrell starb an den Messerstichen, die ihm diese beiden Killerlehrlinge beigebracht haben. Du wirst es nicht weit bringen, Junge. Der Kleine ist ein Verrückter, der tötet aus Lust am Töten, und der Große ist genauso feige wie blöd. Al Capone hatte bessere Männer.«

»Dein schlechter Umgang, Pedrito! Was hat dir dein Vater immer gepredigt?«

Pedro blieb liegen und starrte zur Decke. Als sich ihre Blicke trafen, sah der Detektiv in den Augen des Jungen einen kompromißlosen Haß, einen tödlichen Haß; das Versprechen einer Rache, die ihn sein Leben lang verfolgen würde. Carvalho verließ das Zimmer, gefolgt von Ana und ihrem Vater.

»Caballero, bitte! Bringen Sie nicht noch mehr Unglück über unsere Familie! Ich werde versuchen, alles in Ordnung zu bringen. Ich schicke ihn zur Fremdenlegion. Dort werden sie einen Mann aus ihm machen. Er wird Gehorsam lernen.«

»Halt den Mund, Papa! Quatsch nicht noch mehr Blödsinn!«

Briongos blieb zurück, und Ana brachte Carvalho zur Tür.

»Woran denken Sie?«

»Was tat der Mann mit zwei Messerstichen im Leib? Er konnte nicht lange zu Fuß gehen. Ein Auto hatte er nicht, und ein Taxi konnte er nicht nehmen, weil er nicht wollte, daß jemand die Wunde sah. Warum bat er niemanden, ihm zu helfen und ihn in ein Krankenhaus zu bringen?«

»Vielleicht dachte er, er könnte mir auf diese Weise helfen.«

»Wer brachte ihn zu dem verwilderten Gelände und warf ihn in die Baugrube wie einen toten Hund?«

Carvalho erwartete keine Antwort. Er stand auf der Straße. Die feuchte Nachtluft kühlte die brennenden Stellen von Gesicht und Körper. Er ließ die Betoninseln jener Südsee hinter sich, wo Stuart Pedrell die andere Seite des Mondes gesucht hatte. Er war auf einige verhärtete Eingeborene gestoßen, genauso hart wie jene, die Gauguin auf den Marquesas vorfinden würde, wenn die Eingeborenen endgültig begriffen hätten, daß die Welt ein globaler Markt ist, auf dem selbst sie ständig zu Verkauf stehen.

Er überquerte die Grenze und raste die Abhänge des Tibidabo hinauf zu seinem Haus. Vor dem erloschenen Kaminfeuer blieb er in Gedanken versunken sitzen. Er kraulte Bledas Samtohren und ihren Bauch, während sie wie ein wildgewordener Radfahrer mit einer Pfote zuckte. Zu wem war Stuart Pedrell in jener Nacht gegangen? Er hatte wohl den sichersten Hafen seines alten Reiches aufgesucht. Also gewiß nicht sein Zuhause. Wozu also die Recherchen? Auch von Nisa konnte er keine effektive Hilfe erwarten. Blieb nur die Wahl zwischen seinen Geschäftspartnern und Lita Vilardell.

Um drei Uhr früh rief er Lita Vilardell an. Ein Mann nahm den Hörer ab. An der Stimme erkannte er den Anwalt Viladecans.

»Fragen Sie Señorita Vilardell, ob sie morgen Klavierstunden hat!«

»Und deshalb rufen Sie um diese Zeit an?«

»Fragen Sie sie!«

Sie kam ans Telefon. »Was wollen Sie?«

»Ich will Sie morgen besuchen, möglichst früh.«

»Hätten Sie nicht warten und im Laufe des Vormittags anrufen können?«

»Nein. Ich will, daß Sie die ganze Nacht darüber nachdenken, worüber wir morgen wohl sprechen werden.«

Die Frau entfernte sich vom Telefon. Sie tuschelte mit Viladecans. Dann kam er an den Apparat.

»Könnten Sie nicht jetzt gleich kommen?«

»Nein.«

Carvalho legte auf und ging zu Bett. Er schlief unruhig, zuckte immer wieder zusammen und warf sich im Bett hin und her. Wenn er zwischendurch wachlag, tröstete er sich mit dem Gedanken, daß er nicht der einzige war, der in dieser Nacht keine Ruhe fand.

Sie hatten eben geduscht. Sorglos fragten sie Carvalho, ob er mitfrühstücken wolle. Der Detektiv lehnte mit einer Handbewegung ab. Also machten sie weiter, bestrichen Toastscheiben mit Butter und verteilten mit kindlicher Begeisterung Marmelade darauf. Tranken ihren *café con leche* wie ein Lebenselixier. Atmeten die frische Morgenluft, die durch die halbgeöffnete Balkontür kam, und seufzten zufrieden.

»Möchten Sie nicht wenigstens einen Kaffee trinken?«
»Ja, einen schwarzen Kaffee. Ohne Zucker. Danke.«
»Sind Sie Diabetiker?«
»Nein. Eine Jugendliebe von mir war verrückt nach schwarzem Kaffee ohne Zucker. Aus Liebe und Solidarität übernahm ich diese Gewohnheit.«
»Was ist aus dem Mädchen geworden?«
»Sie hat einen Österreicher geheiratet, der ein Sportflugzeug besaß. Jetzt lebt sie in Mailand mit einem Engländer, sie schwärmt für Engländer, und schreibt surrealistische Gedichte, in denen ich manchmal vorkomme.«
»Sieh mal an, was für ein interessantes Leben dieser Mensch führt!«
Viladecans lächelte ausgiebig, während er sich ausgiebig eine Zigarette anzündete und ausgiebig das ganze Zimmer mit maßlosem Qualm einnebelte, als wollte er die Zigarette in einem Zug aufrauchen.
»Treffen Sie Ihre Terminvereinbarungen immer um drei Uhr nachts?«
»Ich hielt den Zeitpunkt nicht für unpassend. Man kommt um diese Zeit nach Hause, oder man hat das Liebesspiel beendet.«
»Sie haben sehr konventionelle Vorstellungen. Mir ist die Zeit nach dem Essen lieber.«
»Mir auch.«
Viladecans hatte sich nicht am Gespräch beteiligt.
»Ich weiß eigentlich nicht, was ich hier soll!« sagte er schließlich.
»Das werden Sie gleich erfahren. Es betrifft Sie wahrscheinlich mehr, als man auf den ersten Blick meinen würde. Jetzt, wo Ihr Magen gefüllt ist, will ich Ihnen mein Problem darlegen. Señor Stuart Pedrell erhielt vor drei Monaten in der Vorstadt San Magín zwei Messerstiche. Er war schwer, wahrscheinlich tödlich verletzt und brauchte Hilfe. Wahrscheinlich überlegte er kurz, wer ihm am ehesten helfen würde, und wandte sich dann

an Sie. Nicht umsonst hatten Sie acht Jahre lang eine leidenschaftliche Beziehung zueinander gehabt.«

»Leidenschaftlich ist zuviel gesagt.«

»Es war Leidenschaft. Egal. Fest steht, daß er sich an Sie gewandt hat. Er bat Sie zu kommen und ihn abzuholen. Er brauchte Sie, er war verletzt. Sie suchten vielleicht Ausflüchte, vielleicht auch nicht, aber schließlich fuhren Sie hin und holten ihn ab. Sie brachten ihn irgendwohin. Hierher? Wahrscheinlich. Ohne Zweifel riefen Sie jemand zu Hilfe. Vielleicht mußten Sie auch gar nicht rufen, denn dieser Jemand war bereits hier. Irre ich mich in der Annahme, daß Sie das waren?«

Viladecans blinzelte grinsend. »Absurd.«

»Wenn Sie es nicht waren, dann war es der mit der Harley Davidson.«

»Von welcher Harley Davidson reden Sie?«

»Die Dame versteht schon, was ich meine. Also gut. Sie mußten feststellen, daß Stuart Pedrell sterben würde. Sie stellten das so lange fest, bis er hier starb. Dann packten Sie und Viladecans oder Sie und der Motorradfahrer die Leiche ins Auto. Sie suchten einen Ort weit weg von der Stadt. Einen Ort, wo man ihn nicht so bald finden würde, und sie entschieden sich für einen Keller auf einem verlassenen Bauplatz. Dieser Keller und dieser Bauplatz dürften Señor Viladecans bekannt gewesen sein, er ist doch Bevollmächtigter einiger Immobilienfirmen. Sie fuhren also hin, hievten die Leiche über den Bauzaun, gaben ihr einen Stoß und hörten sie drüben hinunterpoltern. Sie dachten, es würde Wochen dauern, bis er gefunden würde, aber leider flüchtete ein kleiner Autodieb schon am nächsten Tag genau in diesen Keller, die Polizei erwischte ihn und entdeckte die Leiche. Stuart Pedrell muß gesprochen haben, bevor er starb. Wahrscheinlich erzählte er zusammenhanglos ein paar Dinge über den Ort, wo er die ganze Zeit gewesen war. Das Jahr seiner Abwesenheit wurde zu einem gefährlichen Loch in der Zeit. Ob jemand davon wußte, daß er bei seiner ehemaligen Geliebten Zuflucht gesucht hatte? Bei jener Frau, mit der er sich einmal um vier Uhr nachmittags im Hyde Park in London verabredet hatte? Oder im Tivoli in Kopenhagen, am Brunnen des Lachens.«

»Sie sind über Carlos' erotische Phantasien sehr gut informiert.«

»Ich sagte Ihnen doch schon, man weiß alles über Sie. Sie mußten in Erfahrung bringen, wohin Stuart Pedrell gegangen war. Welche Südsee er erreicht hatte. Sie mußten es ebenso dringend wissen wie seine Witwe und seine Geschäftspartner. Es geht schließlich um millionenschwere Interessen.«

»Ich war es nicht, der Sie mit den Nachforschungen beauftragt hat! Das war allein Mimas Idee. Mehr noch: Das Ganze kam mir absurd vor, von Anfang an. Aber als Rechtsanwalt konnte ich nicht nein sagen.«

»Als Rechtsanwalt und als Beteiligter. Ich bin kein Moralist und will Ihnen auch nicht das Recht absprechen, sich Ihre Leichen vom Hals zu schaffen. Vielleicht war Ihre Vorgehensweise wenig menschlich. Aber der Wert der Menschlichkeit ist und bleibt eine Konvention. Vielleicht hätten Sie etwas unternehmen können, um ihm das Leben zu retten.«

»Da war nichts mehr zu machen.«

»Lita!«

»Laß es gut sein! Was soll's? Er weiß alles, und er weiß nichts. Sein Wort steht gegen unseres. Sie haben sich in keinem Punkt geirrt. Es war nicht der Fahrer der Harley Davidson, es war dieser Freund hier. Wir waren zusammen, im Bett, um das Bild zu vervollständigen, als er anrief. Hätte er mich aus dem entferntesten Winkel der Südsee angerufen, wäre es mir nicht unwahrscheinlicher, nicht absurder vorgekommen. Zuerst wollte ich nicht fahren. Aber seine Stimme klang alarmierend. Wir fuhren beide hin und holten ihn ab. Er wollte nicht in ein Krankenhaus. Wir boten ihm an, ihn dort an der Pforte abzusetzen und uns unauffällig zu entfernen. Er wollte nicht. Er wollte einen befreundeten Arzt. Aber er ließ uns keine Zeit, darüber nachzudenken, wen wir rufen sollten. Er starb.«

»Von wem stammte die Idee, ihn dort hinabzuwerfen?«
»Das spielt jetzt keine Rolle. Wir stellten uns die Situation vor: Die Leiche Stuart Pedrells taucht im Appartement seiner Geliebten auf, die zu dieser Zeit ein Verhältnis mit seinem Anwalt hat. Eine Reportage in *Interviu* prangert die Schlechtigkeit der Reichen an und bringt nebenbei alles über die Projekte, an denen Carlos beteiligt war ... Wir hatten keine andere Wahl.«
»Sie hätten ihn vor die Tür seiner Villa legen können. In der Haltung eines Menschen, der mit letzter Kraft klingeln will und es nicht mehr schafft. Der Vagabund kehrt heim, um im Kreise seiner Familie zu sterben.«
»Darauf sind wir nicht gekommen. Ich hatte noch nie literarische Phantasie. Du auch nicht, stimmt's?«
»Ich weiß nichts von dem, was du da gesagt hast! Ich habe bei nichts geholfen. Ich habe nichts gesagt.«
»Du könntest noch hinzufügen, daß du nur in Gegenwart deines Anwalts sprechen willst, der du selbst bist.«
»Mach dich ruhig über mich lustig, wenn du willst! Aber jetzt kommt es vor allem darauf an, wie Mima reagiert.«
»Was soll die schon unternehmen? Die Flagge ihrer verwundeten Liebe hissen? Stuart war ihr doch noch weniger wichtig als mir. Was meinen Sie, Señor Carvalho? Können wir hoffen, daß die Geschichte gut ausgeht?«
»Ich habe den Eindruck, Sie wollen eigentlich wissen, ob sie ohne Unannehmlichkeiten ausgeht.«
»Genau!«
»Das hängt nicht von mir ab. Die Witwe hat das letzte Wort.«
»Ich möchte Ihnen einen Vorschlag machen, Señor Carvalho – und ich gebe weiterhin nichts zu, damit das ganz klar ist –, wie sich die Sache zur vollen Zufriedenheit aller Beteiligten lösen ließe. Könnten Sie uns aus der Geschichte heraushalten? Ich bin bereit, Sie für diesen Dienst fürstlich zu entlohnen.«
»Ich zahle keinen Céntimo. Mach keine Dummheit! Was haben wir zu verlieren?«

»Meine Rechnung für die Witwe wird ziemlich hoch ausfallen. Ich fühle mich gut genug bezahlt. Außerdem hatte ich Gelegenheit, eine exemplarische Geschichte kennenzulernen, die mich beinahe zu einem Anhänger des Fatalismus gemacht hat. Es gibt Dinge, die gegen die Natur sind. Dem eigenen Alter, der eigenen sozialen Stellung entfliehen zu wollen, führt zur Tragödie. Denken Sie immer daran, wenn Sie in die Versuchung kommen, sich in die Südsee abzusetzen!«

»Sollte ich eines Tages dorthin fahren, dann nur mit einem Kreuzfahrtdampfer. Aber es ist keine Versuchung für mich. Meine Schwester war schon dort, und es stimmt, es ist alles sehr hübsch, aber man kann nicht mal den großen Zeh ins Wasser stecken. Wenn keine Seeschlangen da sind, dann wimmelt es von Haien. Das Mittelmeer oder die Karibik sind mir lieber. Das sind die einzigen zivilisierten Meere der Welt.«

»Wenn Sie mit Mima sprechen, denken Sie an mein Angebot! Kein anderer, auch keine Zeitschrift, die sich auf Diffamierung spezialisiert hat, zahlt Ihnen soviel wie ich!«

Der Anwalt hatte es plötzlich sehr eilig. Er werde schon seit einer Stunde im Gerichtssaal erwartet. Carvalho tat, als fühlte er sich nicht angesprochen, auch dann nicht, als der Anwalt an der Tür stand und offensichtlich darauf wartete, daß er vor ihm ging. Lita Vilardell gab Viladecans durch ein Zeichen zu verstehen, daß er allein gehen sollte. Carvalho sah ihr in die dynastischen Augen, die sie vom letzten europäischen und ersten katalanischen Sklavenhändler geerbt hatte. Allmählich löste sich die ironische Starre ihres Gesichts, und sie betrachtete die Blätter der Bananenstauden auf der Dachterrasse, die in einer plötzlichen Brise schaukelten.

»Der Wind ist die Rettung dieser Stadt.«

Schließlich gab sie sich einen Ruck und stellte sich dem Blick Carvalhos.

»Es überrascht Sie vielleicht, aber es ist für die Geliebte demütigender als für die eigene Frau, wenn sie wie eine alte Konkubine im Harem vergessen wird.«

Carvalho wollte sich auf dem schnellsten Wege betrinken. Während er seinen Bericht fertigstellte, leerte er eine Flasche Ricard und den gesamten Vorrat an Wasser, das Biscuter im Kühlschrank kaltgestellt hatte. Als sich sein Magen in ein Meer aus anisversetztem Wasser verwandelt hatte, brauchte er tonnenweise Essen, um die Flüssigkeit zu absorbieren. Der Stockfisch nach Maultiertreiberart verschwand, danach die Kartoffeltortilla mit Zwiebeln, die Biscuter improvisiert hatte, und zuletzt brauchte er noch ein Sandwich mit marinierten Sardinen. Die Marinade war eine Spezialität Biscuters, er gab dem Oregano den Vorzug vor dem Lorbeer. Er telefonierte mit Charo, um ihr zu sagen, daß es mit dem Wochenende klappte, und wann sie ihn im Büro abholen sollte, um mit ihm nach Vallvidrera hinaufzufahren.

»Was ist denn mit dir los? Du klingst total erkältet.«

»Ich bin besoffen.«

»Um diese Zeit?«

»Welche Zeit ist denn die beste?«

»Hoffentlich willst du nicht das ganze Wochenende betrunken verbringen!«

»Ich verbringe es, wie es mir paßt, verdammt!«

Er legte auf und besänftigte seine Reue mit den flambierten Bananen, die Biscuter zubereitet hatte. Carvalhos plötzlicher Anfall von Gefräßigkeit hatte ihn ziemlich verblüfft.

»Biscuter, geh auf die Ramblas hinunter und bestelle einen Blumenstrauß für Charo! Sie sollen ihn heute noch ausliefern!«

Er schloß den Bericht ab, steckte ihn in einen Umschlag und schob ihn in die Tasche. Dann nahm er ein neues Blatt Papier und schrieb darauf:

Vielleicht solltest Du wirklich diese Reise machen, aber allein oder in besserer Begleitung. Such Dir einen netten Jungen, dem Du mit dieser Reise eine Freude machen kannst. Ich rate Dir zu einem sensiblen Menschen mit einer gewissen Bildung und nicht viel Geld.

Diese Sorte Mensch findest Du haufenweise in der Universität bei den Geisteswissenschaftlern. Ich lege Dir die Adresse eines Freundes bei, der dort Professor ist. Er wird Dir bei der Suche behilflich sein. Bleibe mindestens bis Katmandu mit ihm zusammen, und sorge dafür, daß er genug Geld für die Rückreise hat. Du selbst wirst weiterreisen und nicht zurückkommen, bis Du müde oder alt bist und nicht mehr kannst. Dann wirst Du immer noch rechtzeitig zurückkommen, um festzustellen zu können, daß hier alle entweder erbärmlich mittelmäßig oder verrückt oder alt geworden sind. Es gibt nur diese drei Möglichkeiten, in einem Land zu überleben, das die industrielle Revolution nicht rechtzeitig mitgemacht hat.

Er schrieb Namen und Adresse von Yes auf einen Umschlag, steckte die Botschaft und die Anschrift von Sergio Beser hinein sowie einige Hinweise und Erläuterungen zur Mentalität der Leute aus dem Maestrazgo. Er befeuchtete die Briefmarke mit einer Unmenge alkoholisierter Spucke und ging auf die Straße hinaus. Dabei hielt er den Brief in einer Hand wie ein Taschentuch, mit dem man Autofahrern signalisiert, den Rettungswagen durchzulassen. Er stürzte ihn in die Abgründe eines Briefkastens, blieb davor stehen und starrte ihn an, als sei er gleichzeitig ein nicht identifizierbarer Gegenstand und das Grab eines geliebten Wesens. Mission erfüllt, sagte er zu sich selbst, aber irgend etwas ließ ihn nicht zur Ruhe kommen, und plötzlich, als er an der Stelle vorbeikam, wo im Jahr zuvor der Pelotaplatz *Jai Alai* gewesen war, fiel es ihm ein: Die Bäckersfrau und ihr Baske! Er blickte in sein Notizbuch und stürzte sich ins abendliche Gewimmel der Gassen, die von den eben erwachten Schönen der Nacht belebt waren. Pension *Piluca*.

»Ist die Señora Piluca da?«

»Señora Piluca ist meine Mutter und schon vor Jahren gestorben.«

»Verzeihen Sie! Ich suche einen Basken, er heißt so ähnlich wie fast alle Basken. Er wohnt hier mit einer Frau.«

»Sie sind gerade ausgegangen. Sie gehen immer in die Bar an der Ecke.«

»In dieser Straße wimmelt es nur so von Bars und Ecken.«

»Die Bar *Jou-Jou*.«

Ein finsteres Loch, das mit gutem Beispiel voranging und so viel elektrische Energie wie möglich sparte, damit die Fliegen auf den *tapas* und den *chorizos* aus Hundefleisch nicht so auffielen. Der Baske und die Bäckersfrau saßen an einem Ecktisch und aßen ein Sandwich.

»Sie erlauben.«

Er setzte sich, bevor sie reagieren konnten.

»Ich komme von der ETA.«

Der Mann und die Frau blickten sich an. Er war stark und braun, sein Bart war ein blauer Rasen auf seinen starken Kinnbacken. Sie war eine hellhäutige, rundliche Dame mit blonden Locken, die nur mangelhaft die kastanienbraunen Haarwurzeln verbargen.

»Wir haben erfahren, daß du dich hier als Terrorist aufspielst, und das haben wir nicht gern.«

»Daß ich was?«

»Du spielst dich hier als Terrorist auf, um dich an Frauen wie diese heranzumachen und sie ins Bett zu kriegen. Wir sind informiert und haben dich auf die Liste gesetzt. Du weißt, was das heißt. Es gibt Leute, die wegen viel weniger immer noch unterwegs zum Nordpol sind. Du hast zwei Stunden Zeit, um deine Koffer zu packen. Und paß auf, daß sie dir nicht beim Packen in die Luft fliegen!«

Carvalho lehnte sich zurück und räkelte sich, damit sich sein Jackett öffnete und der Baske den Revolver sah, der über den Hosenbund herausschaute. Der Baske war aufgestanden. Er blickte auf die hellhäutige Dame, die am Boden zerstört war, und auf Carvalho.

»Zwei Stunden«, wiederholte er.

»Gehen wir!«

»Du gehst. Sie bleibt. Wollen Sie mit diesem Pappterroristen mitgehen?«

»Ich wußte nicht ...«

»Ich rate Ihnen sehr, hier zu bleiben. Wenn er sich ruhig verhält, passiert ihm nichts. Aber wenn er in nächster Zeit noch einmal mit diesem Schwindel anfängt, würde ich Sie nicht gerne an seiner Seite wissen, wenn wir ihn in die Luft jagen müssen.«

Der Mann kam hinter dem Tisch hervor.

»Bezahl ihr dieses widerliche Sandwich, bevor du gehst! Laß die Sachen der Frau oben, sie holt sie, wenn du weg bist.«

»Ich habe nicht mehr mitgenommen, als ich anhabe.«

»Um so besser. Dann nimm das, was noch da ist, zur Erinnerung mit.«

Carvalho schaute ihm nicht nach, als er ging. Die halbe Arbeit war getan. Fünfundzwanzigtausend Pesetas. Jetzt hieß es, die anderen fünfundzwanzigtausend zu verdienen. Die Frau saß völlig aufgelöst und panisch auf dem schmierigen Stuhl.

»Seien Sie ganz beruhigt, Ihnen wird nichts geschehen! Wir kennen den Typ schon länger. Es ist das dritte oder vierte Mal, daß er uns diesen Streich spielt. Er ist kein schlechter Kerl, aber die Bumserei gefällt ihm zu gut.«

»Wie konnte ich nur so verrückt sein!«

»Nein, ich glaube, es war sehr gut, daß Sie sich einen Urlaub gegönnt haben. Ihrem Mann wird es auch gut bekommen.«

»Er wird mich verstoßen. Und die Kinder! Meine Töchter!«

»Aber, aber, er wird Sie mit offenen Armen empfangen. Wer soll denn die Buchführung machen? Die Kinder versorgen? Und den Haushalt führen? Wer soll nach Zaragoza fahren und Mehl einkaufen? Nutzen Sie die Reisen nach Zaragoza besser, oder verlassen Sie ihn später wieder, aber suchen Sie sich das nächste Mal einen besseren Begleiter!«

»Nie wieder!«

»Das soll man nie sagen!«

»Mein Mann ist ein so guter Mensch.«

»Ehemänner müssen gut sein, vor allem, wenn sie sonst nichts sind.«

»Und er ist sehr fleißig.«

»Gut, dann ist es etwas anderes. Das sind schon eine Menge Qualitäten. Gehen Sie wieder zu ihm zurück! Ich bin sicher, er erwartet Sie.«

»Woher wissen Sie das alles? Sie wissen so viel!«

»Haben Sie noch nie von unseren Informationskommandos gehört? Wir wissen über alles Bescheid, besser als die Regierung. Wir haben diesen Komödianten in Ihrem Haus aufgespürt und einen unserer Leute auf ihn angesetzt.«

»Ich habe aber kein neues Gesicht auf der Treppe gesehen, außer vielleicht mal einen von den Aushilfsarbeitern. Die kommen und gehen.«

»Sehen Sie!«

»Woher weiß ich, daß er mich wieder aufnehmen will? Begleiten Sie mich?«

»Rufen Sie ihn an!«

Während sie telefonierte, aß Carvalho das Sandwich auf, das der Baske liegengelassen hatte. Es war mit *chorizo* belegt, aber die Wurst war nicht aus Hundefleisch – sie mußte aus Ratten- oder Echsenfleisch gemacht sein, und statt Paprika hatte man Mennige zum Würzen verwendet, damit nichts oxidierte. Sie kam tränenüberströmt, aber strahlend vom Telefon wieder.

»Ich darf zurückkommen. Ich muß mich beeilen. Er hat gesagt, wir würden zusammen die Kinder von der Schule abholen. Vielen, vielen Dank! Ich bin Ihnen unendlich dankbar.«

»Sagen Sie Ihrem Mann, er soll mich nicht vergessen!«

»Wir werden Sie nie vergessen, weder er noch ich. Wie komme ich jetzt nach Hause? Ich fürchte mich, allein durch dieses Viertel zu gehen.«

Carvalho begleitete sie bis zur Plaza del Arco del Teatro, rief ihr ein Taxi und ging dann die Treppe hinunter zu einem Pissoir, um ausgiebig zu pinkeln und dabei das erste Quantum gereinigten Alkohol auszuscheiden, gefiltert von seinem Körper, der sich fühlte, als wäre er voller Sand.

»Hier habe ich alles für Sie aufgeschrieben. Man wird alt. Früher konnte ich einen Abschlußbericht fließend vortragen, und die Klienten waren immer zufrieden.«

Die Witwe Stuart Pedrell hatte die Schubfächer ihres Schreibtischs geöffnet, die Augen ebenfalls, und ihre Hand bewegte einen Stift, der sie nachdenklich an der Schläfe kratzte. Eine halblange kastanienbraune Perücke verdeckte ihr schwarzes Haar. Ihr wohlgeformter Körper, der auf dem Direktorensessel ruhte, war gekleidet mit der Diskretion einer Frau in leitender Stellung, die den Hunger nach letzten Festen verbergen will. Sie blätterte Carvalhos Bericht durch, ohne ihn zu lesen.

»Viel zu lang.«

»Ich kann Ihnen eine mündliche Zusammenfassung geben, aber vielleicht vergesse ich das eine oder das andere dabei.«

»Das Risiko kann ich eingehen.«

»Ihr Gatte wurde von ein paar *navajeros* im Stadtteil San Magín ermordet. Eine Frage der Moral. Er hat die Schwester eines der Mörder geschwängert und versucht, eine ganze Familie, ein ganzes Stadtviertel zu erlösen. Es war zuviel. Vor allem, wenn man bedenkt, daß Ihr Gatte einer der Erbauer dieser greulichen Trabantenstadt war. Das Mädchen bekommt ein Kind, sehr wahrscheinlich von Señor Stuart Pedrell, aber seien Sie unbesorgt! Sie will absolut nichts von Ihnen. Sie ist ein modernes Mädchen, eine Arbeiterin, eine Linke. Glück für Sie! Für Sie und Ihre Kinder. Aber der Fall ist damit noch nicht zu Ende. Ihr Gatte, tödlich verletzt, suchte Zuflucht im Hause einer seiner Geliebten, der Señora oder Señorita Adela Vilardell. Sie war eben aus einem Bett gestiegen, in dem Rechtsanwalt Viladecans immer noch lag. Ihr Mann starb sozusagen in

Viladecans' Armen. In Panik, weil er quasi ein vom Tode Auferstandener war, vernichtete das Liebespaar alle seine Papiere bis auf die verwirrende Notiz ›Mich bringt keiner mehr in den Süden‹ und brachte ihn auf ein unbebautes Grundstück am Stadtrand. Das war eine Tat, die von der Vorsehung geleitet war, denn ein Fehler, der durch die Lage des verwilderten Geländes bedingt war, brachte mich auf die richtige Spur ... aber das erfahren Sie alles aus dem Bericht. Sie weinen doch nicht etwa?«

Aus der Frage Carvalhos klang kaum verhohlene Ironie. Die Witwe zerkaute beinahe die empörte Antwort:

»Sie gehören also auch zu den Leuten, die glauben, wir Reichen hätten keine Gefühle!«

»Sie haben welche. Aber weniger dramatische. Ihre Leiden kosten sie weniger, oder sie bezahlen jedenfalls weniger dafür.«

Sie hatte ihre Fassung wiedergewonnen und musterte den Bericht wie eine Ware. »Wieviel?«

»Auf der letzten Seite befindet sich eine aufgeschlüsselte Rechnung. Alles in allem dreihunderttausend Pesetas. Dafür haben Sie die Gewißheit, daß niemand auch nur einen Céntimo des Erbes antasten wird.«

»Ein gutes Geschäft, vor allem, wenn das Mädchen die Vaterschaft meines Mannes nicht geltend macht.«

»Das wird sie nicht tun. Es sei denn, Sie würden diesen Bericht der Polizei übergeben und ihr Bruder würde gesucht werden. Das wäre ein Grund für sie, alles bekanntzumachen.«

»Das heißt also ...«

»... daß Sie dieses Verbrechen ungesühnt lassen müssen, wenn Sie in Ruhe das Prestige und das Vermögen genießen wollen.«

»Auch wenn das mit dem Mädchen nicht gewesen wäre, hätte ich keinen Finger dafür gerührt, daß die Polizei den Mörder findet.«

»Sie sind amoralisch.«

»Ich brauche Erholung. Seit einem Jahr arbeite ich als Geschäftsfrau, und ich arbeite hart. Ich habe Erfolg gehabt. Jetzt gehe ich auf Reisen.«

»Wohin?«

Carvalho konnte die Antwort aus dem ironischen Funkeln ablesen, das ihre schwarzen Pupillen noch größer wirken ließ.

»In die Südsee.«

»Eine sentimentale Pilgerfahrt? Ein Akt der Wiedergutmachung?«

»Nein. Eine Reise der persönlichen Bestätigung. Wie meine Tochter – mit der Sie ja anscheinend sehr intim geworden sind – Ihnen bereits mitgeteilt haben dürfte, gibt mein ältester Sohn auf Bali das Geld aus, das ich ihm schicke. Ich werde die Reise nutzen, um ihn zu besuchen, und dann weiterfahren.«

»Auf der Route, die Ihr Gatte auf der Karte hinterlassen hat.«

»Und bei einem Reisebüro. Die Route war sehr gut ausgearbeitet. Ich habe erreicht, daß die Tickets auf mich übertragen wurden, und so die Anzahlung gerettet.«

»Und das taten Sie in den Wochen, nachdem Ihr Mann gefunden worden war?«

»Ja. Ich ließ die Tickets bei dem Reisebüro umschreiben.«

Die Witwe hatte sich erhoben. Sie ging zu einem Tresor, der hinter einem Bild von Maria Girona in die Wand eingelassen war, öffnete ihn, füllte einen Scheck aus, riß ihn ab und händigte ihn Carvalho aus.

»Sie bekommen fünfzigtausend Pesetas Trinkgeld.«

Carvalho pfiff anerkennend durch die Zähne, ganz der Privatdetektiv, der seine Dollars in Santa Mónica von einer kapriziösen Klientin in Empfang nimmt.

»Ich möchte, daß das alles unter uns beiden bleibt.«

»Sie müssen die Gruppe erweitern: Viladecans, die Señora oder Señorita Adela, das Mädchen von San Magín und ihre Familie...«

»Sie haben doch hoffentlich meiner Tochter nichts davon erzählt!«

»Nein. Und ich werde es auch nicht nachholen, da wir uns nicht mehr sehen werden.«

»Das freut mich.«

»Ich hatte nichts anderes erwartet.«

»Ich bin keine besitzergreifende Mutter. Aber Yes hat durch den Tod ihres Vaters ein Trauma erlitten. Sie sucht einen Vaterersatz.«

»Ich werde zwar älter, habe aber noch nicht das Alter erreicht, in dem die Pädophilie den Wunsch tarnt, noch einmal jung zu sein, oder umgekehrt.«

Carvalho war aufgestanden. Er hob die halb geöffnete Hand und erwartete keine weitere Verabschiedung. Aber an der Tür hielt ihn die Frage der Witwe auf:

»Wollen Sie nicht mit mir in die Südsee fahren?«

»Auf Ihre Kosten?«

»Von dem, was Sie jetzt kassiert haben, könnten Sie sich gut eine Reise leisten. Aber das wäre kein Problem.«

Aus der Entfernung wirkte sie kleiner, zerbrechlicher. Seit einiger Zeit versuchte Carvalho in solchen Situationen, bei Erwachsenen die Gesichtszüge und Gesten ihrer Kindheit und Jugend zu entdecken. Das machte ihn gefährlich nachgiebig. Die Señora Stuart Pedrell mußte ein Mädchen gewesen sein, das zu aller Begeisterung der Welt fähig war. Sie hatte immer noch sehr ausdrucksvolle Augen, und ihre etwas welken Gesichtszüge verwandelten sich in Carvalhos Vorstellung in das Gesicht eines Mädchens voller Hoffnung und Optimismus, das noch nicht wußte, wie kurz die Krankheit war, die die Geburt vom Alter und Tod trennt.

»Ich bin zu alt für einen Gigolo.«

»Sie sehen aber auch in allem etwas Schmutziges: Entweder Pädophile oder Gigolos.«

»Das ist eine Berufskrankheit. Ich würde mit Vergnügen mit Ihnen fahren. Aber ich habe Angst.«

»Vor mir?«

»Nein, vor der Südsee. Und ich habe Verpflichtungen: Eine

Hündin, die erst ein paar Monate alt ist, und zwei Menschen, die mich zur Zeit brauchen, oder wenigstens glauben, daß sie mich brauchen.«

»Die Reise wird nicht lange dauern.«

»Früher las ich Bücher, und in einem davon hatte jemand geschrieben: ›Ich möchte einen Ort erreichen, von dem ich nie mehr zurückkehren will.‹ Alle suchen diesen Ort. Ich auch. Es gibt Leute, die besitzen den Wortschatz, um diese Sehnsucht auszudrücken, andere haben das Geld, um sie sich zu erfüllen. Aber Millionen und aber Millionen wollen in den Süden fahren.«

»Adios, Señor Carvalho.«

Carvalho hob wieder die Hand und ging, ohne sich noch einmal umzuwenden.

Carvalho hatte Feuer gemacht, die Füße in die Hauspantoffeln gesteckt, die vom langen Gebrauch schon fast durchsichtig waren. Er hantierte in der Küche auf der Suche nach der zündenden Idee für ein Gericht, das in seiner Vorstellung noch nicht richtig Gestalt annehmen wollte, als ihm plötzlich auffiel, daß Bleda noch gar nicht gekommen war, um ihn zu begrüßen. Er wärmte ihr ein wenig Reis mit Gemüse und Leber auf, schüttete alles in ihren Teller und ging in den Garten hinaus, um sie zu rufen. Sie kam nicht. Zuerst dachte er, sie könnte mit der Putzfrau entwischt sein, oder sie sei über die Gartenmauer gesprungen oder in eins der Zimmer eingesperrt. Aber eine dunkle, schmerzvolle Angst trieb ihn, alle Winkel des Gartens abzusuchen, bis er sie fand. Sie lag wie ein leeres Spielzeughündchen in einer Pfütze ihres eigenen Blutes. Ihre Kehle war durchschnitten, und der Kopf baumelte herab, als Carvalho sie hochhob, um sie zu untersuchen. Das Blut war auf dem Fell verkrustet und gab ihr das Aussehen einer Marionette aus dunkler Pappe, einer Marionette aus dunkler Pappe, die tot war. Sie hatte die Mandelaugen halb geschlossen und die Zähnchen in einer rührenden Geste nutzloser Tapferkeit gebleckt. Ihr Körper war von Pappe, ihr Bellen und Heulen für immer verstummt. Das Messer hatte ihr mit einem tiefen und langen Schnitt den Hals geöffnet, als wollte es den Kopf vom Rumpf trennen.

Die Stadt schimmerte in der Ferne, und ihre Lichter begannen, in Carvalhos Augen Pfützen zu bilden. Er holte einen Spaten aus dem Keller und machte sich daran, neben Bleda eine Grube auszuheben, wie um ihr das letzte Geleit geben. Er übergab den kleinen Pappkörper der dunklen Tiefe der feuchten Erde. Vorsichtig ließ er die Freßschüssel aus Plastik, die Shampooflasche, die Bürste und das Desinfektionsspray, das gegen diese endgültige Wunde nutzlos war, auf den leblosen Körper gleiten und schaufelte Erde darauf, wobei er den im Profil sichtbaren Kopf von Bleda, das kleine, unergründliche Funkeln ihres halbgeschlossenen Auges bis zuletzt aussparte. Die Erde bedeckte er wieder mit dem Kies, den er beiseite geräumt hatte, und warf den Spaten weg. Dann setzte er sich auf den Rand der Gartenmauer und klammerte sich an der Ziegelsteinkante fest, damit ihm der Weinkrampf nicht die Brust sprengte. Seine Augen brannten, aber er empfand eine plötzliche Reinheit im Kopf und in der Brust. Die Lichter der Stadt betrachtend, murmelte er:

»Dreckige Schweine! Dreckige Schweine!«

Er leerte eine Flasche eisgekühlten *orujo*, und um fünf Uhr morgens weckten ihn der Hunger und der Durst.

Glossar

a la plancha	vom Backblech
arroz a banda	Spezialität der Costa del Levante: gekochter Fisch serviert mit Reis, der im Fischsud gegart ist.
Caguera de bou que quan plou s'escampa. La de vaca sí la de burro no.	Scheiße vom Rind die, wenn's regnet zerrinnt. Die von der Kuh, die vom Esel nicht.
Carles, si tu no afluixes, nosaltres no afluixarem, jo no afluixaré!	Carlos, wenn du hart bleibst, bleiben auch wir hart! Dann bleibe ich selbst auch hart!
Caspe	1412 einigten sich die Delegierten der katalanischen, aragonesischen und valencianischen Parlamente im Kompromiß von Caspe auf Fernando de Antequera als Nachfolger Martíns I. auf dem Thron von Aragón.
Chorizo	typ. spanische Paprikawurst
Jabugo-Schinken	Der Schinken der halbwilden, schwarzen iberischen Schweine aus Extremadura, die sich im Herbst hauptsächlich von Eicheln ernähren, ist so teuer wie Kaviar.
La luna rossa, il vento, il tuo colore di donna del Nord, la distesa di neve	Der rote Mond, der Wind, deine Farbe einer Frau aus dem Norden, die verschneite Fläche.

leche frita	Milchpudding, der anschließend scheibenweise in Mehl und Eiern gewälzt und in Fett ausgebacken wird.
¡No afluixis, Carles!	Schlaff nicht ab, Carlos!
No afluixeu. No afluixeu.	Ich bleibe hart. Ich bleibe hart.
orujo	Span. Tresterschnaps
Paquito	Kosename für Franco
Porqueres	»Por qué eres« = Warum existierst du? (Anm. d. Ü.)
tapas	Kleine pikante Beilagen zum Wein
Vía Layetana	Damals Hauptwache im Hafenviertel
Ximena	Tochter des Grafen Lozano und Frau des Cid

Manuel Vázquez Montalbán

Wenn Tote baden
Ein Pepe-Carvalho-Roman. Aus dem Spanischen von Bernhard Straub. Durchgesehen von Anne Halfmann. 288 Seiten. SP 3146

Pepe Carvalho, Meisterdetektiv aus Barcelona, kämpfte einst gegen das Franco-Regime. Jetzt kämpft der passionierte Feinschmecker mit seinem Gewicht: Er ist auf Abmagerungskur in der international renommierten Kurklinik Faber & Faber im idyllischen Tal des Río Sangre. Die langweilige Routine des Speiseplans aus Rohkost und Mineralwasser wird jedoch jäh unterbrochen: Im Swimmingpoll wird die Leiche einer reichen Amerikanerin gefunden. Als sich noch weitere Tote einstellen, wird Pepe Carvalho aktiv. Inmitten der dekadenten Bourgeoisie Europas, die hier bei Diäten und Schlammbädern hungert, forscht er nach dem Mörder und seinem Motiv.

Die Küche der läßlichen Sünden
Ein Pepe-Carvalho-Roman. Aus dem Spanischen von Bernhard Straub. Durchgesehen von Anne Halfmann. 320 Seiten. SP 3147

Die Einsamkeit des Managers
Ein Pepe-Carvalho-Roman. Aus dem Spanischen von Bernhard Straub und Günter Albrecht. Durchgesehen von Anne Halfmann. 240 Seiten. SP 3148

1975 kehrt Privatdetektiv Pepe Carvalho, Ex-Kommunist und Ex-CIA–Agent, aus dem Exil nach Spanien zurück. General Franco liegt im Sarg, die Demokratie steckt noch in den Kinderschuhen. Da wird ein alter Bekannter von Carvalho ermordet: Jaumá, Manager eines internationalen Konzerns, dessen Leiche man mit einem Damenslip in der Hosentasche gefunden hat. Mord im Milieu, wie die Polizei glaubt? Oder wußte Jaumá einfach zuviel über die geheimen Pläne seines Arbeitgebers? Als Pepe Carvalho eingeschaltet wird und Nachforschungen anstellt, beißt er nicht nur auf Granit, sondern der Konzern tritt ihm auch kräftig auf die Füße.

Die Meere des Südens
Ein Pepe-Carvalho-Roman. Aus dem Spanischen von Bernhard Straub. Durchgesehen von Anne Halfmann. 243 Seiten. SP 3149

SERIE PIPER

PIPER

Manuel Vázquez Montalbán
Unmoralische Rezepte

Aus dem Spanischen von Stefanie Gerhold und Albrecht Buschmann. 128 Seiten mit Illustrationen von Manfred Bofinger. Geb.

Landläufig setzt man den Autor Vázquez Montalbán mit seinem literarischen Geschöpf Pepe Carvalho gleich – und das nicht ohne Grund: Als leidenschaftliche Freunde guter Küche und verwandter sinnlicher Vergnügen sind sie nicht zu übertreffen.
Gemeinsames Essen, so argumentiert Vázquez Montalbán, wirkt aphrodisierend und fördert die Erotik. In freier Assoziation erläutert er, warum sich Zucchiniblüten in Bierteig besonders dazu eignen, rothaarige Schönheiten zu becircen, warum eine Pilzpaté unvermeidich zu noch höheren Genüssen führt, oder wie ein Omelett zum unendlichen Quell lasziver Phantasien werden kann. Mit Gespür für das entscheidende Detail und einer guten Prise Satire hat Vázquez Montalbán ein ungewöhnliches Kochbuch zusammengestellt, das sich nicht nur vorzüglich zum Nachkochen eignet, sondern auch Lust macht auf mehr...

PIPER

Manuel Vázquez Montalbán
Quintett in Buenos Aires

Ein Pepe Carvalho-Roman. Aus dem Spanischen von Theres Moser. 544 Seiten. Geb.

Zwanzig Jahre nach seiner Flucht ins spanische Exil reist Raúl Tourón nach Buenos Aires, um seine verschwundene kleine Tochter zu suchen. Pepe Carvalho ist nicht nur Privatdetektiv, sondern zudem Raúls Cousin, und so verläßt er widerwillig seine geliebten Ramblas in Barcelona, um Raúl von der gefährlichen Reise in die Vergangenheit abzuhalten und nach Hause zurückzuholen. Raúl, und auf seinen Fersen Pepe, irren durch das Dickicht aus Politik und Tango in der argentinischen Metropole. Dabei wird immer offensichtlicher, daß die Täter von damals auch heute beste Beziehungen zu den einflußreichen Kräften im Lande pflegen und vor drastischen Mitteln nicht zurückschrecken.

In gewohnt eigenwilliger und respektloser Art geht Pepe Carvalho auf die Jagd nach den Verbrechern – natürlich nicht ohne die nötigen Abstecher in die richtigen Restaurants.

PIPER ORIGINAL

Carlo Lucarelli
Der trübe Sommer

Ein Fall für Commissario De Luca. Aus dem Italienischen von Barbara Krohn. 147 Seiten. Klappenbroschur.

Es ist der Sommer des Jahres 45, und Commissario De Luca ist unterwegs nach Rom. In einem kleinen Dorf in der Emilia Romagna macht er eine schauerliche Entdeckung – sämtliche Familienmitglieder der Guerras liegen erschlagen auf ihrem Grundstück. Die zum Zerreissen gespannte Atmosphäre zwischen Partisanen und Polizei, zwischen den abwartenden Menschen im Dorf und dem mißtrauisch beäugten Durchreisenden De Luca macht die Lösung des Falles zu einer gefährlichen Gratwanderung. Und dann findet De Luca eine grüne Brosche, das entscheidende Beweisstück.

»Lucarellis Schreibkunst erinnert an jene von Simenon: Sie ist reich an Details und außergewöhnlichen Kniffen, die die Lektüre zu einem beinahe visuellen Erlebnis macht.«
Messaggero Veneto

Carlo Lucarelli
Der rote Sonntag

Ein Fall für Commissario De Luca. Aus dem Italienischen von Monika Lustig. 200 Seiten. Klappenbroschur.

Commissario De Luca schlägt den Mantelkragen hoch. Ein kühler Wind weht durch das regennasse Bologna. Es ist der April des Jahres 1948. Nervosität und die lähmende Spannung der ersten demokratischen Wahlen liegen über der Stadt, als De Luca sich auf den Weg macht in die Via delle Oche, dem berüchtigten Rotlichtviertel. Dort soll sich der kommunistische Bordellhandlanger Ermes Ricciotti erhängt haben. Die Indizien am Tatort sprechen eine andere Sprache, doch von oberster Stelle werden De Lucas Ermittlungen im Keim erstickt. Bis er der »Tripolina«, der verschlossenen, dunkelhaarigen Bordellbesitzerin, näherkommt.
Mit seinem eigenen festen Moralkodex bewegt sich Commissario De Luca in einem Netz aus Lügen, Betrug und politischer Machtgier. Aber auch ihm droht eine dunkle Vergangenheit zum Verhängnis zu werden.
Lakonie, der scharfe Blick fürs Milieu und bestechend vielschichtige Charaktere zeichnen die Romane von Carlo Lucarelli aus – und die ganz besondere Atmosphäre ihrer Zeit.

PIPER ORIGINAL

Andrea Camilleri
Jagdsaison

Roman. Aus dem Italienischen von Monika Lustig.
154 Seiten. Klappenbroschur.

Auf dem Postdampfschiff »König von Italien« kommt am Neujahrstag 1880 ein Fremder in das Städtchen Vigàta: Fofò möchte sich in seiner sizilianischen Heimat als Apotheker niederlassen. Kurz darauf beginnt eine Reihe mysteriöser Todesfälle, und ein Mitglied der Familie Peluso nach dem anderen wird dahingerafft: Mal ist es eine Pilzvergiftung, mal Schwindsucht, mal auch Mord. Fofò, durch all die Schicksalsschläge Vertrauter der Pelusos geworden, heiratet die einzige Überlebende, die junge Marchesa Antonietta. Erst der neue Stadtkommandant beginnt an der Zufälligkeit dieses wundersamen Sterbens zu zweifeln...
Wieder brilliert Camilleri in einer köstlichen satirischen Komödie, der er mit gewohnter Könnerschaft ein unwiderstehliches sizilianisches Kolorit verleiht.

»Camilleri, der Mann aus Agrigent, ist ein Chronist dieser Welt: geistreich, weise und absolut unterhaltsam. Ein Könner.«
Aspekte

Andrea Camilleri
Die sizilianische Oper

Roman. Aus dem Italienischen von Monika Lustig.
271 Seiten. Klappenbroschur

Ein Roman, so stimmungsreich, deftig und schwungvoll wie eine italienische Oper zu Zeiten, als Italien noch ein Königreich war: Im sizilianischen Städtchen Vigàta wird eine umstrittene Opernaufführung zum Zankapfel zwischen der Präfektur und den gewitzten Vigatesern. Nach dem gründlichen Mißlingen des feierlichen Abends steht dann auch noch das Theater in Flammen. Verdächtige gibt es jede Menge, doch wer von ihnen würde tatsächlich so weit gehen? Köstliche Charaktere, pralle Erotik, viel Lokalkolorit und ein rasantes Erzähltempo – all das macht »Die sizilianische Oper« zu einem der besten Romane Camilleris.

Carlo Fruttero & Franco Lucentini

Das Geheimnis der Pineta
Roman. Aus dem Italienischen von Burkhart Kroeber. 448 Seiten. SP 2018

Der Palio der toten Reiter
Roman. Aus dem Italienischen von Burkhart Kroeber. 220 Seiten. SP 1029

»Welches Geheimnis aber soll entschleiert, welches Gesicht entlarvt werden? ... Ziel der spannenden, witzigen und keine Direktheiten scheuenden Attacke ist die Demaskierung des durch Fernsehen und Werbung geprägten modernen Durchschnittsmenschen.«
Neue Zürcher Zeitung

Die Sonntagsfrau
Roman. Aus dem Italienischen von Herbert Schlüter. 527 Seiten. SP 2562

Wie weit ist die Nacht
Roman. Aus dem Italienischen von Herbert Schlüter und Inez de Florio Hansen. 571 Seiten. SP 5565

Du bist so blaß
Eine Sommergeschichte. Aus dem Italienischen von Dora Winkler. 68 Seiten. SP 694

Das italienische Autorenduo hat eine meisterliche kleine Etüde geschrieben, eine witzige und bösartige Kritik an der italienischen Sommerkultur.

Die Farbe des Schicksals
Eine Erzählung. Aus dem Italienischen von Burkhart Kroeber. 111 Seiten. SP 1496

Ein ironisches Kabinettstück über die Macht des Schicksals.

Ein Hoch auf die Dummheit
Porträts, Pamphlete, Parodien. Ausgewählt von Ute Stempel. Aus dem Italienischen von Pieke Biermann. 331 Seiten. SP 2471.

Der Liebhaber ohne festen Wohnsitz
Aus dem Italienischen von Dora Winkler. 319 Seiten. SP 1173.

Der rätselhafte Sinn des Lebens
Ein philosophischer Roman. Aus dem Italienischen von Dora Winkler. 143 Seiten. SP 2332

Carlo Fruttero & Franco Lucentini Charles Dickens

Die Wahrheit über den Fall D.
Roman. Aus dem Englischen und Italienischen von Burkhart Kroeber. 544 Seiten. SP 1915

Carlo Lucarelli
Freie Hand für De Luca
Kriminalroman. Aus dem Italienischen von Susanne Bergius. Mit einem Nachwort von Katrin Schaffner. 116 Seiten. SP 5693.

Eine norditalienische Stadt im April 1945, kurz vor dem Einmarsch der Alliierten. Wenige Stunden vor dem endgültigen Zusammenbruch wird Kommissar De Luca mit der Lösung eines Mordfalls beauftragt. Doch irgend etwas an der Sache ist faul, denn die faschistischen Machthaber lassen ihm bei der Ermittlung erstaunlicherweise freie Hand. Der Ermordete Vittorio Rehinard war ein Lebemann und Frauenheld – und so sind auch alle Verdächtigen weiblich: die drogenabhängige Sonia, die rothaarige Hellseherin Valeria sowie Silvia Alfieri, die Mutter eines hohen italienischen SS-Offiziers und Ehefrau des Mannes, der der erklärte Gegenspieler von Sonias Vater ist. Vor dem historischen Hintergrund des letzten Aufbäumens des italienischen Faschismus in der Republik von Salò entfaltet Carlo Lucarelli das Szenario eines raffiniert abgestimmten kriminalistischen Ränkespiels:

»Die Geschichte ist mit Tempo und spannungsvoll erzählt, die fiebrige Atmosphäre beim Zusammenbruch des faschistischen Italien wird auf suggestive Weise deutlich.«
Kölner Stadt-Anzeiger

SERIE PIPER